Diogenes Taschenbuch 77/5

de
te
be

Henry Slesar

Hinter der Tür

Roman

Aus dem Amerikanischen
von Thomas Schlück

Diogenes

Titel der Originalausgabe
›The Thing At The Door‹

Umschlagzeichnung von Tomi Ungerer

Deutsche Erstausgabe

150/78/E/1
ISBN 3 257 20540 6

Für Jan

12. März 1955

Der Tod roch nach Medizin und Möbelpolitur. Die Goldstaubzwillinge hatten das Putzmittel überall im Haus der Gunnersons verrieben, über Kommoden, Schränken und Treppengeländern. Der Auftrag dazu war von Mrs. Bellinger gekommen, die der Meinung war, die Dienstboten müßten sich durch viel Arbeit vom Tod im oberen Schlafzimmer ablenken. Später sollte sich für Gail Gunnerson der Geruch polierten Holzes stets mit einer unerklärlichen Traurigkeit verbinden. Aber das wußte sie noch nicht; am 12. März 1955 war sie erst sechs Jahre alt. Ihre kleine Hand glitt sanft über das gewachste Geländer, als sie in das Obergeschoß hinaufging und sich dabei in ihren Lacklederschuhen auf die Zehenspitzen stellte, als hätten die dicken Teppiche ihre leisen Schritte nicht ohnehin gedämpft.

Oben an der Treppe hörte sie ein Türschloß klicken. Sie erkannte, daß jemand das Schlafzimmer ihrer Mutter verließ, und gehorchte dem Diktat der Angst – sie rannte los. Am Ende des Flurs erhob sich eine Burg mit einem einzelnen imposanten Turm – ein Asyl. Ältere, die es genauer nahmen, nannten das Gebilde eine Standuhr. Gail duckte sich dahinter (wieder Duft nach Wachs, säuerlich und verbraucht wie eine verblühte Gardenie) und hörte die Stimme ihres Onkels, ein dröhnendes männliches Organ, das die empfindlichen Federn der Uhr zum Beben brachte: »Wann wollte der Mann hier sein?«

»Nach spätestens einer Stunde, Sir.« Das war Mrs. Bellinger.

»Ich wünschte, er würde sich beeilen. Ich will die Maschine um zweiundzwanzig Uhr noch erwischen. Haben Sie das Mädchen gesehen?«

»Nein, Sir.«

»Und wo steckt mein Sohn?«

»Unten, Mr. Swann.«

»Piers!« *Er ließ das Wort wie eine Wasserbombe über das Treppengeländer fallen. Unmittelbar darauf hörte Gail die schrille Antwort des Jungen von unten. Dann ihr Onkel: »Hast du deine Kusine gesehen?«*

»Nein.«

»Such sie. Sag ihr, sie soll ins Schlafzimmer kommen.«

»Ach, Paps, ich weiß doch gar nicht, wo sie ist.«

»Such sie. Sag ihr, das wär die letzte Gelegenheit für sie, ihre Mutter zu sehen – ehe der Mann vom Bestattungsinstitut kommt.«

Das Wort bedeutete ihr nichts, enthielt aber eine unterschwellige Drohung. Gail machte sich neben der schützenden Wand der Uhr ganz klein. Sie hörte, wie Piers nach ihr rief, hörte ihn überall am langen Flur die Türen öffnen und respektlos wieder zuknallen; er war erst vierzehn Jahre alt und unbeeindruckt vom Tod einer Fremden.

»Gail! He, wo bist du?«

Sie versuchte sich an die Unsichtbarkeitsformel aus dem letzten Buch zu erinnern, das die Mutter ihr vorge-

lesen hatte. Doch ihr Gedächtnis versagte, und Piers hatte Erfolg. »Was machst du denn da?« Sie wimmerte eine wortlose Antwort. »Was ist mit dir? Mein Vater sagt, du sollst ins Schlafzimmer kommen.« Sie wich vor seiner ausgestreckten Hand zurück. »Nun komm schon! Willst du denn deine Mutter nicht sehen?«

»Nein!«

»Deine letzte Gelegenheit. Sie wird fortgebracht.« In seiner Stimme lag genug Boshaftigkeit, um die Tränen zum Überfließen zu bringen. Sie schlug nach seiner Hand und rief: »Ich gehe nicht!«

Seine Hand an ihrem Arm. »Blödes Gör! Du mußt sie sehen, das ist nun mal so!«

»Ich will nicht, ich will nicht!«

Er zog und zerrte.

»Laß mich los, Piers, laß mich los! Ich will sie nicht sehen. Ich will da nicht rein – ich will nicht!«

Unten ging die Türklingel und schob die Auseinandersetzung zunächst auf. Die Zwillinge hatten vor einer Stunde laut schluchzend das Haus verlassen, so daß Mrs. Bellinger selbst aufmachen mußte. Piers, der den Besucher offenbar unbedingt sehen wollte, ließ Gails Arm los und ging zur Treppe. Sie hörte, wie er mit einem leisen Pfeifen den Atem einzog, und Neugier siegte über Angst. Sie folgte ihm zum Treppengeländer und blickte hinab.

An der Tür standen drei Männer, zwei in uniformähnlichen Jacken, die ihnen eine halb ärztliche, halb militärische Autorität verliehen. Der dritte Mann war eindrucksvoller. Er war so groß, daß sein schwarzer Filzhut am oberen Türrand entlangstreifte, als er ihn vom Kopf zog. Auch sein Anzug war schwarz. Gail wußte, daß die Farbe ein Ausdruck der Trauer war, doch zugleich wurde ihr klar, daß das Gefühl in seinem Falle unpersönlich blieb.

»Der Leichenbestatter«, flüsterte Piers.

Dann kamen sie die Treppe herauf, und jetzt sah Gail, daß einer der Männer ein Gebilde aus Holzstangen und Leinen trug, dessen Bedeutung ihr aber gleichgültig war, so sehr faszinierte sie das Gesicht des Mannes an der Spitze der feierlichen Prozession. In ihrem sechsjährigen Leben war ihr der Anblick wirklicher Häßlichkeit bisher erspart geblieben; doch nun holte sie das nach, nun sah sie eine Häßlichkeit, die durch einen Ausdruck grimmiger, kummervoller Entschlossenheit noch verstärkt wurde. Als dann die drei Männer vorbeigingen und das Schlafzimmer ihrer Mutter betraten, schürte Piers ihre Angst mit den Worten: »Er holt deine Mutter. Du kannst sie jetzt nicht mehr sehen; er bringt sie fort. Er bringt sie fort und tut sie in einen Holzkasten.«

Entsetzt über seine ernste, tonlose Stimme, starrte sie ihren Vetter an.

»Es stimmt«, sagte Piers. »Genau das macht ein Leichenbestatter. Er tut dich in einen Kasten. Er steckt den Kasten unter die Erde und begräbt dich!«

Die drei kamen zurück, mit ihr. *Ein Laken verdeckte den Körper von den weizenbraunen Haaren bis zu den bemalten Fußnägeln, und Gail erkannte, daß alles, was Piers gesagt hatte, auf grausame Weise stimmte, daß dem Tod ihrer Mutter ein noch größerer Schrecken folgte, daß es Zeit war, den Schreien freien Lauf zu lassen . . .*

Tränen versalzten die Milch, die Mrs. Bellinger ihr reichte. Gail hatte noch nie Milch und Kekse im Bett serviert bekommen, aber heute war ein besonderer Abend. Sie fragte: »Sind sie fort? Sind alle fort?«

»Alle, mein Schatz. Onkel Swann und Vetter Piers sind auf dem Heimweg ... sie bedauern, daß sie nicht bis morgen zum Begräbnis bleiben können, aber dein Onkel hat wichtige Geschäfte in London. Du weißt doch, wo London liegt, mein Schatz, denk an die Bilder! Die große Uhr, die ich dir gezeigt habe, die Uhr, die Big Ben heißt?« Gail reagierte nicht. Mrs. Bellinger suchte nach einem anderen Thema. Sie ergriff die mechanische Ballerinapuppe auf dem Nachttisch und zog sie auf. »Und jetzt wirst du schlafen, mein Schatz. Ich muß unten noch einiges erledigen, aber ich komme wieder herauf, wenn ich fertig bin; ich bleibe die Nacht bei dir, einverstanden?«

Die Ballerina drehte sich langsam auf ihrem runden Podest. Als die Musik Gails Schluchzen übertönte, stellte Mrs. Bellinger die Figur hin, küßte dem Kind die Stirn und verließ das Zimmer.

Einige Minuten später war die Ballerina ihres Tanzes überdrüssig, die Musik wurde langsamer und erstarb, und Gail schlief.

Ehe sie träumen konnte, wachte sie wieder auf.

Als erstes sah sie die Ballerina, die in einem Entrechat erstarrt war.

Sie erinnerte sich an den Tod.

Der Porzellankörper der Tänzerin schimmerte wächsern im Mondlicht.

Tod, der Besucher.

Sie unterdrückte ein Schluchzen, das in ihr aufsteigen

wollte, und tastete im Bett nach dem warmen braunen Pelz des Puh-Bärs, der das Kissen mit ihr teilte. Sie drückte ihn an sich und dachte an den Tod.

Tod, der Unglaubliche.

Dann quietschte der Türknopf, Metall knirschte auf Metall, und Gail hob den Blick ins Licht, zu einem neuen Umriß in der Dunkelheit.

Die Tür ging auf.

1

Ein Mann verfolgte sie.

Als ihr die Schritte auffielen, ging sie im Geiste die Liste der Dinge durch, die sie bei sich haben müßte, aber nicht besaß. Einen Mace-Behälter. Eine Polizeipfeife. Eine Hutnadel. Dann vermochte sie einen Blick auf die typische Schnalle seiner Gucci-Schuhe zu werfen und kam zu dem Schluß, daß sein Motiv die Amoure und nicht die Attacke war.

Natürlich lag es an der Mappe, an dem flachen schwarzen Gebilde unter ihrem Arm. Geschähe nicht zum erstenmal, daß ein Mann sie für das Handwerkszeug eines Fotomodells hielt – und manche Typen hatten recht stumpfsinnig-verquere Vorstellungen von Mannequins. Gewiß, sie hätte durchaus sein können, was die Mappe andeutete; das Leder hätte Muster enthalten können, die die goldene Fülle ihres Haars und die verblüffende braunsamtene Dunkelheit ihrer Augen darstellten. Aber das war nicht der Fall. Kleine Überraschung, Mister! Schauen Sie doch, was sich darin befindet! Verschiedene Modelle. Dicke Frauen. Zeichnungen haariger Frauen. Einige von der Zeichenkohle förmlich seziert: hier ein korpulenter Arm, dort ein Bein und eine Hand, die sich in einer anmutigen dürerähnlichen Geste krümmen sollte. Sofern sie überhaupt eine Hand zeichnen konnte; warum machten Hände so große Schwierigkeiten? Warum konnten die Menschen nicht nur aus Augen und Mündern und Nasen bestehen? Nasen konnte sie besonders gut.

Sie überquerte die Straße, und er tat es ihr nach. Sie ging wieder zurück, noch eine Prüfung, und er bestand sie – oder fiel durch, je nachdem. Sie war zu müde, um sich aufzuregen; sie empfand nur eine Art apathische Gereiztheit. War so ein Vormittag nicht schon schlimm genug? Jeder Morgen war eine Strafe für sie, da jede Nacht zur Qual wurde. Die letzte Nacht hatte zu den schlimmsten gehört; sie hatte kaum ein Auge zugetan. Die Alpträume waren in kurzen, wilden Galoppjagden durch ihr Gehirn gestürmt.

Als das graue Steinportal der Kunst-Liga in Sicht kam, fühlte sie sich sicher genug, langsamer zu gehen und sogar völlig stehenzubleiben. Sie wollte ihren Verfolger zwingen, sie entweder links zu überholen oder zur Tat zu schreiten. Er tat keins von beidem. Er blieb einfach stehen, schützte ein entzücktes Interesse am Ausstellungskasten der Kunst-Liga vor. Sein Spiegelbild vermischte sich mit den grellen Farben von Moses Lieblings neuestem Gemälde. Er sah gut aus – jedenfalls in der Spiegelung. Kein ebenmäßiges Gesicht, aber nett. Schlank, nicht sehr breitschultrig. Gute Hände, unmöglich zu zeichnen. Aber sie war sicher, daß sie die Nase geschafft hätte.

Als sie in der Toreinfahrt verschwand, schien er überrascht zu sein. Sie fragte sich, ob ihm nun wohl die Wahrheit aufging – daß er nämlich gar nicht hinter einem Mädchen aus *Vogue* her war, sondern hinter einer armen hungernden Kunststudentin. Sie zog eine Grimasse, als ihr dieser Satz durch den Kopf ging. Auf Gail traf nichts von alledem zu.

Mr. Liebling schnüffelte gerade herum, als sie das Klassenzimmer betrat. Mit diesem Wort bezeichnete er seine Inspektionsrunden. Dabei schlurfte er durch den Raum, rückte dicht an seine Studenten heran, legte ihnen das backenbartgesäumte Kinn auf die Schulter, während sie das lebendige Modell in der Mitte des Raums darzustellen versuchten, und machte seine Anmerkungen, knurrte etwas, klagte oder lobte – was selten geschah; in den drei Monaten ihres Lehrgangs hatte Gail bisher nur ein freundliches Wort über seine schiefen Lippen kommen hören: »Nett«, hatte er gesagt, und sie wußte noch immer nicht, ob er ihre Zeichnung oder ihr Dekolleté meinte, da er beides zugleich betrachtete. Mr. Liebling ignorierte zwar mit einer gewissen Routine die Aktmodelle in seinem Klassenzimmer, hatte aber ein Auge für seine bekleideten Studentinnen.

Gail vermochte diesem Auge auszuweichen, als sie eintrat und sich an ihrem gewohnten Platz neben der Staffelei Helen Malmquists einrichtete. Ihre Freundin verzog clownhaft den Mund und fragte: »Na, was hast du diesmal für eine Entschuldigung?«

»Ein Mann ist mir bis vors Haus nachgegangen.«

»Und was gibt es sonst Neues?«

»Ich meine, er ist mir wirklich gefolgt. Von der Wohnung bis zur Kunst-Liga. Über sieben Straßenkreuzungen – stell dir das mal vor!«

»Hast du ihn dir anschauen können?«

»Nur ganz kurz.«

»Ein Fiesling?«

»Nein«, sagte Gail. »Er war noch jung und sah gut aus.«

»Dann beklag dich nicht. Wenn du wüßtest, was mir alles nachläuft!«

Gail ignorierte die Bemerkung. So wie Helen aussah, war alles mit ihr in Ordnung; in den Farben war sie fast das genaue Gegenteil Gails. Dunkles Haar, hellblaue Augen, ein Mund, der etwas zu breit war, um das übrige Gesicht als schön gelten zu lassen, doch eine aufregende Figur, die schon mal den Verkehr zum Stocken bringen konnte. Im Augenblick stockte nur Moses Liebling auf seinem Rundgang. Er legte ihr das Kinn auf die rechte Schulter und blinzelte ihre Zeichnung an. Oder was bei ihr als Zeichnung galt. Helen schien nie über einen dünnen, schattenhaften Umriß hinauszukommen, der nur vage an das darzustellende Objekt erinnerte. Manchmal fragte sich Gail, ob sie sich nicht eben deswegen angefreundet hatten; Helen war so unfähig, daß sich Gails Versuche daneben wahrhaft professionell ausnahmen.

Der Zeichenlehrer schüttelte den Kopf und schnalzte mit der Zunge. »Wissen Sie, was Ihr Problem ist, mein Schatz? Sie denken zuviel. Sie müssen das Denken völlig aufgeben. Lassen Sie das von Ihrer Hand besorgen. Kräftige, kühne Striche!«

Er entriß ihr die Zeichenkohle und warf die Gestalt des Modells mit kräftigen kühnen Strichen auf das Papier – die schweren Glieder erschienen wie durch Zauberhand, der Winkel des Ellenbogens auf dem rundlichen Schenkel, sogar ein Eindruck des mürrischen Gesichts. Die Zeichnung wurde besser, als er erwartet hatte, und er lächelte gutmütig und reichte ihr die Kohle zurück.

»Ist doch nur ein Stück Papier, mein Schatz«, sagte er. »Sie brauchen keine Angst davor zu haben.«

Er blinzelte Gail zu und ging zum nächsten Studenten. Helen betrachtete abschätzend ihren Zeichenblock und beschloß dann das Werk noch zu krönen – sie signierte es.

»Was machst du denn da?« fragte Gail.

Helen riß das Blatt ab und rollte es zusammen. »Ich will meinem Alten endlich mal beweisen, daß ich zeichnen kann!«

Zum Mittagessen setzten sich die beiden mit ihren Sandwiches in den Park, und Helen fragte: »Na, wie war es gestern nacht?«

Gail schüttelte den Kopf. »Nichts Neues. Hör auf, mich jeden Tag danach zu fragen, Helen, du weißt doch, daß ich dir immer dasselbe antworte. Ich gehöre eben zu den Leuten, die nicht gut schlafen.«

»Wie schaffst du es dann? Ich meine, wie kann ein Mädchen, das nie zu ihrem Schönheitsschlaf kommt, so verdammt schön sein?«

»Iß lieber deinen Kram.«

»Leberwurst ... Gail, was ist mit dem Arzt, den du konsultieren wolltest? Yost?«

»Der hat mir genau dasselbe verschrieben wie der letzte. Ich habe ihm gleich gesagt, es würde nichts nützen. Oh, nicht daß ich nicht einschliefe – das Phenobarb schlägt durch wie ein Hammer. Aber dann erwache ich mitten in der Nacht, als hätte ich plötzlich einen Kanonenschuß gehört, und mein Herz klopft tausendmal in der Minute. Und am nächsten Tag bin ich ein Wrack, ein absolutes Wrack. Nein, das ist keine Lösung, Helen; ist es noch nie gewesen.«

»Und gestern nacht?«

»Ich habe gar nichts genommen. Ich hab's einfach nicht fertiggebracht. Ich wollte mich heute wenigstens wie ein Mensch fühlen.«

»Und fühlst du dich wie ein Mensch?«

»Nein.«

»Also hast du gar nicht geschlafen.«

»Eingeschlafen bin ich schon«, sagte Gail. »Damit habe ich selten Kummer. Aber dann ...«

»Dann kamen wieder die Träume, nicht wahr?«

»Weißt du was? Gespräche über meine Gesundheit sind etwa so interessant wie – Leberwurstsandwiches. Wie kannst du so etwas überhaupt essen?«

»Ich brauche Eisen«, sagte Helen, die gedankenverloren vor sich hin kaute. Gail ließ sie träumen und trank aus ihrer Milchtüte. Plötzlich musterte Helen sie mit ungewohntem Ernst und sagte: »Schatz, hättest du etwas dagegen, wenn ich mal was sehr Persönliches sage?«

»Bitte.«

»Ich habe eine große Klappe, das kann jeder sehen, und manchmal meine ich fast, das gäbe mir das Recht, gewisse Dinge offen auszusprechen. Unterbrich mich, wenn ich über das Ziel hinausschieße, aber ... naja, du erinnerst mich an mich selbst.«

»In welcher Beziehung?«

»Ach, mach dir keine Sorgen – ich werde dir meine Krankengeschichte ersparen. Da wir gerade über Leberwurst reden – vor ein paar Jahren war ich auch wie durch den Wolf gedreht. Ich meine, ich hatte die schlimmsten hysterischen Zustände, die du dir nur vorstellen kannst.«

»Du?« Mit diesem Ausruf charakterisierte Gail das unbeschwerte Wesen ihrer Freundin.

»Jede Schallplatte hat zwei Seiten – du schaust dir gerade die A-Seite an.« Helen knüllte die Überreste ihres Sandwich zusammen und stopfte sie in die Papiertüte. »Ich will dir sagen, wie schlimm es mit mir stand«, sagte sie. »Eines Abends ging ich ins Badezimmer, nahm eine Rasierklinge und schnitt mir die Pulsadern auf.«

Sie knöpfte die langärmelige Bluse auf, und Gail erkannte, daß Helens Kleidung stets die Handgelenke verdeckte. Die Narben waren dünn, hell und lang.

»Kräftige, kühne Striche«, sagte Helen.

Gail war sprachlos.

»Wie du vielleicht schon erraten hast«, fuhr Helen fort, »hab ich mich sehr blöd angestellt. Natürlich legte man mich auf eine psychiatrische Station; ich hatte niemanden, der die Sache für mich vertuschte. Als ich wieder rauskam, wurde ich zu einem Psychiater in Beobachtung gegeben. Ein junger Typ, frisch von der Uni, noch feucht hinter dem Diplom. Dr. Vanner hieß er. Gott segne jedes Haar in seinem Bart.«

»Er hat dir geholfen?«

»Er hat mir das Leben gerettet! Ich meine das wortwörtlich.«

»Besuchst du ihn immer noch?«

»Nur noch einmal monatlich. Um meine Psyche rundum im Schuß zu halten.« Sie lächelte. »Vanner ist heute erheblich teurer als früher. Praxis an der Park Avenue. Echtlederne Couch. Als ich ihn kennenlernte, hat er noch zwei Küchenstühle zusammengestellt.« Sie berührte Gails Hand. Dabei fielen ihr die Narben an den Handgelenken ein, und sie knöpfte ihre Ärmel zu. »Schatz, ich wollte dich nur fragen, ob du schon mal einen Mann wie ihn besucht hast.«

Gail zögerte, ehe sie antwortete: »Nein, ich habe keinen besucht. Ich *wurde* besucht. Haufenweise kamen diese Leute ins Haus. Und es gab eine Zeit, da ... Hör mal, Helen, wenn das alles auf die Bemerkung abzielt ›Ich habe da einen Arzt für dich‹, vergiß es bitte. Ich könnte so etwas nicht nochmal durchmachen – ehrlich nicht.«

»Okay, okay, war ja nur ein freundschaftlicher Vorschlag.« Sie preßte den Papierbeutel noch mehr zusammen, zielte damit nach einem Drahtpapierkorb und warf daneben. »Ich komme nicht recht voran mit dir, wie?« Sie lächelte. »Du willst meinen Arzt nicht aufsuchen, du willst nicht mal meine Freunde kennenlernen. Oder hast du's dir wegen heute abend anders überlegt?«

Gail senkte den Blick, und Helen seufzte. »Was für eine verrückte Freundschaft ist das eigentlich? Du kennst niemanden aus meinem Bekanntenkreis, und umgekehrt ebenso.«

»Tut mir leid, Helen, ehrlich ...«

»Ach, entschließ dich doch einfach, Gail, ja? Es wird bestimmt toll. Wenn du erst ein paar von meinen Freunden kennst, hältst du dich für ganz normal!«

»Um ganz ehrlich zu sein, ich bin keine große Partykanone. Ich fühle mich schnell isoliert, und das bekommen alle zu spüren. Dann bin ich wie eine offene Eisschranktür ...«

»Wer weiß?« Helen grinste, und ihr Mund war wieder clownhaft verzogen. »Vielleicht findet sich ein Knabe, der die Auftauanleitung hat.«

Gail antwortete nicht.

Auf dem Heimweg dachte sie über Helens Bemerkung nach, die natürlich zutraf. Sie war noch nie bei Helen zu Hause gewesen oder hatte Helen zu sich eingeladen. Plötzlich wurde ihr bewußt, daß sie sich ihres

Reichtums schämte. Die seltsame Entdeckung nahm sie so gefangen, daß sie ihre Umwelt vergaß und nichts mehr mitbekam – auch nicht, daß sie wieder verfolgt wurde. Von einem Paar Gucci-Schuhe.

Mrs. Bellinger schlurfte auf ihren Senkfüßen in der Küche herum. Als sie die Vordertür zufallen hörte, zog sie die Hausschuhe mit den herausgeschnittenen Ballenlöchern aus und zwängte ihre entzündeten Füße stöhnend in normale Schuhe. Gail sollte auf keinen Fall Zeichen des Verfalls an ihr bemerken – dabei waren die Füße schon immer ein Problem gewesen. Erst als Gails Mutter gestorben war, erst als Gail in dem Heim (im Geiste bezeichnete Mrs. Bellinger die Mead-Klinik immer nur als das Heim) untergekommen war, hatte sie sich in ein Krankenhaus begeben und ihre dicken Adern in beiden Beinen behandeln lassen. Aber die Phlebektasie hatte den schlimmen Füßen nicht geholfen, die ein doppelter Anziehungspunkt für alle Hühneraugen, Schwielen und Entzündungen der Gegend waren.

Sie trat ins Wohnzimmer und fragte: »Gail, Liebling?«

Aber Gail war zu schnell gewesen. Sie befand sich bereits im Obergeschoß und eilte auf ihr Schlafzimmer zu. Die Haushälterin, die zugleich Mutterstelle vertrat, rief noch einmal, wurde aber nicht gehört; und sie wagte sich nicht auf die Treppe. Mrs. Bellinger wußte kaum noch, wann sie zuletzt die Treppe erstiegen hatte. Natürlich kümmerten sich die anderen Dienstboten um die oberen Gefilde des Hauses; ihr Reich war die Küche. Die Goldstaubzwillinge waren vor langer Zeit in den Süden zurückgekehrt, aber zwei andere hatten ihre

Stelle eingenommen. Drei Dienstboten für eine Herrschaft mochten manchem Außenstehenden übertrieben vorkommen, aber Mrs. Bellinger wußte, daß eigentlich das Haus Pflege erforderte, nicht Gail Gunnerson. Von Mrs. Bellinger brauchte Gail mehr als hausfrauliche Fähigkeiten, sie brauchte vor allem Liebe. Daran glaubte die Haushälterin fester als an Gott, obwohl sie sogar wochentags in die Kirche ging.

Sie kehrte in die Küche zurück und beschloß über die Haussprechanlage in Gails Schlafzimmer anzurufen. Die Verbindung war angelegt worden, als sie noch ein junges Mädchen war; ihr Vater hatte die Leitungen während seines letzten Urlaubs gelegt, ehe er nach Südkorea zurückkehrte, um dort von einem Granatsplitter getötet zu werden.

»Alles in Ordnung, Gail?«

»Ja, Emma. Alles in Ordnung. Nur übermüdet, wie üblich. Ich wollte mich vor dem Essen noch ein bißchen hinlegen.«

»Ob du dann heute nacht gut schlafen kannst?«

»Ich bin sicher, daß ich heute nacht *nicht* schlafe, ich bin auch sicher, daß ich jetzt nicht mal gut schlummern kann. Aber ich versuch's trotzdem.«

»Liebling, der Mann von der Polizei hat heute angerufen. Ich kann mir einfach seinen Namen nicht merken.«

»Lieutenant Baldridge.«

»Genau. Er hat gesagt, er könnte wegen der Streifenwagen nichts unternehmen; es gäbe keine Möglichkeit, die Fahrtrouten zu ändern.«

»Mit der Antwort hatte ich schon fast gerechnet.«

»Er meint, das beste wäre vielleicht, wenn wir alle

Schlösser auswechseln ließen. Oder uns einen Wachhund anschafften, was immer das ist.«

»Vielleicht wäre ein Gorilla besser als ein Hund. Ob Hertz wohl auch Gorillas vermietet, Emma?«

»Du scheinst ziemlich müde zu sein, Liebling.«

»Bin ich auch«, sagte Gail. »Ich weiß nicht, ob ich noch die Sachen vom Leib bekomme. Aber ich möchte nicht ganz durchschlafen, Emma, das wäre eine Katastrophe. Weck mich also um halb acht, ja?«

»Ich habe Marengo-Krabben zum Abendessen gemacht.«

»Halb acht, Emma, okay?«

»Gut«, seufzte die Haushälterin. Dann legte sie den Hörer auf und zog erleichtert die Schuhe wieder aus. Als sie eine Stunde später die seltsamen Geräusche aus dem Lautsprecher hörte, war sie froh, daß sie ihre Hausschuhe anhatte. Offenbar war Gail zu müde gewesen, um die Verbindung zu unterbrechen, denn Mrs. Bellinger hörte eine schrille Folge hysterisch abgehackter Schrei- und Schluchzlaute aus dem oberen Schlafzimmer. Sie sagte: »Grundgütiger Gott!« und ging mit schmerzenden Füßen zur Treppe. Sie wußte, daß es sich wieder mal um einen Traum handelte, um einen schlimmen Traum – war es das nicht immer gewesen? Aber sie hatte die Laute noch nie in die Küche übertragen bekommen, Laute, die ihr etwas Bedrückendes und zugleich Erschreckendes über Gail Gunnersons Alpträume verrieten: Gail Gunnerson wimmerte und schluchzte wie eine verängstigte Sechsjährige.

2

Ich habe das Gefühl, mein Bart fasziniert Sie«, sagte Dr. Vanner.

»Komisch«, erwiderte Gail kühl, »ich hatte dasselbe von Ihnen angenommen. So wie Sie andauernd daran herumzupfen.«

Er lachte, wobei er gesunde weiße Zähne zeigte, und streifte die Bartspitze mit einer Hand etwas nach oben. »Wissen Sie, damit haben Sie völlig recht. Aber der Grund ist ein bißchen undurchsichtig. Ich ließ mir den Bart wachsen, als ich mit dem College fertig war, vor gut zehn Jahren. Ob Sie's glauben oder nicht, vor zehn Jahren war ein Bart ein Kuriosum. Aber jetzt ist er natürlich nicht weiter auffällig.«

»Außer bei alten Männern«, sagte Gail.

»Ja.« Vanner lachte leise. »So ändern sich die Zeiten.«

»Haben Sie sich deshalb einen Bart stehen lassen? Um älter auszusehen?«

»So ungefähr. Um Zutrauen bei den Patienten zu erwecken. Vielleicht wollte ich auch nur mein Idol verehren, Sigmund Sie-wissen-schon. Oder die Leute sollten denken, ich sei seine Reinkarnation. Ich muß das eines Tages mal analysieren.«

»Glauben Sie, daß Sie sich das bei Ihren Honoraren leisten können?«

Vanners Lachen klang nicht mehr ganz so ungezwungen. »Sehen Sie, schon sind wir dabei, über den Arzt zu sprechen und nicht über die Patientin.«

»Ich habe nicht gesagt, daß ich eine Patientin bin. Ich wollte nur mal mit Ihnen *reden*.«

»Gut, reden wir. Aber es würde mir weiterhelfen, wenn ich ein bißchen mehr über Sie wüßte als nur Namen, Rang und Sozialversicherungsnummer . . .«

»Sagen Sie mir, was Sie wissen wollen.«

»Vielleicht sollte ich Ihnen zunächst berichten, was ich schon weiß – von Ihrer Freundin Miss Malmquist.«

»Redet sie denn über mich?«

»Nur wenn sie nicht von sich selbst, ihrem Vater, ihrer Katze oder ihren Begleitern spricht. Normalerweise in dieser Reihenfolge.«

»Was hat sie Ihnen erzählt?«

»Daß Sie eine Waise sind. Daß Ihr Vater kurz nach Ihrer Geburt starb und Ihre Mutter, als Sie sechs waren. Daß Sie kaum schlafen können. Daß Sie schlimme Träume haben. Daß Sie andere Männer mit Bärten besucht haben. Vermutlich mit ähnlichen Diplomen an der Wand.«

»Keiner von denen hatte einen Bart. Und sie waren alle viel älter.«

»Beunruhigt Sie mein Alter? Glauben Sie, ich könnte Ihnen bei der Lösung Ihres Problems nicht helfen, weil ich nicht reif genug bin, nicht weise genug?«

»Sind Sie's denn?« fragte sie, und überraschte sich damit selbst.

»Müssen Sie sich davon erst noch überzeugen?« fragte Vanner. »Miss Malmquist sagt, sie hätte mir ziemlich gute Referenzen gegeben. Wenn das nicht genügt –

nun, dann muß ich Ihnen meine Kräfte vielleicht irgendwie anders demonstrieren.«

»Zum Beispiel?«

»Im Stil des guten alten Sherlock Holmes. Sie wissen, Conan Doyle war auch eine Art Psychoanalytiker. Seine Technik der Schlußfolgerung, die wir fälschlicherweise ›Deduktion‹ nennen. Tatsachen in Erfahrung bringen, ohne daß die Betreffenden direkte Aussagen dazu machen.«

»Wissen Sie denn etwas über mich? Nur aus der Art und Weise, wie ich hier sitze und mit Ihnen rede? Körpersprache?«

Er lachte leise. »Tut mir leid, die spreche ich nicht. Aber wenn ich's täte, würde ich mir Ihren Körper anschauen und sagen: › O Mann!‹«

Gail errötete, und ihre Haut bildete einen kräftigen rosa Kontrast zu dem blonden Haar. Vanner beobachtete interessiert die Wirkung seiner Worte und fragte: »Belastet Sie meine Bemerkung? Haben Sie etwas gegen persönliche Anspielungen, anatomische Anspielungen?«

»Wenn Sie meinen, daß ich wegen eines sexuellen Problems gekommen bin, Doktor ...«

»Ich wollte Ihnen nichts unterstellen.« Er lehnte sich zurück und schlug einen ernsteren Tonfall an. »Und ich wollte fragen: Stimmt es, daß Ihre Mutter Selbstmord begangen hat?«

Im ersten Moment vermochte Gail nicht zu antworten; sie versuchte darauf zu kommen, welches Zeichen ihm diese Wahrheit eröffnet hatte. Schließlich erkundigte sie sich danach.

»Kein Zeichen«, sagte er ernst. »Das war nur ein

schlecht abgepaßter Scherz. Ich erinnerte mich daran, daß es einmal eine Schauspielerin namens Cressie Blake gegeben hat, die einen sehr reichen Mann namens Gunnerson heiratete und sich später umbrachte.« Sanft: »Sie taucht noch ab und zu im Spätprogramm auf. Haben Sie sie gesehen?«

»Nein, die alten Filme meiner Mutter schaue ich mir nie an – das ertrage ich nicht. Sie kommt mir so absolut fremd vor.«

»Das ist bedauerlich. Wenn Sie sich die Filme ansähen, wüßten Sie nämlich, wie ich auf meine Schlußfolgerung gekommen bin.«

»Ja. Ich weiß, daß sie mir ähnlich ist.«

»Auch in einer anderen Hinsicht als dem Aussehen?«

Sie sah Vanner an und spürte die Notwendigkeit, seinem Blick nicht auszuweichen. Er brach den Kontakt als erster und zupfte an seinem Bart. »Äh, hatten Sie irgendwelche anderen Verwandten?«

»Nur meinen Onkel Swann, den Bruder meines Vaters. Und meinen Vetter Piers, seinen Sohn.«

»Haben Sie später mit den beiden zusammengelebt?«

»Nein. Mein Onkel ist viel gereist. Meistens in Europa. Aber er hat alles für mich arrangiert – naja, oder die Bank.«

»Die Bank?«

»Die Familie hat etwas Geld. Die Bank hat das für mich verwaltet – tut sie immer noch. Meine Mutter hatte das so vorgesehen.« Mit einer gewissen Bitterkeit fügte sie hinzu: »Ich dürfte mich wohl gar nicht als Waise bezeichnen. Ich hatte ja Vermögensverwalter als Eltern.«

Zum erstenmal kam Vanner hinter seinem Schreibtisch hervor. Seine »Körpersprache« zeugte von Squash und Tennis. Er ging zu einem Ledermantel, der an einem Haken hing, und begann in den Taschen nach etwas zu suchen. Als er weitersprach, war seine Stimme völlig ernst. »Nein, Miss Gunnerson«, sagte er, »ich glaube nicht, daß die Bank eine Mutter ersetzen kann. Sie können nicht zur Bank laufen, wenn Sie sich das Knie aufschürfen oder einsam oder gekränkt oder hilflos sind ...« Er wandte sich zu ihr um, die endlich gefundene Zigarettenpackung in der Hand. »Oder wenn Sie *Angst* haben«, sagte er.

Gail wartete ab.

»Sie waren doch ein sehr verängstigtes Kind, nicht wahr?«

»Ja.«

»Und das Problem liegt darin, daß schließlich ein erwachsenes Mädchen aus Ihnen geworden ist. Und daß Sie immer noch verängstigt sind.«

Er kehrte zum Schreibtisch zurück und öffnete dabei die Packung. »Das ist das Unfaire am Erwachsenwerden. Man soll die Kindheitsängste abschütteln. Leider ist das nicht immer so einfach. Deshalb haben Leute wie ich Diplome und lassen sich Bärte wachsen.«

Irgend etwas kratzte an der Tür, und Vanner wandte den Kopf und lächelte. »Entschuldigen Sie mich einen Augenblick«, sagte er.

Er öffnete die Tür, und ein zotteliges Energiebündel schoß ins Zimmer, machte hastig Gebrauch von dem Lenksystem in seiner Nase, um sich das interessanteste Ziel auszusuchen, und leckte schließlich Gails Kinn. Sie lachte, streichelte das Wesen und fragte: »Wie heißt er denn?«

»Sie heißt Cassandra. Komm, Cass, laß die Dame zufrieden.«

»Mir macht das nichts, ich mag Hunde. Was ist das für einer? Die Rasse kenne ich nicht.«

»Cass auch nicht. Komm, du haariger Bursche, es wird Zeit für deine Therapie!«

Cass sprang auf die Ledercouch des Arztes und ließ sich auf den Rücken rollen. Wieder lachte Gail; alles, was Tiere den Menschen nachmachten, reizte sie unweigerlich zum Lachen. Vanner wollte das Tier von der Couch scheuchen, aber der Hund gab sich widerspenstig.

»Komm, Cassie. Jetzt reicht's. Runter mit dir!«

»Es gefällt ihr«, sagte Gail.

»Klar. Es ist sehr gemütlich da oben. Aber die Couch ist für Menschen reserviert.« Er sah Gail vielsagend an. »Für meine Patienten«, fuhr er fort.

Gail registrierte seinen Blick und stand auf. »Ich weiß, was Sie sagen wollen, Doktor.«

Als sie sich der Couch näherte, sprang der Hund zu Boden. »Ich habe das Gefühl, ich bin hereingelegt worden«, sagte sie.

»Allerdings«, erwiderte Vanner leichthin. »Aber wenigstens haben wir diese Hürde nun übersprungen, nicht wahr?«

Als sie unter dem Vordach des Apartmenthauses hervortrat, blickte sie in beide Richtungen die fast verlassene Straße entlang und fragte sich, warum die Park Avenue so wenige Fußgänger anzog. Dann dachte sie: Es sind die Läden, oder das Fehlen von Läden. Hier ist kein Schaufensterbummel möglich. Sie konzentrierte sich entschlossen auf die Flaniergewohnheiten der New

Yorker und andere unwichtige Themen; dabei war ihr bewußt, daß sie es vermied, sich mit den fünfzig Minuten zu befassen, die sie eben in Dr. Joel Vanners Büro verbracht hatte; besonders die letzten dreißig Minuten, als sie zum erstenmal seit Jahren den Namen der Mead-Klinik hatte aussprechen müssen.

Vielleicht war es der Gedanke an die Kindheit, der plötzlich den Hunger nach etwas Süßem in ihr weckte. Sie ging in Richtung Lexington Avenue und hielt krampfhaft Ausschau nach dem Schild eines Cafés. Wieder verhinderte ihre Konzentration, daß sie den Verfolger bemerkte. Aber er war ihr auf den Fersen.

Sie entschied sich für eine Cafeteria, in der sie sich in aller Ruhe etwas aussuchen und sehen konnte, was sie bekam. Seit ihrer Kindheit hatte Gail ein Gericht *sehen* müssen, damit ihr schwacher Appetit ... Wieder unterdrückte sie jeden Gedanken an die Kindheit; für heute reichte es ihr.

Am Tresen wählte sie ein Stück Schokoladenkuchen mit sieben Schichten aus, nahm eine Tasse Kaffee mit und setzte sich an einen kleinen Tisch an der Wand. Das Lokal war ziemlich schwach besucht. Als der hagere junge Mann etwas verloren mit seinem Tablett zwischen den leeren Tischen herumwanderte, vermutete sie sofort, daß er sich einen Tisch in ihrer Nähe aussuchen würde. Aber sie irrte sich – er wählte ihren Tisch.

»Haben Sie etwas dagegen?« Er lächelte und stellte sein Tablett ab. Es enthielt eine Tasse schwarzen Kaffee und ein halbmondförmiges Kuchenstück.

Sie musterte ihn von oben bis unten – wobei ihr Blick zuerst auf die Gucci-Schuhe fiel.

»Verschwinden Sie«, sagte sie.

»Öffentliches Lokal«, erwiderte er. »Man soll teilen, wo man kann, wissen Sie.«

»Es gibt hier zweihundert leere Tische. Verschwinden Sie, oder ich rufe den Geschäftsführer.«

»Ich habe keine Lust, allein zu essen. Ich hasse es, allein zu essen. Deshalb gehe ich in Cafeterias, damit ich unter Menschen bin.«

»Wenn ich's mir genau überlege«, sagte Gail eisig, »sollte ich sogar die Polizei rufen. Ich sage den Beamten, daß Sie mich schon den ganzen Tag verfolgen.«

»Gut, rufen Sie die Polizei«, sagte er. »Ich bin die Weglauferei sowieso leid. Da möchte ich's lieber gleich mit den Beamten ausschießen.«

Er setzte sich, und Gail sprang prompt auf und griff nach ihrem Tablett.

»Bitte, Miss Gunnerson!« sagte er. »Gehen Sie nicht. Setzen Sie sich, oder ich bringe mich um.«

Er nahm das Hörnchen vom Teller und zielte damit auf seine Schläfe.

»Woher wissen Sie meinen Namen?«

»Ich weiß sehr viel über Sie. Ihr Vorname ist Gail. Sie nehmen Zeichenunterricht in der Kunst-Liga. Sie wohnen im größten Haus an der Schuyler Avenue. Und Sie können nachts nicht besonders gut schlafen. Vielleicht liegt das an dem vielen Schokoladenkuchen, den Sie essen.«

»Und wer sind Sie? Woher wissen Sie das alles?«

Ernst: »Miss Gunnerson, haben Sie schon einmal vom FBI gehört?«

»Natürlich.«

»Ich auch. Großartiger Laden, was? Hätte nichts dagegen, eines Tages mal für die Leute zu arbeiten.«

»Wenn das ein Witz sein soll . . .«

»Kein besonders guter, ich weiß.«

»Sie haben mich verfolgt. Halten Sie das vielleicht auch für einen Witz?«

»Nein«, sagte er. »Ich halte das für meine Arbeit. Ich heiße übrigens Steve Tyner.« Er machte eine erwartungsvolle Pause. »›Freut mich, Sie kennenzulernen, Mr. Tyner‹«, sagte er dann. »›Ganz meinerseits, Miss Gunnerson.‹«

»Wer könnte Sie beauftragen, mich zu verfolgen?«

»Sie zu *beschützen*. Alles ganz positiv gemeint, glauben Sie mir.«

Und da wußte sie natürlich Bescheid. Worte wie »beschützen« konnten nur aus einer Ecke kommen.

»Die Bank«, sagte sie tonlos. »Sie arbeiten für die Fiduciary.«

»Berichtigung. Ich bin freiberuflicher Detektiv. Die Bank hat meine Dienste gemietet, nicht aber mich.«

»Wo liegt da der Unterschied?«

»Mr. Tedesco von der Bank hielt es für ratsam festzustellen, was Sie bekümmert.«

»Wer behauptet, daß mich etwas bekümmert? Außer Ihnen?«

Er atmete tief ein. »Im letzten Monat haben Sie viermal bei der Polizei angerufen.«

»Nur einmal. Die übrigen Male hat Mrs. Bellinger telefoniert. Meine Haushälterin.«

»Auf Ihr Ersuchen.«

»Ich habe im Haus . . . Geräusche gehört. Ich nahm an, es könne sich um einen Vagabunden handeln, einen Einbrecher, irgend jemanden.«

»Und was hat die Polizei angenommen?«

»Es hat nichts gefehlt, es gab keine Hinweise, keine Einbruchsspuren. Die Beamten sagen, ich müsse mich geirrt haben. Sie haben sich weiter keine Gedanken darüber gemacht.«

»Nun, Mr. Tedesco hat sich aber Gedanken gemacht. Sie wissen, die Bank interessiert sich für alles, was mit Ihnen passiert.«

Ärgerlich sagte sie: »Die Fiduciary Bank, Mr. Tyner, ist wie eine dicke alte Glucke. Jede Marmorsäule in der Kassenhalle zittert, wenn ich bloß niese.«

»Die Leute tun nur ihre Pflicht. Sie passen auf Sie auf – und auf Ihr Geld. Sie sind ein reiches kleines Mädchen.«

»Ja, und wenn Sie mich nicht endlich in Ruhe lassen, *kaufe* ich die Fiduciary und mache einen Waschsalon daraus.«

»Waren Sie mit den Ermittlungen der Polizei zufrieden? Haben die Beamten Sie überzeugt, daß wirklich alles nur Ihrer Phantasie entsprungen ist?«

»Oh, ich verstehe«, sagte Gail und preßte die Lippen zusammen. »Sie sind Privatdetektiv, und Sie scheuen sich nicht, in öffentlichen Lokalen um Klienten zu werben. Geht es darum, Mr. Tyner?«

»Ich stehe doch längst auf Ihrer Seite; wie kann ich Sie nur davon überzeugen? Hören Sie, selbst wenn die Polizisten keine aufgebrochenen Türen oder Fußabdrücke in der Speisekammer gefunden haben, besteht doch die Möglichkeit, daß es die Geräusche, die Sie im Haus gehört haben, wirklich gegeben hat. Daß jemand Ihr Haus im Auge hat, daß er erkundende Schritte unternimmt – eine Generalprobe für den großen Eröffnungsabend. Etwa die Eröffnung Ihres Wandsafes und so.«

»Ich habe keinen Wandsafe. Bis auf das Silber und ein bißchen persönlichen Schmuck sind keine Wertsachen im Haus.«

»Aber *ein* sehr wertvolles Stück befindet sich dort.«

»Und das wäre?«

»Sie«, sagte Steve Tyner. »Wir dürfen nicht nur an einen schweren Einbruch denken, Miss Gunnerson. Es gibt auch andere Verbrechen. Etwa Entführung und Erpressung. Wenn die ... Probleme, mit denen Sie sich herumschlagen, zu Ereignissen dieser Art führen, müssen Sie scharf beobachtet werden.«

Sie stand auf und schob dabei nachdrücklich ihr Tablett gegen die Wand. »Tut mir leid, Mr. Tyner. Ich stelle heute keine Leute ein. Und Sie können Mr. Tedesco sagen, daß ich keine Geräusche im Haus mehr höre und daß ich sicher wäre, die Sache ist vorbei.«

»Das wird ihm aber nicht genügen.«

»Also gut. Sagen Sie ihm außerdem, sein väterliches Getue wäre mir ebenso verhaßt wie sein finanzielles Kauderwelsch und seine fiesen spionierenden Schwindeldetektive! Nein, lassen Sie das lieber, ich sag's ihm heute nachmittag selbst. Und ich werde ihm sagen, wenn Sie mir je wieder unter die Augen kommen, Mr. Tyner, wird mein Konto am 2. Dezember von der Fiduciary abgezogen. Falls Ihnen das Datum nichts bedeutet, fragen Sie Mr. Tedesco. Für ihn ist dieser Tag sehr wichtig!«

»He«, sagte Steve schwach. »Sie machen mich arbeitslos, wissen Sie das?«

»Da habe ich einen prächtigen Vorschlag für Sie.«

»Was?«

Sie griff nach dem Hörnchen und reichte es ihm.

»Erschießen Sie sich!«

Sie verließ die Cafeteria so hastig, daß sie fast zu zahlen vergaß. Steve sah ihr nach, wie sie durch die Drehtür verschwand, und lehnte sich seufzend zurück. Er betrachtete das Gebäck in seiner Hand und richtete es auf seine Schläfe.

»Peng!« sagte er.

»Sie hat an dem Tag Geburtstag«, berichtete Tedesco.

»Na und?«

»Kein gewöhnlicher Geburtstag, jedenfalls nicht nach den Bedingungen des Treuhandfonds, den ihr Vater für sie geschaffen hat. An dem Tag bekommt sie Vollmacht über das ganze Vermögen. Wenn sie die Fiduciary wirklich verabschieden wollte, könnte sie das tun. Verstehst du jetzt?«

Steve nahm einen Brieföffner vom Tisch des Bankiers und reinigte sich damit die Fingernägel. Wenn Saul Tedesco nicht mit Steves Tante verheiratet gewesen wäre und den jungen Mann nicht so gemocht hätte und wenn er so hartherzig gewesen wäre, wie Gail Gunnerson annahm, hätte er jetzt die Stirn gerunzelt. Aber so lächelte er nur.

»Glaub ja nicht, daß ich mir Sorgen mache«, sagte er. »Miss Gunnerson und die Bank arbeiten schon zu viele Jahre zusammen, als daß sie jetzt überstürzt handeln würde. Es wäre fast, als würde man eine Nabelschnur durchschneiden. Mag sein, daß sie die Wilde spielt und uns beschimpft, aber sie braucht uns auch.«

»Ich habe übrigens noch einmal mit dem Polizeibeamten gesprochen.«

»Baldridge?«

»Ja. Ich dachte mir, es könne nicht schaden, die Sache noch mal mit ihm durchzugehen. Er hat sich nicht besonders über meinen Besuch gefreut.«

»Was hat er gesagt?«

Steve zuckte die Achseln. »Dasselbe wie vorher, nur nicht mehr so freundlich. Er sagte, sie gingen jedem Anruf sorgfältig nach. Die Tatsache, daß die junge Gunnerson schon ein paarmal Alarm gegeben hat, mache die Polizei nicht weniger wachsam – was hätte er mir anderes sagen sollen? Oh – er hatte ein neues Argument gegen sie in der Hand.«

»Und das wäre?«

»Offenbar hat sie vor zwei Monaten ein weiteres Mal bei der Polizei angerufen – allerdings nicht von zu Hause. Sie war irgendwo im Norden in einem Hotel; es ging um ein Tennisturnier, das sie sich anschaute oder an dem sie teilnahm – er wußte es nicht genau. Mitten in der Nacht rief sie die dortige Polizei an und sagte, jemand habe versucht, in ihr Zimmer einzudringen. Die Beamten haben das überprüft, aber nichts gefunden.«

Tedesco seufzte. »Die Polizei kennt übrigens ihre Vorgeschichte. Habe ich dir das schon gesagt?«

»Baldridge hat so etwas angedeutet. Woher weiß man das – von dir?«

Sein Onkel sah ihn gekränkt an. »Warum läßt du immer wieder anklingen, ich wollte mich gegen Gail Gunnerson stellen? Das trifft nämlich nicht zu. Ich bin ehrlich besorgt um sie. Wie wir alle.«

»Ah ja. Du und Mr. Comfort und Mr. Sankey und Mr. Rorimer und all die anderen Buchhaltertypen . . .«

»Tu deine Arbeit, Steve, mehr verlangen wir nicht.«

»So leicht, wie es sich anhört, ist es gar nicht. Wenn ich ihr wieder unter die Augen komme – ich meine, sie ist ein ziemlich harter Brocken.«

»Ach, du wirst sie schon weichkriegen. Knips deinen Charme an.«

»Weißt du, wie sie mich genannt hat? Einen Schwindler!«

»Ist dir das an die Nieren gegangen?«

»Nein – warum? Ich bin doch einer.«

»Was hast du ihr erzählt? Über dich?«

»Ich habe ihr gesagt, man hätte mich engagiert, sie zu beschützen.«

»Gewissermaßen stimmt das auch.«

»Pustekuchen. Ich bespitzele sie – darauf läuft es doch hinaus!«

»Du brauchst keine Gewissensbisse zu haben, Steve. Das Mädchen wird bestens versorgt sein, was immer die Gerichte beschließen ...« Er beugte sich über den Tisch und nahm seinem Neffen den Brieföffner aus der Hand. Seine Stimme klang leise und beruhigend. »Du mußt es mal so sehen«, sagte er. »Das Gunnerson-Erbe ist weitaus mehr als Zahlen auf einem Bankkonto. Es umfaßt Besitztümer, Grundstücke, Fabriken – die Arbeitsplätze von mehreren tausend Leuten ...«

»Und ein hübsches dickes Konto für die Fiduciary.«

»Klar, das auch. Aber vergiß nicht, daß wir die Maschine in Gang halten, Steve. Wenn das Mädchen seelisch nicht ausgeglichen ist, wenn sie nicht verantwortlich handelt, könnte sie der Maschine erheblich schaden. Sie vielleicht zum Stillstand bringen. Das dürfen wir nicht zulassen.«

Steve, dessen dünnen, nervösen Händen der Brieföffner fehlte, beruhigte sie, indem er sie in die Jackentaschen steckte.

»Du hast mich noch nicht gefragt, was ich von ihr halte.«

»In welcher Hinsicht?«

»Na, mein Eindruck von ihr als Mensch.«

Tedesco setzte ein schiefes Lächeln auf. »Ich hatte dir gleich gesagt, daß sie hübsch ist.«

»Ich habe mit ihr gesprochen, Saul. Sie kam mir durchaus ehrlich vor. Sie hatte überhaupt nichts Hysterisches. Keine großen stieren Augen, nichts von dem, was du mir angedeutet hast.«

»Angedeutet? Was habe ich dir *angedeutet*?«

»Das weißt du verdammt gut. All das Gerede, daß sie als Kind in einem psychiatrischen Institut gewesen ist – als Sechsjährige, um Himmels willen!«

»Sie war fast zwölf, als man sie aus der Mead-Klinik entließ«, sagte Tedesco nachdenklich. »Das war damals ihr halbes Leben. Und dann ihre Mutter. Die medizinischen Unterlagen sind da ziemlich unpräzise, aber sie war offenbar schwermütig; deshalb erhängte sie sich. Solche Dinge können sich in einer Familie weitervererben, Steve, wußtest du das nicht? Himmel, laß dich doch nicht von schönen braunen Augen narren, nur weil sie keinen stieren Blick haben. Was immer du glauben möchtest – Gail Gunnerson ist ein Fall für die Psychiater.«

3

Nächtliche Gedanken:

Das unvollendete Stilleben in der verglasten Veranda, die ihre Mutter Wintergarten genannt hatte. Die Vermischung von Äpfeln und Orangen auf ihrer Palette. Mrs. Bellinger, die mütterliche Kritikerin, die das Bild überschwenglich lobte. *Das Obst sieht so echt aus, daß man's essen möchte, mein Liebling.* Aber nicht gut genug zum Rahmen, verriet Gail erschöpft ihrem Kissen. Klopfte es zurecht, wendete es auf die kühle Seite.

Vanner. Wann hatte sie morgen den Termin? Drei oder vier Uhr? Glatt vergessen. Welche Bedeutung hatte das? Natürlich innerer Widerstand. Sollte sie davon sprechen? Gail bewegte die nackten Beine über das glatte Laken, deren angenehme Oberfläche ihr plötzlich zu Bewußtsein kam. Sie dachte an die Worte *ärztlicher Benimm* und fragte sich, ob sie etwas Erotisches hatten. Vanner war ein attraktiver Mann. Der Bart hatte sie zuerst abgestoßen, doch jetzt überlegte sie, wie er sich wohl anfühlte. Sie beschloß diese Gedanken auf der Couch des Analytikers nicht zur Sprache zu bringen. Sie war nicht zur Transferenz bereit – noch nicht.

Steve Tyner.

Sie verdrängte sein Bild, indem sie die Augen in das Kissen drückte, doch schon fühlte sich das Baumwollgewebe wieder warm an. Oder war das ihre gerötete

Haut? Entrüstung – oder etwas anderes? Die Richtung ihrer Gedanken war ihr plötzlich zuwider. *Eine neue Richtung, bitte,* murmelte Gail.

Aber der Schlaf wollte sich nicht einstellen. Sollte sie ein Seconal nehmen? Phenobarb? Nembutal? Freie Wahl. Der nette Mr. Todd, der willige Apotheker. Vergessen, von freundlichen alten Herren hilfsbereit zur Verfügung gestellt. Und Dr. Yost. Was hatte er ihr für die Nerven empfohlen? Einen Wechsel der Umgebung. Flucht vor dem Vertrauten. Ein Rückzug vor dem Schrecklichen. Die Ärzte in der Mead-Klinik waren anderer Ansicht gewesen. Es gebe keine Flucht, sagten sie. Dies war Gails Zuhause, und sie müßte es eigentlich wieder anheimelnd gestalten, müßte es zu einem Ort des Friedens und der offenen Tür werden lassen, nicht der Angst.

Sie öffnete die Augen und ließ ihren Blick durch das Schlafzimmer wandern, zum Fenster, zum massigen Schrank, zur Tür. Sie empfand nichts. Die Dunkelheit ihres Zimmers, gedämpft durch den Schimmer der Nachtleuchte, war tröstend und nicht furchterregend. Sie hatte Mühe, Vanner begreiflich zu machen, warum sie keine Angst vor der Dunkelheit hatte. Sie fürchtete eher . . .

Ja, was?

Sie blickte auf das Leuchtzifferblatt der Uhr. Viertel nach zwei. Sie dachte an das Buch, das sie um Mitternacht angefangen und um ein Uhr zur Seite gelegt hatte, ohne die Handlung zu verstehen. Sie tastete danach, hielt aber inne, als sie es hörte, das

Rumsen.

Es war ein eindeutiger Laut, als habe sich etwas Rundes und Weiches direkt auf das Gunnerson-Haus gesetzt. Ein ausgebrannter Meteor, zu einem kalten Tonballen verglüht, der auf das Dach fiel.

Wieder hörte sie den Laut und wußte, daß er vom Dachboden kam.

Gail hatte schon öfter dort Geräusche gehört und hatte sich jedesmal von einer anderen Erklärung überzeugen lassen. Das Dachfenster war nicht intakt. Alte Balken und Dielen ächzten und knackten. Die Schwerkraft richtete allerlei Unheil an; aufgestapelte Kisten fielen von allein um. Verschiedene Kammerjäger hatten vor Termiten gewarnt. Und dann die Ratten oder Katzen oder Fledermäuse, die heimlichen Dachbodenbewohner so vieler anderer Häuser von der Größe und Stattlichkeit des Gunnerson-Anwesens.

Doch jedesmal führte das *Rumsen* über ihrem Kopf dazu, daß sie im Bett hochfuhr und nach der Haushälterin rief. Mrs. Bellinger hatte zunächst darauf reagiert, indem sie die Polizei anrief (ihre erste Begegnung mit dem säuerlichen Gesicht Lieutenant Baldridges). Dann hatte sie es gewagt, auf den Boden zu gehen, und konnte Gail die persönliche Versicherung geben, daß sich dort oben keine Dämonen herumtrieben. Beim drittenmal hatte sie die bebende Gail in die Arme geschlossen und die Erscheinung einem Traum zugeschrieben.

Als sie Dr. Vanner von dem seltsamen Phänomen erzählte, hatte er ihr mit ernstem Interesse zugehört und dann gefragt, ob es ihr je in den Sinn gekommen sei, der Sache selbst nachzugehen.

»Ich wußte ja gar nicht, ob es da etwas gab, dem man auf den Grund gehen konnte«, sagte sie. »Ich meine, ich weiß durchaus, daß da gar nichts ist . . .«

»Das wissen Sie nur aus zweiter Hand«, sagte Vanner. »Deshalb haben Sie die Erklärung nie wirklich akzeptiert.«

»Aber doch!«

»Warum haben Sie dann solche Angst, wenn Sie die Geräusche hören? Warum ist das jedesmal ein besonderer Augenblick in Ihrem Leben? Liegt es nicht daran, daß Sie nie den Mut gehabt haben, sich mit eigenen Augen zu überzeugen?«

Sie dachte über diese Worte nach, während sie um Viertel nach zwei aufrecht im Bett saß und auf eine Wiederholung dessen wartete, was da nachts über ihrem Kopf bumste.

Sie hörte es zum drittenmal.

Sie hatte Angst, aber sie wußte, was sie tun mußte. Anstatt Mrs. Bellinger zu rufen, stieg sie aus dem Bett und zog Hausschuhe und Morgenmantel an.

Sie trat in den Flur hinaus. An einem Ende des Gangs wachte noch immer die große Standuhr. Die andere Seite war ungeschützt. Dort begann eine kurze Treppe, die zur Bodentür führte.

Dr. Vanner wäre stolz auf mich, dachte sie.

Sie stieg die Treppe hinauf.

Ich habe ja nicht mal Angst, überlegte sie fast triumphierend.

Sie öffnete die kleine Kipptür. Der Bodeneingang war so niedrig, daß sich ein Erwachsener beim Eintritt bücken mußte, und sie ließ sich durch diese Tatsache einen Augenblick aufhalten.

Die Dunkelheit auf dem Boden schien anders zu sein als die Schwärze in ihrem Schlafzimmer. Aber sie wußte, daß in der Mitte eine elektrische Birne hing und daß der Schalter erreichbar war, ohne daß sie einen Fuß über die Schwelle setzen mußte.

Sie schob die Hand um den Türrahmen und ertastete den Schalter, den sie mit einiger Mühe betätigte. Der wenige Gebrauch hatte ihn unbeweglich gemacht. Es gab keine plötzliche Lichtflut; die Birne war schwach, und der Bodenraum schimmerte gelblich vor ihr. Sie neigte den Kopf und trat ein.

Im staubigen Lichtkreis hing ihre Mutter an einem niedrigen Dachbalken. Die elektrische Schnur lag schwarz um ihren bleichen Hals, und sie trug das Kleid, an das sich Gail am besten erinnerte – ein bodenlanges weites Gewand aus schimmernd blauem Satin.

Mrs. Bellinger mühte sich mit ihr. Warum kämpfte Mrs. Bellinger gegen sie, warum versuchte sie ihr die Arme festzuhalten? Verwirrt und in dem Bewußtsein, daß ihr das Blut in den Ohren rauschte, brüllte sie sie an, sie solle aufhören, sie habe kein Recht, so etwas zu tun, überhaupt kein Recht! Einen Augenblick lang glaubte sie, die Haushälterin werde ihr ins Gesicht schlagen, und überlegte, daß das ja das Heilmittel gegen die Hysterie sei. Sie erkannte, daß Mrs. Bellinger nicht ihre Feindin, sondern nur ihre Therapeutin war. *Es liegt an mir, an mir*, dachte Gail außer sich. *Ich bin übergeschnappt!*

Bei dem Gedanken gab sie die Gegenwehr auf und merkte, wie sich der Griff der Haushälterin um ihre Arme lockerte. Unten am Rücken spürte sie einen schmerzhaften Druck, und Gail merkte, daß sie am Fuße der Bodentreppe lag und sich auf den Stufen krümmte.

Dann erinnerte sie sich an die Ursache ihres hsysterischen Anfalls und versuchte Mrs. Bellinger davon zu erzählen.

»Ich weiß, mein Liebling, ich weiß«, sagte die Haushälterin beruhigend. »Nur hast du dich geirrt! Komm, schau's dir an, Liebling, überzeug dich, daß es nur an deiner Phantasie liegt!«

Sie versuchte Gail wieder zum Boden zu ziehen, und Gail widersetzte sich mit dem jämmerlichen Wimmern eines Kindes. (Piers Swann, der sie zu ihrer toten Mutter führen wollte. *Nein, Piers, nein, ich will da nicht rein!)*

»Es war etwas ganz anderes, Schatz«, sagte Mrs. Bellinger einschmeichelnd. »Bitte schau dir an, was du gesehen hast, bitte.«

Sie wurde an der Hand genommen und wieder zur Bodentür geführt, zurück in den gelbschimmernden Raum, zurück zu der Erscheinung, die an dem niedrigen Balken hing . . .

Sie wimmerte, aber sie schaute hin.

Das blaue Sackkleid ihrer Mutter hing dort am Balken, gehalten von dem schwarzen Draht eines Metallbügels.

»*Das* hast du gesehen, Gail, mehr nicht«, sagte Mrs. Bellinger. »Du hast ihr Kleid gesehen, nicht deine arme Mutter. Den Irrtum hätte jeder begehen können, mein Liebling. Jeder.«

4

Nein«, erzählte sie Dr. Vanner am nächsten Tag (es hatte sich herausgestellt, daß der Termin um vier Uhr war), »Mrs. Bellinger hat sich geirrt. Nicht jeder hätte sehen können, was ich gesehen habe.«

»Ich glaube, ich verstehe, was Sie meinen«, erwiderte er. »Halluzinationen sind etwas sehr Individuelles. Sie setzen sich zusammen aus alten vergrabenen Erinnerungsbildern, Wahrnehmungen und geheimen Ängsten.«

»Ja, vielleicht meine ich das«, flüsterte Gail, und ihre Fingerknöchel verkrampften sich weiß um die Kanten der Couch.

»Sprechen Sie davon«, ermutigte sie Vanner.

»Das Wort – Halluzination. Ist das eine so alltägliche Erfahrung? Wenn jemand Halluzinationen hat, bedeutet das nicht, daß etwas mit ihm nicht stimmt?«

»Ab und zu ist es jedem mal vergönnt, etwas zu *sehen*. Einige Leute geben sich große Mühe damit. All die jungen Leute, die Acid, Skag, Peyote und Sonnenblumenkerne nehmen – was sehen die wohl, nachdem sie die normale Funktion ihrer Gehirnzellen verändert haben?«

»Ich habe mal zwei Züge von einer Marihuanazigarette geraucht«, sagte Gail. »Das sind meine ganzen Erfahrungen in dieser Hinsicht.«

»Also gut. Sagen wir einfach, Ihre Augen haben Ihnen etwas vorgemacht. Und dürfte nicht klar sein, daß Sie dieser Täuschung nur erlegen sind, weil es sich um eine Szene handelte, die Sie schon kannten?«

»Nein.« Gail schüttelte den Kopf. »Ich habe die Leiche meiner Mutter nie gesehen. Weder als sie sich aufhängte noch hinterher. Es war Mrs. Bellinger, die sie auf dem Boden fand.« Die Furche zwischen ihren Augen vertiefte sich. »Wo ich gerade darüber nachdenke – ich wußte überhaupt nicht, *wo* es passiert war. Hätte ich gewußt, daß es auf dem Boden geschehen ist, wäre ich gestern abend nie hinaufgegangen.«

»Wann haben Sie sich denn wieder daran erinnert?«

»Gar nicht. Mrs. Bellinger hat's mir schließlich erzählt. Meine Mutter hat sich da oben an einer elektrischen Schnur aufgehängt. Als ich noch ein Kind war, hat mir niemand die Einzelheiten verraten. Man wollte mir soviel wie möglich ersparen.«

»Oder Sie haben es sich selbst erspart«, sagte Vanner leise. »Sie wissen, daß der Geist die Möglichkeit kennt, Dinge zu vergessen, die er zu unangenehm findet.«

»Ja«, sagte Gail. »Das weiß ich nur zu gut.« Sie wandte den Kopf und sah ihn an. Vanners Stuhl stand immer unmittelbar hinter ihrem Kopf. »Es ist schrecklich heiß hier – oder bin ich das nur?«

»Sie und ich – wir beide«, sagte er lächelnd. »Meine Klimaanlage muß repariert werden – deshalb habe ich auch das Fenster offen. Ich hatte gehofft, Sie würden nichts merken.«

»Ist meine Stunde fast vorbei?«

»Ich schulde Ihnen noch zehn Minuten. Wissen Sie was?« fragte er fröhlich. »Würden Sie sich betrogen und verlassen vorkommen, wenn ich vorschlage, daß wir unser Gespräch draußen beenden?«

»Draußen?«

»Im Park. Ich habe Cassandra einen langen Spaziergang versprochen, sobald das Wetter besser würde. Wir könnten im Zoo vorbeischauen und einen Tee trinken oder so. Ich habe heute keine Patienten mehr.«

»Ich dachte, Psychoanalytiker verkehrten nicht privat mit ihren Patienten.«

»Das erzählen wir nur so herum. Bei hübschen Mädchen gilt das nicht.«

Cassandra, der Fast-Schäferhund, geriet völlig aus dem Häuschen, als die erste grüne Erhebung in Sicht kam. Vanner verstieß gegen die Parkvorschriften, indem er sie aus dem Halsband rutschen und hinter den anderen unrechtmäßig freigelassenen Hunden herjagen ließ. Beim Anblick ihrer wilden Fröhlichkeit wurde Gail leichter ums Herz.

»Schön ist es hier«, sagte sie. »Sie müßten im Sommer alle Patienten im Park behandeln.«

»Warum nicht? Und anstelle meiner Couch nehmen wir die Parkbänke.«

Sie kamen an einem schnarchenden Stadtstreicher vorbei, der ausgestreckt auf einer Bank lag.

»Ist das einer Ihrer Patienten?«

»Einer meiner Fehlschläge, der arme Bursche.«

Gail lachte.

Aber sie war wieder ernst und sogar ein wenig verdrossen, als sie schließlich im Freiluft-Café des Zoos bedient wurden, während Cassandra zufrieden unter dem Tisch lag und von Bäumen träumte.

»Sie wissen doch, warum ich Ihnen die Frage gestellt habe, nicht wahr? Über die Halluzinationen?«

»Na, weil Sie gerade eine gehabt haben.«

»Nein. Weil ich *mehr* als eine gehabt habe.«

»Von früheren Visionen haben Sie mir noch nichts gesagt.«

Sie zögerte. »Sie müssen ja nicht visuell gewesen sein, oder? Ich meine, ich habe im Haus Geräusche gehört, Geräusche, die es wahrscheinlich nie gegeben hat.«

»Was wollen Sie damit sagen?«

»Na, daß Leute, die normal sind, die geistig gesund sind, keine Halluzinationen haben.«

»Meinen Sie Ihre Mutter?«

»Das wissen Sie doch!«

Vanner seufzte. »Gail, geistige Gesundheit und Wahnsinn sind die beiden unpräzisesten Begriffe im Wörterbuch – allerdings nach der ›Liebe‹.«

»Die Krankheit meiner Mutter hatte nichts Unpräzises.«

Streng: »Nach den Angaben, die Sie mir gemacht haben, hatte Ihre Mutter nach dem Tod Ihres Vaters einen Anfall akuter Melancholie. Das ist die verbreitetste Ursache einer Depression, wissen Sie – der Verlust eines engen Familienangehörigen. Sie brauchte Hilfe, um wieder zu sich zu kommen, aber diese Hilfe kam nicht rechtzeitig. Bei Ihnen schon.«

»Ja«, sagte sie und blickte auf die Uhr. »Man hilft mir sogar mit Überstunden. Ich wußte ja gar nicht, wie spät es ist!«

»Kommt es darauf an?«

»Ich habe um sechs Uhr eine Zeichenstunde. Ich werde mich verspäten!«

»Ist das schlimm?«

»Nein«, sagte Gail. »Es ist jedenfalls nichts Neues.«

Aber es gab an diesem Abend doch etwas Neues in der Zeichenstunde.

»Neue Attraktion«, sagte Helen Malmquist und deutete mit einer Kopfbewegung auf die entgegengesetzte Seite des Zimmers.

Gail schaute hinüber. Steve Tyner stand dort an einer Staffelei und zeichnete. Seine Konzentration war offensichtlich gespielt. Als sie in seine Richtung blickte, lächelte er und winkte ihr mit zwei Fingern zu.

»He, das ging aber schnell!« sagte Helen.

»Eigentlich nicht.« Gail runzelte die Stirn. »Das ist das Scheusal, von dem ich dir erzählt habe, der Kerl, der mich verfolgt hat.«

»Himmel, hast du Grund zum Klagen?«

Steve nahm seinen Zeichenblock von der Staffelei und kam auf sie zu. Dabei schlug er das obere Blatt um, um sein Kunstwerk zu verdecken. Er tat, als blicke er Gail nicht an, sondern blieb an der Staffelei ihrer Nachbarin stehen und musterte die Zeichnungen mit gespielt kritischem Blick. »Wissen Sie, was bei Ihnen nicht stimmt, Madam?«

»Was denn?« fragte die Frau überrascht.

»Ihre Perspektive. Sie haben von Natur aus eine linkshändige Perspektive. Sie sollten immer von *der* Seite des Raumes aus zeichnen.«

»Meinen Sie wirklich?«

»Rembrandt hatte ebenfalls eine Linkshänderperspektive. Versuchen Sie's mal.«

Auch als er die Staffelei längst übernommen hatte,

blickte Gail ihn nicht an. Aber die Anstrengung war zu groß. Sie ließ ihre Stimme so eisig wie möglich klingen und fragte: »Weiß die Fiduciary Bank, daß sie für Zeichenstunden bezahlt?«

»Ich male schon seit Jahren.«

»Bilder oder Decken?«

»Dürfte ich mal Ihre Zeichnung sehen?« fragte Helen und schenkte ihm ein breites Lächeln. »Schon gut. Wir beide gehören zusammen.«

»Ich habe Ihren Namen nicht verstanden.«

»Helen Malmquist. Und wie heißen Sie?«

»Steve Tyner«, sagte er. »Und um ehrlich zu sein, habe ich etwas dagegen, wenn sich jemand meine Arbeiten ansieht, bevor sie fertig sind. Ich reagiere ziemlich empfindlich auf Kritik.«

»Vielleicht hätten Sie Privatstunden nehmen sollen.«

»Da mögen Sie recht haben.« Er sah Gail zögernd an. »Können Sie jemanden empfehlen?«

Helen bemerkte amüsiert, daß Gail sich starr auf das Aktmodell konzentrierte. Sie fragte: »Was hatten Sie denn für ein Honorar im Sinn?«

»Oh, Cocktails. Abendessen. Vielleicht eine Kutschenfahrt durch den Park. Ob Ihre Freundin wohl Interesse hätte?«

»Warum fragen Sie sie nicht?«

»Warum fordern Sie nicht Mr. Liebling auf?« fragte Gail.

»Ich bin sicher, er ist ein großartiger Kunstlehrer. Aber ich glaube nicht, daß er mir in einer Kutsche recht wäre.«

»Tut mir leid. Ich gebe keine Stunden. Ich bin selbst nur Schülerin.«

»Wie wär's dann trotzdem mit einem Abendessen? Heute abend?«

»Tut mir leid.«

»Morgen zum Mittagessen?«

»Nein, vielen Dank.«

»Brunch? Englischer Tee? Kaffeepause, Mitternachtshappen?«

»Gail«, sagte Helen. »Larry und ich fahren morgen zum Strand. Warum machen wir den Ausflug nicht zu viert?«

»Einverstanden?« fragte Steve. »Wenn ich verspreche, daß ich die Fiduciary Bank zu Hause lasse?«

Aber sie blieb bei ihrem Nein, bis er schließlich die Zeichnung aufklappte, an der er arbeitete. Es war ein Strichmännchen mit Brüsten. Als sie zu lachen begann, wußte sie, daß sie zum Strand fahren würden.

Aber die Vierergruppe kam dann doch nicht zustande. Um zehn Uhr am nächsten Vormittag packte Gail gerade Badesachen und Sonnenöl zusammen, als Helen anrief. Ihre Stimme klang deprimiert. Sie verkündete, daß »Larry«, wer immer er war, plötzlich etwas Besseres gefunden hatte. Gail drängte sie, trotzdem mitzukommen, aber Helen sagte: »Nein, vielen Dank. Zu zweit ist es gemütlich, zu dritt wird gleich ein französischer Film daraus.«

»Helen, was ist denn los? Hast du dich mit deinem Freund gestritten?«

»Nein, es ist nichts. Liegt allein an mir.«

»Du hast heute nicht gerade deine A-Seite aufgelegt, soviel ist klar.«

»Ja, vor dir dreht sich die B-Seite der Platte – Helens Blues.«

Gail überlegte, ob sie Steve Tyner anrufen und den Ausflug absagen sollte; seine Nummer fand sie im Telefonbuch. Aber die Entscheidung fiel ihr nicht schwer; sie wollte fahren – und nicht wegen Helen.

Steve holte sie eine Stunde später ab. Auf der langsamen, verkehrsbehinderten Fahrt zur Küste erzählte sie ihm von Helens Anruf.

»Ist Ihre Freundin oft so? Deprimiert, meine ich.«

»Ich kenne sie noch nicht lange genug.«

»Und wie steht es mit Ihnen? Sind Sie manchmal deprimiert?«

»Das ist ein Geheimnis zwischen mir und meinem Psychiater.« Sie biß sich auf die Zunge.

Steve spürte ihr Bedauern und sagte: »Macht doch nichts, wenn man einen Psychiater hat. Soll immer noch große Mode sein.«

»Sie wissen doch sowieso Bescheid«, sagte Gail tonlos. »Sie und die Fiduciary.«

»Tut mir leid«, sagte Steve. »Ich habe versprochen, kein Thema anzuschneiden, das Ihnen nicht recht ist.«

»Ist ja völlig in Ordnung«, sagte sie noch einen Grad frostiger. »Ich habe nichts dagegen, Ihre Fragen zu beantworten. Nein, ich bin nicht sehr deprimiert, jedenfalls nicht am Tage.«

»Aber in der Nacht?«

»Wem geht das nicht manchmal so?«

»Ich wette, dazu käme es nicht, wenn Sie nicht mehr allein wären.«

»Ich bin aber nicht allein. Ich habe eine Haushälterin, Mrs. Bellinger.«

»Großartig. Und ich wette, daß Sie auch einen Teddybär besitzen.«

»Nein, einen Puh-Bär.«

»Meine Güte, ein Stofftier-Fan! Was bringt Frauen nur dazu, andauernd diese blöden Stoffdinger an sich zu drücken? Welche Verschwendung!«

Als sie den Strand erreichten, waren beide hungrig. Mrs. Bellinger hatte den Picknickkorb gepackt, der Obst und Schinkensandwiches enthielt. Steve fand das Essen ein wenig zu lasch, wie er es vornehm ausdrückte.

»Wo ist der Senf?« fragte er und wühlte in dem Korb herum. »Ich kann den Senf nicht finden!«

»Ein schöner Detektiv sind Sie!«

»Nicht drängen – dies ist mein erster Auftrag.«

»Was haben Sie denn vorher gemacht? Ich meine, ehe Sie für Kunden wie die Fiduciary schmutzige Aufträge übernahmen?«

»Ich war für ein Auslandspressebüro tätig. Pickering, kennen Sie die Leute?« Sie schüttelte den Kopf. »Davor war ich Schiffsreporter. Ich würde sagen, mir gefallen alle Jobs, bei denen man herumkommt.«

»Sie sind also der ruhelose Typ«, sagte Gail.

»Habe noch nichts gefunden, was mich irgendwo festhielt.« Er fand den Senfkrug und beschäftigte sich damit. »Und auch keinen Menschen«, fügte er hinzu.

Eine halbe Stunde später ging er zum Wasser hinunter und holte mit zusammengelegten Händen eine Portion von dem Naß. Als er es in ihre Richtung schleuderte, rief sie: »Hören Sie auf! Mein Badeanzug wird ja naß!«

Sie schwammen, bis der Himmel grau wurde, und widmeten sich dann einer Fischmahlzeit in einem Restaurant, das zu laut war, um sich ruhig zu unterhalten. Auch auf dem Rückweg sprachen sie kaum, aber ihr

Schweigen war ein freundschaftliches Auskosten der müden, zufriedenen Stimmung.

Als sie die Auffahrt des Gunnerson-Hauses erreichten, war es erst kurz nach neun Uhr. Steve fragte, ob er mit hineinkommen dürfe. Als sie zögerte, verdarb er prompt alles, indem er sagte: »Ich möchte mich nur mal umsehen. Vielleicht gibt es einen Weg, auf dem ein Einbrecher in das Haus eindringen oder es verlassen kann.«

»Wenn Sie *deshalb* mit reinkommen wollten«, sagte sie eisig, »vergessen Sie die Sache.«

»Das war nur der erste Grund«, sagte er hastig. »Der zweite Grund ist der: Ich gedenke Sie zu verführen. Ist das besser?«

»Zwei falsche Antworten hintereinander, Mr. Tyner. Gute Nacht.«

Aber als sie den großen Flur betrat, lehnte ein Zettel an der Lampe auf dem Korridortisch. Sie erkannte Mrs. Bellingers sorgfältige Handschrift. *Gail – bin bei meiner Schwester. Vor elf Uhr zurück, hoffe ich. In Liebe, Emma.*

Die Aussicht auf zwei Stunden abendlicher Einsamkeit löste eine schnelle Reaktion aus. Sie öffnete die Tür und hörte Steves Reifen knirschen, als er auf der Einfahrt wendete. Er bremste sofort.

»Sie können reinkommen«, sagte sie. »Aber nur um nach Einbrechern zu suchen.«

Irgendwie brauchte er recht lange, um wieder auf dieses Thema zu kommen. Trotz des warmen Wetters bestand Steve darauf, im Kamin ein Feuer zu machen – wofür er atavistische und nicht romantische Gründe geltend machte. Um die Zimmertemperatur in vernünftigen Grenzen zu halten, mußten sie die Klimaanlage auf volle Leistung stellen. Er schaltete auch das Licht aus und fand einen Diskjockey im Radio, der Pianisten mit einem leichten, flirrenden Touch bevorzugte. Gail beschuldigte ihn, eine recht plump-romantische Stimmung zu schaffen, was er offen zugab. Als sie sich weigerte, vor dem Kamin Platz zu nehmen und Küßchen-Küßchen mit ihm zu spielen, schlug er die Couch vor. Sie konterte mit dem Vorschlag, sie könne ihm ja ihre Zeichnungen zeigen. Ohne große Begeisterung stimmte er zu.

»Ich begann zu zeichnen, als ich acht war«, sagte sie und breitete die kremfarbenen Blätter auf dem Couchtisch aus. »War angeblich eine gute Therapie. Ich bin mir immer noch nicht sicher, ob ich überhaupt Talent habe.«

»Also, von Kunst habe ich keine große Ahnung«, sagte er und legte ihr einen Arm um die Hüfte. »Aber ich weiß, was mir gefällt.«

Das war der Augenblick, als sie den Rundgang durch das Haus vorschlug.

Die Veränderung, die mit Steve Tyner vor sich ging, als er seine Inspektion begann, war für Gail fast besorgniserregend. Er hatte plötzlich nichts Scherzhaftes mehr und erkundete die Türen, Fenster und Schlösser des Hauses mit einer Gründlichkeit, die die Arbeit der Polizei womöglich noch übertraf. Er stellte Gail viele Fragen, die auch Lieutenant Baldridge schon gestellt hatte, und schien einige der Antworten zu kennen, ehe sie ausgesprochen waren. Er notierte sich Typ und Hersteller aller Schlösser. Er erstellte eine Prüfliste der Eingänge und zwang sie, sich zu erinnern, welche Eingänge zu welchen Tag- und Nachtzeiten verschlossen waren. Er erkundete den Keller – mit ihr – und den Boden –

allein. Dann bat er, ihr Schlafzimmer sehen zu dürfen. Sie blickte ihn an.

»Immer noch der erste Grund.« Er lächelte.

Als sie die Treppe hinaufgingen, fragte er beiläufig, ob alle Geräusche, die sie gehört hatte, vom Boden ausgegangen wären.

»Nein«, erwiderte sie.

»Was haben Sie sonst noch gehört?«

»Eben – Geräusche. Sie wissen selbst, wie schwierig es ist festzustellen, aus welcher Richtung ein Laut kommt. Manchmal dachte ich, sie kämen aus dem Flur oder von der Treppe oder aus einem Wandschrank. Einmal glaubte ich zu hören, daß meine Tür aufging, aber das war natürlich nicht möglich.«

»Warum nicht?«

»Weil ich die Schlafzimmertür immer abschließe.«

»Mit einem Schlüssel?«

Sie zeigte ihm den Mechanismus. »Das Ding riegelt von innen zu. Mit einem Schlüssel kann man von außen heran, aber nur Mrs. Bellinger hat einen.«

»Vielleicht haben Sie Mrs. Bellinger gehört.«

»Nein, die Ärmste. Sie hat großen Ärger mit ihren Füßen, auch wenn sie sich Mühe gibt, wie das blühende Leben auszusehen. Das letztemal, als die arme Frau in das Obergeschoß humpelte, war – na, vor etwa drei Wochen, als ich einen schlimmen Traum hatte.«

»War das so ungewöhnlich?«

»In diesem Fall schon. Wir haben eine Sprechanlage zwischen Schlafzimmer und Küche, und die Lautsprecher waren versehentlich eingeschaltet. Sie hörte, wie ich hier loslegte, und kam nach oben.«

»Würden Sie mir sagen, was Sie träumten?«

»Will die Fiduciary Bank etwa meine *Träume* analysieren?«

»Nein.« Steve lächelte. »Das überlassen wir Ihrem Dr. Vanner.«

»Wie ich sehe, haben Sie keine Zeit verschwendet. Sind Sie in sein Büro eingebrochen, um meine Akte zu stehlen, wie es Daniel Ellsberg passiert ist?«

Die Frage war nicht scherzhaft gemeint. Steve suchte nach einer Ablenkung und entdeckte den Puh-Bär. Er saß aufrecht in einem Stuhl, und das braune Fell war von den Umarmungen aus zwanzig Jahren fast völlig abgeschabt.

»Das ist also mein Rivale, soso.«

»Auf den lasse ich nichts kommen. Er hat bei mir geschlafen, seit ich ein Baby war.«

»Also, wenn er je an die Pensionierung denken sollte ...«

»Ich gebe Ihnen Bescheid, wenn sein Posten frei wird. Dann können Sie den üblichen Antrag stellen.«

»Was für einen Antrag?«

»Na, im Standesamt«, sagte Gail. Als Steve zusammenzuckte, fügte sie trocken hinzu: »Keine Sorge. Wenn es etwas gibt, das für mich nicht in Frage kommt, dann eine Ehe mit einem Privatdetektiv. Und wenn Sie Detektiv sind, Mr. Tyner, warum machen Sie dann nicht weiter?«

Aber ihr Schlafzimmer ergab nichts Ungewöhnliches oder jedenfalls nichts, worüber Steve sich ausließ. Er fragte, ob er das benachbarte Schlafzimmer sehen dürfe und wer zuletzt darin gewohnt habe.

»Meine Mutter«, sagte Gail.

»Hat sie viel Zeit in dem Zimmer zugebracht?«

»Ja – nach ihrem Zusammenbruch.«

»Sie war nie in einem Krankenhaus, nicht wahr?«

»Nein, sie wurde zu Hause behandelt. Das war wohl einer der Vorteile des Reichseins. Schließlich wurde der Familie klar, daß ihr nur in einem Sanatorium wirklich geholfen werden konnte. Aber der Gedanke ... eingewiesen zu werden, entsetzte sie. Sie sagte, sie würde es nie dazu kommen lassen.«

»Und sie hat es auch nicht dazu kommen lassen«, sagte Steve ruhig.

»Nein.«

Er machte Anstalten, das Zimmer zu verlassen, doch Gail folgte ihm nicht.

»Ich weiß genau, wie ihr zumute war, Steve.«

»Wie bitte?«

»Ich weiß, wie meiner Mutter zumute war. Wie sehr es mit mir auch bergab gehen mag, ich werde nicht zulassen, daß man mich in einen Käfig sperrt. Tut mir leid, wenn sich das melodramatisch anhört, aber so denke ich nun mal.«

»Hören Sie auf«, sagte Steve. »Wer redet denn überhaupt von Ihnen?«

»Die Fiduciary Bank – würde ich sagen. Sie redet von vererbter Schwermut. Warum geben Sie nicht zu, daß mich Ihre Leute am liebsten in eine Zwangsjacke stecken würden?«

»Sie wissen, daß das nicht stimmt.«

»Die Bankiers würden sich unheimlich darüber freuen. Sie würden mit meinem Geld alle möglichen kleinen Steuerspielchen spielen, Mr. Tedesco würde zum Präsidenten der Bank gewählt, und Sie würden wahrscheinlich einen Bonus bekommen, weil Sie bewiesen haben, daß mit diesem Haus nichts verkehrt ist, was sich nicht durch eine Gummizelle beheben ließe!«

Steve ging auf sie zu, packte ihre Arme und zog sie an sich – eine elegante, stürmische Filmstarbewegung. Nur der Kuß klappte nicht ganz so fehlerlos, denn er stieß leicht gegen ihre Nase. In jeder anderen Hinsicht war das Manöver zufriedenstellend. Nach der ersten Überraschung erwiderte sie den Kuß, wobei ihre Arme sich um ihn legten, wie es sich gehörte. Er war so dankbar für ihre Reaktion, daß er sie ein drittesmal küßte. Er hätte die Schlafzimmertür zugetreten, wenn sein Blick nicht auf Puh-Bärs mißbilligendes Gesicht gefallen wäre.

Tedesco hängte gerade einen Druck mit einer Jagdszene auf, als Steve am nächsten Morgen sein Büro betrat.

»Ist das jetzt gerade?«

»Links ein bißchen tiefer. Hast du mich deshalb kommen lassen?«

»Nein«, erwiderte Tedesco munter. »Es geht um einen neuen Auftrag, Steve, der dir gefallen wird. Ein vermißter Erbe. Ein Mann namens Applegard. Bekommt hunderttausend von seinem Opa, wenn wir ihn finden.«

»Ein *neuer* Auftrag? Was ist mit dem alten?«

»Der Gunnerson-Fall? Ja, das war gute Arbeit – deswegen sind wir überhaupt darauf gekommen, daß du auch für diese Sache der Richtige bist.«

»Du redest, als wäre alles vorüber.«

»Sagen wir mal, *deine* Rolle in der Sache ist erledigt. Ich will nicht behaupten, daß wir ein Verfahren gegen sie in Gang bringen, aber wir haben mehr als genug

Munition, wenn und falls wir Schritte unternehmen ... Aber jetzt zu Applegard ...«

»Moment mal. Vielleicht haben meine Berichte den falschen Eindruck erweckt ...«

Freundlich: »Niemand hat dich um Eindrücke gebeten, Steve. Nur um Tatsachen.«

»Die *Tatsachen*, die ihr habt, sind reine Indizien. Erst in letzter Zeit habe ich das Mädchen auch persönlich kennengelernt.«

»Ja.« Tedesco seufzte. »Und um ganz ehrlich zu sein, Steve, war das meiner Meinung nach nicht dein bester Schritt. Du hast deine Objektivität verloren, und für einen Detektiv ist das nicht gut.«

»Bist du sicher, daß die *Bank* objektiv ist?«

Tedesco runzelte die Stirn und hörte auf, an dem Bild herumzurücken. »Der Ton dieser Bemerkung gefällt mir nicht recht, Steve.«

»Immer noch schräg, würde ich sagen.«

»Was?«

»Das Bild. Und ich habe folgendes gemeint: Du hast etwas zu gewinnen, wenn Gail Gunnerson für unzurechnungsfähig erklärt wird. Warum gibst du das nicht zu?«

»Weil es nicht die Wahrheit ist. Wir würden nur eine größere Verantwortung aufgebürdet bekommen und sehr wenig zusätzliches Einkommen.«

»Aber du weißt, daß Miss Gunnerson die Fiduciary haßt. Daß die Chancen recht gut stehen, daß sie die Bank wechselt, wenn sie fünfundzwanzig wird und die Verwaltung ihres Vermögens übernimmt. Aber wenn sie natürlich in einer gemütlichen Irrenhauswerkstatt Körbe flechtet ...«

»Steve, wenn ich dich nicht besser kennen würde, müßte ich das für eine gemeine Unterstellung halten.«

Steve versuchte mit ruhiger Stimme zu sprechen. »Das Mädchen ist nicht verrückt, Onkel Saul.«

Tedesco blickte ihn ernst an, als er die Familienanrede hörte.

»Gut, Steven. Nette, hübsche Mädchen wie Gail sind nicht verrückt. Das wäre jedenfalls kaum zu glauben, besonders, wenn man das nette, hübsche Mädchen ein klein wenig zu gern hat. Meinst du, ich verstehe das nicht? Oh, ich verstehe dich sehr gut. Allerdings begreife ich nicht, warum du die Beweise nicht siehst, die du selbst geliefert hast. Weißt du eine *andere* Erklärung für all die Dinge, die mit diesem Mädchen gewesen sind?«

»Also gut«, sagte Stevenson. »Wenn du eine andere Erklärung brauchst – ich habe eine.«

»Ich höre.« Tedesco seufzte und rückte das Bild zurecht.

»Ich glaube, jemand ist hinter ihr her«, sagte Steve.

5

Ich wußte gar nicht, daß Paranoia ansteckend ist«, bemerkte Saul Tedesco und ließ sich wieder in seinen Drehstuhl fallen.

»Ist das die große ärztliche Entscheidung? Ist das der Name, den eure Experten Gail Gunnersons Krankheit geben wollen?«

»Weißt du was?« knurrte der Bankier. »Wenn du so die Lippen zusammenkneifst, Steven, siehst du genauso aus wie dein Vater.«

»Vielen Dank.«

»Das war nicht als Kompliment gemeint.« Tedesco steckte einen Hustenbonbon in den Mund und lutschte aggressiv darauf herum. »Und ich wollte sagen – es muß sogar einem Laien klar sein, wenn ein Mensch sich einbildet, daß Kobolde ihn verfolgen, auf den Möbeln herumklopfen, auf dem Dachboden spuken und Giftgas unter der Tür hindurchleiten ...«

»Aus *meinen* Berichten hast du diese Sachen nicht.«

»Ich möchte dich an etwas erinnern, junger Mann. Ich habe dich auf die Sache angesetzt, als wir längst ausreichende Informationen für den Verdacht hatten, daß unsere Miss Gunnerson womöglich das Alter von fünfundzwanzig Jahren erreicht, ohne alle Tassen im Schrank zu haben.« Er hob die Hand wie ein Verkehrspolizist, als Steve etwas sagen wollte. »Laß mich ausreden. Als Theodore Gunnerson seinen Treuhandfonds schuf, hatte er keine Ahnung, daß er ihn für ein Waisenmädchen errichtete – außerdem noch für ein Mädchen mit ganz besonderen ... äh ... geistigen Problemen.«

»Im Alter von sechs Jahren!«

»Das Kind ist Vater des späteren Mannes«, sagte Tedesco ernst. »Oder Mutter der Frau. Was immer dem armen Mädchen in der Kindheit widerfahren ist, was immer sie in die Psychiatrische Anstalt geführt hat – dieser Faktor ist nie ganz verschwunden, Steve. Die Wurzeln reichen tief. Als die Bank als ihr Vormund eintrat, wußten wir durchaus, daß sich uns dieses Problem eines Tages wieder stellen könnte.«

»Aber ihr habt bis *jetzt* gewartet, um etwas zu unternehmen. Bis kurz vor dem Termin, da sie ihr Vermögen übernimmt.«

»Nein«, sagte Tedesco. »Gail Gunnerson hat bis jetzt gewartet, bis vor etwa drei Monaten, als sie ihre paranoiden Symptome zu zeigen begann.«

»Und jetzt scheine ich sie zu haben, wie?«

»Wie würdest du die Äußerung nennen, die du da eben gemacht hast? Daß jemand hinter dem Mädchen her sei?«

»Wäre doch möglich, oder? Sie ist eine sehr reiche junge Dame und unverheiratet. Sie wohnt praktisch allein. Sie ist ein natürliches Opfer für Haie – und die Gewässer sind voll davon.«

»Was für Haie? Einbrecher, Landstreicher, Fassadenkletterer? Wie wir selbst angeraten haben, enthält das Gunnerson-Haus bis auf die Möbel nur wenige teure Stücke. Keine wertvollen Antiquitäten, keinen kostbaren Schmuck, keine großen Barbeträge oder Wertpapiere.«

»Großartig. Wissen das alle Fassadenkletterer?«

»Oder vielleicht meinst du Glücksjäger! Männer, die das Mädchen wegen ihres Geldes heiraten möchten.«

»Sie hat mehr zu bieten als das!«

»Soso.« Tedesco grinste.

»Also gut«, sagte Steve tonlos. »Wie steht es mit Männern? Wie sieht ihr Liebesleben aus? Ich bin sicher, daß du genau Bescheid weißt.«

»Ja, wir haben ihre romantischen Interessen immer gut im Auge behalten. Eine Heirat hätte unseren Status geändert. Es interessiert dich vielleicht zu erfahren, daß Miss Gunnerson auf diesem Gebiet nicht sehr aktiv ist. Sie hat sich mit ein paar Männern getroffen, die sich aber selten länger als ein paar Monate gehalten haben. Ich vermute, die Trennung ging jeweils von ihr aus, wahrscheinlich wenn ihr die Männer ein wenig zu nahe kamen. Laß dir das eine Warnung sein.«

»Ich bitte dich – ich habe das Mädchen gerade erst kennengelernt! Hör auf, Dinge anzudeuten, die es gar nicht gibt!« Tedesco schien von dieser Rede wenig beeindruckt zu sein. Steve fuhr fort: »Was ich aber wirklich gern wissen möchte – wem fällt das Vermögen zu, wenn ihr etwas passiert?«

»Dir, wenn du deine Trümpfe richtig ausspielst.«

»Ich meine das ernst!«

Tedesco schluckte die Reste seines Hustenbonbons hinunter. »Natürlich sind dann die nächsten Verwandten dran. Ihr Onkel, ein Mann namens Gilbert Swann.«

»Was weißt du über ihn?«

»Soviel wie nötig ist.«

»Ist er reich? Hat er ein Vermögen wie Gail Gunnerson?«

»Nicht daß ich wüßte.«

»Also hätte er viel zu gewinnen, nicht wahr? Wenn sie in irgendein Sanatorium eingeschlossen wäre?«

»Lieber Neffe«, sagte Tedesco ernst. »Das ist die zweite ernste Anschuldigung, die du in der letzten Viertelstunde vorgebracht hast. Wenn du meinst, das seltsame Verhalten des Mädchens ist das Ergebnis des gezielten Versuchs, sie in den Wahnsinn zu treiben, oder was dergleichen romanhafter Unsinn ist, läßt du deiner Phantasie die Zügel schießen. Durch ein absurdes Vorgehen dieser Art hätte niemand etwas zu gewinnen – nicht die Fiduciary Bank, nicht ich, und schon gar nicht Gilbert Swann. Die Bedingungen des Gunnerson-Treuhandfonds schließen es aus, daß sich jemand anderes als die bestellten Treuhänder um das Geld kümmert – die direkte Einflußnahme durch ein geldgieriges Individuum wäre völlig ausgeschlossen.«

»Erzähl mir trotzdem mehr über Swann. Sag mir, wo er wohnt oder wie ich ihn aufspüren kann.«

Tedesco blickte auf die Uhr. »Ich habe einen Termin«, sagte er. »Ich bringe dich zur Tür, Steve.«

»Ich werde nichts Unüberlegtes tun. Ich verspreche dir, daß ich die Bank aus dem Spiel lasse. Alle Erkundigungen mache ich in eigenem Namen. Ich werde der Fiduciary nicht mal eine Rechnung schicken.«

Tedesco steckte einen Kugelschreiber ein und stand auf. Steve folgte ihm durch die langen Korridore der Bank bis zum Ausgang. »Onkel Saul«, sagte er nachdrücklich. »Ich bitte dich um diesen persönlichen Gefallen. Mach es mir wenigstens möglich, mit dem Mann zu sprechen. Nur um meine Neugier zu befriedigen.«

Tedesco seufzte. »Ich kann deine Neugier auf der

Stelle befriedigen. Wenn du annimmst, daß Gails Onkel irgendwie mit den Traumbildern und Halluzinationen zu tun hat, irrst du dich. Gilbert Swann und sein Sohn haben die letzten *einundzwanzig Jahre* in Europa gelebt. Wenn du mit jemandem reden willst, Steve, wende dich an den Psychiater des Mädchens.«

Dr. Vanner bedachte Steve Tyner mit einem abschätzenden Blick. Sein Blick war so durchdringend, daß Steve das Gefühl hatte, der Psychiater habe im Handumdrehen Größe, Gewicht, durchschnittliches Jahreseinkommen und praktisch alle seelischen Probleme erfaßt. Aber er wartete geduldig, bis Vanner seine Frage beantwortete.

»Ob *ich* an Spukhäuser glaube? Nein«, sagte er. »Aber ich glaube an Menschen, in deren Köpfen es spukt.«

»Würden Sie Gail Gunnerson so bezeichnen?«

»Ich habe nicht von Miss Gunnerson gesprochen. Und wie ich schon sagte, Mr. Tyner, werde ich das auch nicht tun.«

»Hören Sie, ich weiß, daß es da so eine Ethik gibt, nach der man vertrauliche Mitteilungen von Patienten nicht weitergeben darf. Aber ich dachte mir, daß Sie in diesem Fall vielleicht eine Ausnahme machen könnten.«

»Ist das eine Bitte der Fiduciary Bank? Oder eine private Angelegenheit?«

»Wie ich schon sagte, die Vermögensverwaltung der Bank hat mich engagiert, um ein Auge auf Miss Gunnerson zu haben ...« Er runzelte die Stirn. »Hören Sie, ich will offen sein – das stimmt eigentlich nicht. Man hat mich engagiert, um über Gail Gunnersons Verhalten zu berichten. Das soll bei der Entscheidung helfen, ob sie geistig zurechnungsfähig ist.«

Trocken: »Sind Sie zu einem solchen Urteil qualifiziert?«

»Ich habe nur das berichtet, was sie getan hat. Die Interpretation ihrer Handlungen obläge natürlich Leuten wie Ihnen, wenn nötig.« Er verschränkte die Hände. »Ich persönlich nehme nicht an, daß das notwendig ist.«

»Sie haben also doch ein Urteil gefällt.«

»Ich bin überzeugt, daß sie nicht geistig unausgeglichen ist. Ich halte sie für nervös, übermäßig gefühlsbetont, sensibel. Aber ich glaube nicht, daß sie Geisterstimmen hört oder auf ihrem Boden Gespenster sieht.«

»Sie hat Ihnen davon erzählt?«

»Ja.«

»Und natürlich haben Sie das prompt an die Bank weitergegeben.«

Steve rückte unbehaglich auf seinem Stuhl hin und her. »Ich mußte es melden.«

»Wußten Sie nicht, daß man diese Information gegen sie verwenden kann? In Entmündigungsverfahren dieser Art?«

»Es war mein Job!«

»Kennt Miss Gunnerson den genauen Zuschnitt dieses ›Jobs‹?« Stevens Gesicht war Antwort genug. »Ich hab's mir fast gedacht«, sagte Vanner.

»Natürlich konnte ich es ihr nicht sagen. Das wäre das Ende jeder möglichen Beziehung gewesen.«

»Oder in der Sprache der Spionageromane: Sie hätten Ihren Deckmantel lüften müssen.« Vanner senkte den Blick und starrte auf Steves verschränkte Finger. Steve trennte schuldbewußt die Hände und kam sich vor dem Blick, Bart und Diplom des Psychoanalytikers recht ungeschützt vor.

»Ich sage Ihnen das alles natürlich nur im Vertrauen.«

»Natürlich«, sagte Vanner trocken. »Mir ist bekannt, daß die Angehörigen Ihres ... Standes das Privileg vertraulicher Informationen beanspruchen, wie es in meinem Beruf besteht. Aber Sie brauchen sich keine Sorgen zu machen, Mr. Tyner. Ich werde Ihre Maske nicht lüften. Nicht um Ihretwillen – sondern wegen ihr.«

»Was meinen Sie?«

»Gail spricht natürlich über Sie.« Steve entging nicht, daß Vanner seine Patientin plötzlich mit dem Vornamen bezeichnete. »Nach ihrer Beschreibung hält sie Sie für eine Art Schutzengel, obwohl Sie im Lohn der Fiduciary Bank stehen. Und gerade jetzt macht Gail Gunnerson eine kritische Zeit durch. Jeder Vertrauensbruch durch Menschen, die ihr etwas bedeuten, könnte ... Naja ...« Vanner zuckte die Achseln. »Ich kann mir nicht vorstellen, daß Sie so empfindungslos wären, nicht zu erkennen, wie schmerzhaft diese Erkenntnis wäre.«

»Deshalb bin ich ja zu Ihnen gekommen. Ich möchte nicht, daß ihr weh getan wird.«

»Das ist von Ihrem Standpunkt aus leicht zu erreichen.«

»Wie?«

»Indem Sie die Möglichkeit ausschließen, daß sie enttäuscht wird.«

»Sie meinen, ich soll aus ihrem Leben verschwinden?«

»Erkennen Sie denn nicht, daß Gail die wahre Ursache Ihres Interesses an ihr früher oder später doch erfährt? Was hat es wohl für eine Wirkung auf Gail, wenn sie erfährt, daß Sie ein Schwindler sind?«

Steve stand auf. Er hatte Lust auf eine Zigarette, wie er sie seit zwei Jahren nicht mehr verspürt hatte, als er zu rauchen aufhörte. Vanner beobachtete ihn mit der sphinxähnlichen Geduld des Psychoanalytikers, der keine Geheimnisse anbietet, sondern nur fordert. Steve begann eine gesunde Antipathie gegen den Mann zu empfinden und mußte sich widerstrebend eingestehen, daß dabei die Betonung auf »gesund« lag. Er machte kehrt und sagte: »Ich weiß, was Sie im Sinne haben. Sie glauben, ich fühle mich schuldig wegen der Dinge, die ich Gail angetan habe. Okay, das stimmt. Aber ich habe nicht die Zeit oder das Geld für eine volle Behandlung – also geben Sie mir doch bitte mal einen kurzen Abriß – ja?«

»Was wollen Sie denn hören?«

»Sagen Sie mir, ob das Mädchen ein geistiges Problem hat oder nur mißverstanden wird. Es muß entweder das eine oder das andere sein, das wissen Sie so gut wie ich. Sagen Sie mir, daß sie nur eine niedliche kleine Neurotikerin ist und keine Kandidatin für eine Gummibadewanne, dann tue ich alles, was in meiner Macht steht, um die Bank von ihr fernzuhalten. Übrigens ist er mein Onkel.«

»Wer?«

»Saul Tedesco, der Treuhänder, der sich für die Vermögensverwaltung der Bank um Gails Besitz kümmert. Er hat mir den Auftrag gefälligkeitshalber gegeben, nachdem ich meine letzte Stellung aufgegeben hatte. Ich bin sicher, daß er Gail nicht schaden will; er hat ein Herz wie ein Pudding.«

»Tut mir leid«, sagte Vanner energisch. »Ich würde Ihnen keine Diagnose über Gail Gunnerson geben, selbst wenn ich annehmen müßte, ich könnte damit die Finanzhyänen zurückrufen, die nach ihr schnappen. Sie ist erst seit knapp einem Monat bei mir in Behandlung.«

»Aber Sie müssen doch eine Vorstellung von ihrem Zustand haben!«

»Ich habe gewisse Vorstellungen. Aber ich habe noch nicht alle Tatsachen.«

Vanner musterte ihn jetzt ohne seine steinerne Reglosigkeit; sein Blick war offen abschätzend. »Um ehrlich zu sein«, sagte er, »gibt es vielleicht doch eine Möglichkeit, daß Sie uns helfen können.«

»Ich?« fragte Steve. »Wie? Ich tue alles.«

»Gail Gunnerson hat die Art Problem, die einen ›Durchbruch‹ erfordert, wenn Sie verstehen, was ich meine. Vielleicht eine ganze Reihe Durchbrüche. Sie leidet an etwas, das wir ›begrenzte Amnesie‹ nennen. Das heißt, es gibt schwarze Löcher in ihrem Gedächtnis, die ihre Existenz bedeutsamen Gründen verdanken.«

»Sie hat davon gesprochen.«

»Wirklich?« Vanner beugte sich mit aufflammendem Interesse vor.

»Sie hat nur gesagt, es gebe in ihrer Kindheit Dinge, an die sie sich nicht erinnert. Ich hätte das allerdings kaum für ›bedeutsam‹ gehalten. Das einzige, woran ich mich aus der Zeit vor meinem sechsten Lebensjahr erinnere, war der Tag, an dem ich meinem Vater heißen Kakao in den Schoß schüttete, und sein Schrei: ›Jenny, er hat mein bestes Stück ruiniert!‹«

»An Ihrer Kindheit bin ich nicht interessiert. Nur an der von Gail.«

»Nun, zum einen hat sie keine Erinnerung daran, wo und wie ihre Mutter Selbstmord beging. Die schlimmen Einzelheiten erfuhr sie erst in der Nacht, als sie glaubte, ihre Mutter auf dem Boden hängen zu sehen.«

»Das muß nicht unbedingt zutreffen. Hätte sich um eine vergrabene Erinnerung handeln können. Tatsächlich muß ich das sogar als gegeben ansehen, in Anbetracht der Tatsache, daß ihre Halluzination so detailliert war.«

Steve runzelte die Stirn. »Sie verwenden das Wort ›Halluzination‹.«

»Und *sie* verwendete das Wort *elektrische Schnur*, als sie ihre Beobachtung beschrieb. Wäre es nicht logischer gewesen anzunehmen, daß sich ihre Mutter mit einem Seil erhängt hat?«

»Okay, und wenn sie die Erinnerung nun wirklich verdrängt hätte? Ist es nicht besser, daß sie das getan hat?«

»Ja«, sagte Vanner. »Es gibt Tatsachenverdrängungen, die eine gesunde Wirkung haben – aber auch ungesunde.«

»Zum Beispiel?«

Vanner nahm einen Bleistift zur Hand und klopfte damit auf den Tisch. »Die Tür«, sagte er.

»Was für eine Tür? Die Tür zu Gails Schlafzimmer?«

»Hat sie Ihnen nichts davon erzählt? Über die Angst, die sie hinsichtlich dieser Tür hat?«

»Ich weiß, daß sie sie immer abschließt, aber das ist alles.«

»Hat sie Ihnen nicht von dem Abend erzählt, als ihre Mutter starb? An dem Abend, als sie etwas so Schreckliches erlebte, daß sie in eine psychiatrische Anstalt eingewiesen werden mußte?«

Steve zögerte. »Ich weiß, daß sie als Kind krank gewesen ist. Ich weiß, daß diese Krankheit mit dem Selbstmord ihrer Mutter zu tun hatte, aber das ist ja wohl kaum überraschend, oder? Kurze Zeit davor war ihr Vater gestorben. Ihre Mutter geht geistig aus dem Leim und nimmt sich das Leben. Wie ausgeglichen kann man da im Alter von sechs Jahren noch sein?«

Vanner legte den Bleistift auf den Tisch und ließ ihn herumwirbeln. Als das Holz zum Stillstand kam, war das angespitzte Ende auf Steve gerichtet. »Was hat sie Ihnen von der Tür erzählt?« fragte er.

»Nichts.«

»Wußten Sie nicht, daß Gail annimmt, die Tür habe sich in der damaligen Nacht geöffnet? Und irgendein *Ding* sei über die Schwelle gekommen, ein *Ding*, das einen so schrecklichen Anblick bot, daß sie einen Schleier vor die Erinnerung gezogen hat, einen Schleier, der bis heute nicht gelüftet worden ist?«

»Nein«, sagte Steve. »Sie hat das mit keinem Wort erwähnt. Hat sie's Ihnen gesagt?«

»Nein, ich schließe nur indirekt aus Gails Angaben darauf. Und, das muß ich zugeben, aus Informationen, die ich in ihrer alten Krankengeschichte gefunden habe. Wie Sie wissen, ist Miss Gunnersons Akte ziemlich dick.«

»Na und? Sie hat also einen schlimmen Traum gehabt, der sie sehr erschreckt hat.«

»Sie wissen doch, was ein Trauma bedeutet, nicht wahr?«

»Sicher weiß ich, was es bedeutet. Aber ich weiß auch, was *neunzehn Jahre* in einem Leben ausmachen. Und so alt ist der Traum inzwischen.«

»Die Ärzte in der Mead-Klinik haben die Einzelheiten des Traums nicht in Erfahrung bringen können. Sie konnten ihn also auch nicht analysieren. Gail Gunnersons Unterbewußtsein hat eine unglaublich starke Barriere errichtet, um diese Erinnerung vor der Aufhellung zu schützen. Und offen gesagt – ich glaube, daß sie erst wieder geistig gefestigt sein wird, wenn dieser Schutzwall niedergerissen ist.«

»Soll das heißen, Sie *wollen*, daß sie sich an dieses ›Ding‹ erinnert?«

»Ja«, sagte Vanner ernst. »Ich glaube, es ist entscheidend für sie zu wissen, was sie damals so erschreckte. Das ›Ding‹ muß isoliert, definiert und bewältigt werden – nicht als Sechsjährige, sondern als Frau von fünfundzwanzig Jahren, die ihre Angst als nebensächlich erkennen kann.«

»Und dann ist sie geheilt?«

»Das ist ein unpassendes Wort.«

»Wenn sie sich nun an das *Ding* erinnert und immer noch Angst davor hat? Vielleicht wird sie dadurch völlig aus dem Gleis geworfen.«

»Als ich sagte, daß Sie uns vielleicht helfen könnten, Mr. Tyner, meinte ich, daß Gail den Schutzwall für einen Menschen wie Sie vielleicht senkt. Vielleicht enthüllt sie die Wahrheit, ohne es selbst zu wissen.«

»Ich wüßte nicht wie.«

»Das schwarze Loch in ihrem Gedächtnis – stellen Sie es sich als Tier vor, als wildes Tier, das in ihrem Geist Schutz gesucht hat, ein schlaues, blutrünstiges Wesen, das sich nicht so einfach in die Falle locken läßt. Es erkennt den Feind, den es in *mir* hat; es ahnt, daß es mein Beruf ist, schwarzen Wesen eine Grube zu graben.

Aber in Ihrer Gegenwart ist es vielleicht nicht so wachsam. Begreifen Sie, was ich meine?«

»Hören Sie«, Steve runzelte die Stirn, »ich habe schon genug Ärger mit dem Detektivberuf, ohne mich noch zum Psychiater ausbilden zu lassen.«

»Die Tatsachen liegen ziemlich einfach. Der Traum ereignete sich in der Nacht, als Cressie Gunnerson zur Beerdigung von ihrem Totenbett genommen wurde. Gail war fast außer sich vor Entsetzen; sie weigerte sich sogar, einen letzten Blick auf ihre tote Mutter zu werfen, ein Umstand, der ihr noch heute zu schaffen macht. Als sie zu Bett ging, war die Leiche fortgebracht worden. Mitten in der Nacht hatte sie den Traum. Das einzige, was wir darüber wissen, ist, daß die Schlafzimmertür aufging und etwas unglaublich Schreckliches in den Raum trat.«

Steve schüttelte den Kopf. »Tut mir leid«, sagte er. »Ich weiß, daß Sie hier der Experte sind, Dr. Vanner. Aber ich begreife nicht, wieso das ein so großes Rätsel sein soll. Ist Ihnen in Anbetracht der Umstände nicht klar, wer das ›Ding‹ gewesen ist?«

»Ihnen denn?«

»Natürlich«, sagte Steve. »Ich würde sagen, daß sie ihre Mutter durch die Tür kommen sah. Ihre tote Mutter.«

Vanner lehnte sich so weit zurück, daß die Federn seines Stuhls zu knacken begannen. »Ja«, sagte er leise. »Das hat er auch vermutet.«

»Wer?«

»Ihr Onkel«, erwiderte Vanner. »Ein Mann namens Gilbert Swann, der die Angelegenheiten der Familie ordnete, ehe er nach London zurückkehrte, wo er wohnte. Der Chefpsychiater der Mead-Klinik hat ihm geschrieben, und er sprach in seinem Antwortbrief dieselbe Ansicht aus. Sie kam ihm damals so einfach und klar vor, wie sie Ihnen heute erscheint.«

»Und was meinen Sie?«

»Offen gesagt, ich weiß es einfach nicht«, entgegnete Vanner. Steve sah ihn an und respektierte den Ausdruck ehrlichen Zweifels, ja der Ratlosigkeit in den besorgten grauen Augen über dem gepflegten Bart.

Cecilia Louise hatte einige Pfunde zugenommen, seit Steve sie zum letztenmal gesehen hatte, was durchaus nicht zu ihrem Nachteil war; vermutlich hatte der letzte Posten sie in eine Stadt geführt, wo gut gegessen wurde.

»Paris«, sagte sie. »Ist das nicht herrlich? Ich habe massenweise gegessen, Schatz; ich habe reingehauen wie ein Kutscher.« Ihre Begeisterung färbte wie üblich den englischen Akzent, den sie vor etwa zwölf Jahren nach Amerika und in den Pickering News Service mitgebracht hatte. Doch die Begeisterung galt nicht nur ihren Worten, wie sich unschwer an dem Blick ihrer wedgewoodblauen Augen erkennen ließ, den sie Steve zuwarf.

»Ich wollte dich wirklich schon anrufen«, sagte Steve. »Aber du weißt, wie das ist, wenn man seine Stellung im Unfrieden aufgibt ...«

»Unfrieden? Das ist Blödsinn, was du genau weißt. Pickering war ganz niedergeschlagen, als du gekündigt hast, mein Schatz; wegen der Sache mit dem Jeep hat er sich überhaupt nicht aufgeregt. Aber ich habe ja nie die ganze Geschichte erfahren.«

»Sissy, was immer man dir erzählt hat – es stimmt.« Steve lächelte. »Ich habe den Jeep gestohlen. In meiner

Lage konnte ich gar nichts anderes tun. Selbst wenn es die Bullen in Haiti abstreiten – ich war wirklich in dem Restaurant gefangen.«

»Hört sich alles fürchterlich aufregend an«, sagte Cecilia seufzend. »Ich bin immer sehr enttäuscht gewesen von meinem Job als Auslandskorrespondentin. Ich dachte, wir würden ständig durch die Gegend rasen und großartige *Abenteuer* erleben – und du scheinst der einzige zu sein, bei dem das so gekommen ist.«

»Stimmt nicht. Meistens habe ich nichts anderes gemacht als die übrigen – an unzähligen langweiligen Konferenzen teilgenommen, alle möglichen Typen interviewt, meine Telegramme abgelegt und versucht, mir den Spaß am Leben zu erhalten. Ich habe mich mit dem Jeep nur deshalb so ›abenteuerlich‹ empfohlen, weil ich den Gedanken nicht ertragen konnte, in diesem miesen Restaurant von Bewaffneten bewacht zu werden. Das Essen war ungenießbar. Schlimmer als der Tod.«

»Ach, du Ärmster –« Cecilia seufzte – »schon reden wir wieder übers Essen. Können wir nicht das Thema wechseln? Wie wär's mit Sex?«

»Wie geht es Percy MacDougal?« fragte Steve hastig. »Steckt er immer noch in Sierra Leone?«

»Nein«, erwiderte Cecilia. »Er hat gekündigt. Übrigens – sein Posten ist frei. Pickering wäre begeistert, wenn du wieder mitmachen würdest. Warum rufst du ihn morgen nicht an?«

»Nein.«

»Man sucht wirklich verzweifelt nach einem Ersatz für ihn. Ich brauchte nur zu *erwähnen*, daß du Interesse hast, wieder zu arbeiten, und Pickering würde einen Freudentanz aufführen.«

»Nein«, wiederholte Steve. »Die einzige Person, die ich morgen im Büro anrufe, bist du.«

»Ich?« rief sie entzückt. »Liebling, ist es dir endlich bewußt geworden? Du bist verrückt nach mir!«

»Ich rufe dich wegen einer Information an, mein Schatz. Du wirst die unbegrenzten Möglichkeiten des Büros nutzen, um etwas für mich herauszufinden.«

»Was denn?«

»Über einen Mann, der in deiner alten Heimatstadt wohnt. Einen gewissen Gilbert Swann.«

Als er Gail am nächsten Abend um neunzehn Uhr abholte, wußte er, daß sie seine Nervosität spürte. Seine Anrufe bei Cecilia – er hatte es im Lauf des Nachmittags dreimal bei ihr versucht – hatten nichts ergeben. Sie sagte, sie hätte Schwierigkeiten, die gewünschte Information zu erhalten; er vermutete fast, daß sie die Sache in die Länge ziehen wollte, um noch eine weitere Cocktail- oder Abendessenverabredung herauszuschlagen. Gegen Ende des letzten Gesprächs hatte sie vorgeschlagen, er möge es heute abend doch mal bei ihr zu Hause versuchen, vielleicht käme gegen Büroschluß noch etwas über den Fernschreiber.

Beim Essen blickte er in das Gesicht, dessen Schönheit er bei jedem Wiedersehen neu zu entdecken schien, und hörte kaum auf Gails Bemerkungen über die Veränderungen in ihrem Leben – bis sie feststellte, es sei ihm wohl gleichgültig.

»Was ist mir gleichgültig?« fragte er ausdruckslos.

»Meine Entscheidung«, sagte sie. »Ich weiß, sie ist nicht gerade umwälzend, aber ich hatte angenommen, daß du dich dafür interessierst.«

»Natürlich.«

»Nein. Du hast mir überhaupt nicht zugehört. Ich gebe zu, daß ich ziemlich langweilig geredet habe, aber meine letzten Worte haben wenigstens ein paar ... wie nennt ihr das? ... konkrete Neuigkeiten enthalten.«

»Tut mir leid«, sagte Steve. »Versuch's nochmal.«

»Ich habe die Kunst-Liga aufgegeben«, sagte sie, »denn ich bin zu dem Schluß gekommen, daß ich dort nicht nur meine Zeit, sondern auch die Zeit des armen Mr. Liebling verschwende. Im Grunde habe ich kein Talent, Steve, und mir gefällt die Malerei nicht so sehr, daß ich ein Hobby daraus machen könnte. Helen ist natürlich ganz außer sich; sie hält meine Entscheidung für einen schlimmen Fehler. Und du?«

»Nein«, sagte Steve. »Ich meine nicht, daß es ein Fehler ist, wenn du wirklich so denkst.«

»Ich glaube, Helen ist der einzige Grund, warum ich den Kursus überhaupt so lange mitgemacht habe. Ich begann mich für sie verantwortlich zu fühlen, glaube ich – besonders nach ihrem Bruch mit Larry.«

»Mit wem?« fragte Steve und überlegte, wo sich wohl die Telefonzelle befand.

»Ich habe Larry nie kennengelernt und kann dir gar nichts über ihn sagen. Aber offenbar hat die arme Helen sehr an ihm gehangen, und als sie sich schließlich endgültig trennten, war sie ziemlich am Boden zerstört. Ich mache mir große Sorgen um sie, Steve.«

Er stand auf. »Entschuldigst du mich mal einen Augenblick?«

»Natürlich.« Als sie ihn in die Tasche greifen sah, fuhr sie fort: »Sag bloß, du mußt auf der Herrentoilette blechen! In diesem vornehmen Laden?«

»Nein«, sagte er. »Ich muß mal telefonieren.«

»Geschäftlich?«

»Nein. Um ehrlich zu sein – ich rufe ein hübsches blondes Mädchen an, um sie zu fragen, was sie zu ihrer Entschuldigung vorzubringen hat.« Gail lächelte, als er den Tisch verließ; nichts hilft einem besser aus der Klemme als die Wahrheit, überlegte Steve.

Cecilias Stimme klang bedauernd, als sie sich am Telefon meldete.

»Ich weiß«, sagte er. »Du hast noch immer nichts. Naja, bleib dran, mein Schatz; es ist wichtig.«

»Liebling, ich habe doch noch gar nichts gesagt! Ich habe tatsächlich etwas über deinen Freund erfahren – aber ich glaube, du wirst dich nicht gerade darüber freuen.«

»Was soll das?«

»O je«, sagte sie. »Man überbringt ja so ungern schlechte Nachrichten. Nennt man uns nicht Vorboten des Bösen oder etwas ähnlich Unschönes?«

»Sissy, sagst du mir bitte endlich, was du weißt?«

»Er ist tot. Gilbert Swann ist tot, mein Schatz. War er ein guter Freund von dir?«

»Nein«, sagte Steve und hatte das Gefühl, die Telefonzelle sinke wie ein Fahrstuhl in den Weinkeller. »Ich kenne den Mann überhaupt nicht. Weißt du, wie lange das her ist?«

»Sechs Monate. Er und sein Sohn Piers wurden in der Schweiz von einem Erdrutsch oder so getötet, in Zürich. Hör mal, Darling, ich an deiner Stelle wäre in so einem Augenblick nicht gern allein. Soll ich nicht mal vorbeikommen und dir die heiße Stirn kühlen?«

6

Ich weiß wirklich nicht, warum ich weine«, sagte Gail und befeuchtete Steves Hemdtasche mit ihren Tränen. »Es ist nur so traurig! Verstehst du das?«

»Klar«, sagte er beruhigend, streichelte ihr das Haar und nutzte ihren Gefühlszustand, um sie enger an sich zu ziehen, als sie es normalerweise zuließ. »Ich begreife nur nicht, warum du nicht offiziell davon verständigt wurdest.«

»Wahrscheinlich hat niemand daran gedacht. Onkel Swann und sein Sohn haben so lange in Europa gelebt – alle ihre Freunde waren drüben. Es hat wohl keiner geahnt, daß er eine Nichte in den Staaten hatte. Wie bist *du* denn darauf gekommen?«

»Durch eine Routinesache«, sagte er beiläufig. »Die Bank hatte eine Rückfrage wegen des Datums auf einem Dokument oder so. Dabei erfuhr sie von dem Unfall.«

Ihre Tränen wurden jetzt durch leichtes Schniefen abgelöst. Sie verließ das Sofa und machte sich auf die Suche nach einem Taschentuch.

»Sehr nett«, sagte Steve.

»Was?«

»Wie du dir das Näschen putzt. Ich bin sehr empfänglich für solche Sachen – wie ein Mädchen niest oder hustet oder lacht. Ich war mal fast mit einem Mädchen verlobt, aber dann erkältete sie sich, und ich hörte sie niesen und husten. Brr! Ich wußte sofort – das konnte ich nicht den Rest meines Lebens ertragen.«

»Du versuchst mich aufzuheitern«, sagte Gail anklagend.

»Tut mir leid. Erzähl mir mehr über deinen Onkel. Warum hat er überhaupt in England gelebt? Oder war er vielleicht Engländer?«

»Nein«, erwiderte Gail. »Die Familie meines Vaters kam zwar ursprünglich aus England, aber das war vor mehreren Generationen.«

»Dann war Swann also der Bruder deines Vaters?«

»Ja. Ich weiß sehr wenig über ihn, außer daß er wohl eine Art Snob war. Antiquar, Englandfreund, sehr korrekt, nicht sehr liebenswert. Er verabscheute dieses Land. Ich weiß noch – in einem alten Brief an meinen Vater nannte er Amerika einen einzigen großen Hotdog-Verkaufsstand, umgeben von dicken Menschen in Familienkutschen ...«

»Würde es dich kränken, wenn ich schlecht von einem Toten rede? Ich glaube nicht, daß mir Onkel Swann gefallen hätte.«

»Ich habe ihn auch nicht gemocht«, sagte Gail. »Obwohl ich ihn nur einmal getroffen habe.«

»Als deine Mutter starb.«

»Ja. Wahrscheinlich war er auch im Lande, als mein Vater in Korea fiel. Ich erinnere mich nicht mehr. Aber er kam zurück, als meine Mutter – als sie starb – und sorgte für das Begräbnis und so weiter. Er brachte seinen Sohn mit, Piers. Ein unangenehmes Kind. Ich haßte ihn auch.«

»Und doch«, sagte Steve leise, »ist mein Hemd voller Tränen.«

»Ich konnte nicht anders – ich mußte weinen. Siehst du nicht, daß ich nun überhaupt niemanden mehr habe? Keinen einzigen lebenden Verwandten auf der Welt?«

»Bist du ganz sicher? Ich wette, wenn du eine Anzeige aufgäbst – ›Reiche junge Dame sucht Verwandte‹ – hättest du sofort tausend Vettern dritten Grades.«

»Nein«, sagte Gail. »Da ist niemand mehr, Steve. Vielleicht ist das überhaupt die Ursache meiner neurotischen Probleme. Vielleicht verliert ein Mensch den Boden unter den Füßen, wenn er keine menschlichen Bindungen mehr hat, und fliegt davon wie ein Ballon ... Ich muß Dr. Vanner mal danach fragen.«

Jetzt war es an Steve, das Sofa zu verlassen. Er ging zum Kamin und betrachtete die frischen Holzstücke, die Mrs. Bellinger auf den Rost gelegt hatte. Als wollte sie weitere sommerliche Feuer verhindern, hatte sie gefaltete Papierfächer zwischen die Scheite gesteckt.

»Du hältst viel von deinem Psychoanalytiker, nicht?«

»Offen gesagt ja.«

»Würdest du dich sehr aufregen, wenn ich dir sage, daß ich ihn besucht habe?«

Ihr Schweigen veranlaßte ihn, sich umzudrehen. »Vielleicht hat er schon davon gesprochen«, fuhr Steve fort.

»Nein.« Ein Anflug von Frostigkeit. »Hast du ihn gebeten, mir nichts zu sagen?«

»Ich glaube, ich habe so etwas angedeutet.«

»Nun, er ist deiner Bitte nachgekommen. Würdest du mir jetzt eine Bitte erfüllen?«

»Natürlich.«

»Sag mir, warum du so etwas getan hast, sprich ganz

offen. Bist du im Interesse der Bank zu ihm gegangen, oder meinetwegen?«

»Willst du die Wahrheit wissen? Ich bin um meinetwillen gegangen. Ich wollte sehen, was ich über dich erfahren konnte, über das Problem, mit dem du dich herumschlägst. Und über mein Problem.«

»Was ist das für ein Problem?«

»In diesem Zusammenhang wollte ich eigentlich nicht davon sprechen.«

»Aber wir reden ja schon davon.«

»Ein kalter Kamin hat etwas Trauriges«, sagte er. »He, was sollen all die Papierfächer? Sieht sehr viktorianisch aus.«

»Gibst du mir bitte eine Antwort?«

»Sollen wohl zum Feueranmachen dienen, nicht wahr? Wenn man Papier faltet, brennt es länger.«

»Steve!«

»Also gut!« brüllte er zurück. »Ich habe mich gefragt, ob ich ein guter oder schlechter Einfluß für dich bin. Und wohl auch umgekehrt – obwohl unsere Beziehung genau genommen nicht sehr lasterhaft gewesen ist.«

»Hast du deshalb Dr. Vanner aufgesucht? Um dich über meinen kalten Kamin zu beklagen?«

»Ich wollte ihn mir nur mal anschauen, das ist alles. Es wird dich freuen zu hören, daß er zu den Ethischen gehört. Wollte seine Patientin nicht mit mir durchhecheln. Er hat dich sogar so gut beschützt, daß mir gleich ein paar Ahnungen gekommen sind.«

»Was meinst du?«

»Ich glaube, du gefällst ihm – und nicht nur wegen deiner Krankheit. Hast du nicht gesagt, er wäre Junggeselle?«

Sie musterte ihn mißtrauisch. »Ich weiß nicht, ob ich dir glauben soll. Mein Instinkt verrät mir, daß du nur ablenken willst.«

»Da wir schon von Ablenken sprechen«, sagte Steve. »Ich kann kaum noch an etwas anderes als meinen Hunger denken. Hast du nicht gesagt, du wolltest das szechuanische Restaurant mit mir ausprobieren? Warum versuchen wir's nicht mal?«

»Nein«, sagte Gail tonlos. »Ich habe keine Lust auf scharfe Sachen. Und wenn du das im doppelten Sinn verstehen willst, Mr. Tyner, bitte sehr.«

»Du hast keinen Grund, wütend auf mich zu sein.«

»Ach, nein?«

»Gail, um Himmels willen, ich habe nicht mit Vanner gesprochen, weil die Fiduciary das wollte. Komm, laß uns heute abend noch mal ganz von vorn anfangen.«

»Du hast mich gar nicht gefragt, ob ich nicht etwas *anderes* vorhätte«, bemerkte Gail. »Dabei wollte ich eigentlich Helen besuchen. Ich habe dir schon erzählt, daß sie sehr deprimiert gewesen ist. Sie hat mich gebeten, über Nacht bei ihr zu bleiben – und das werde ich wohl auch tun.«

»Ich dachte, du wärst auch deprimiert. Wegen deines Onkels.«

»Gleich und gleich gesellt sich gern«, sagte Gail.

»Das ist das falsche Sprichwort«, erwiderte Steve. »Du meinst: Wenn man betrübt ist, hat man gern Gesellschaft.« Und er sah selbst ganz betrübt aus, als Gail zum Telefon ging.

Das Haus, in dem Helen Malmquist eine Wohnung gemietet hatte, lag auf der West Side, ein langweiliger

Steinkasten, der in seinem Mangel an Charakter deprimierend war. Gail bedauerte ihre Entscheidung, als der hemdsärmelige ›Portier‹ sie mit einem wollüstigen Lächeln begrüßte. Unter dem Arm trug er eine Papiertüte, in der sich offenbar eine Weinflasche befand. Aber Helen war am Telefon so außerordentlich dankbar gewesen für ihren Besuch, daß Gail sich auf einen Abend seelischer Erster Hilfe gefaßt machte.

Überraschenderweise war Helen bei blendender Laune.

»Was soll's!« sagte sie. »Bei Larry kam schon das Knie durch. Er ist erst achtundzwanzig, und das Haar geht ihm aus wie nichts. In drei oder vier Jahren wäre er völlig kahl gewesen.«

»Jedes Ding hat eine gute Seite«, sagte Gail lächelnd.

»Klar. Obwohl es durchaus sein kann, daß *ich* in drei oder vier Jahren kahl bin, wenn ich mir weiter bei derselben Friseuse die Haare färben lasse. Sie heißt Olga – könnte durchaus eine russische Agentin sein, die von innen bohrt. Was wohl auch auf mich zutrifft, wie? Ich bohre dir auf den Nerv?«

»Nein«, sagte Gail. »Natürlich nicht. Hör zu, Helen, es tut mir wirklich leid, daß es so lange gedauert hat, bis ich dich mal besucht habe. Gehst du immer noch zur Kunst-Liga?«

»Ja. Aber es macht mir keinen großen Spaß mehr. Das Beste an der Sache war wohl, daß man jemanden zum Reden hatte.«

»Das ist komisch«, sagte Gail. »Ich habe Steve genau dasselbe gesagt.«

»Du triffst dich immer noch mit dem Privatdetektiv?«

»Ja.«

»Ist es was Ernstes?«

»Ich weiß nicht.«

»Du siehst aber ziemlich ernst aus. Ja, du siehst fast so aus, wie ich aussehen sollte. Was ist los?«

»Nichts«, sagte Gail. »Ich habe nur schlechte Nachrichten über Verwandte von mir erhalten. Sie sind beim Skifahren in der Schweiz umgekommen.«

»O Mann, das ist aber bedauerlich! Und dabei habe ich dich eingeladen, damit *mir* besser wird. Du wirst doch nicht ins Ausland fahren müssen – zur Beerdigung oder so?«

»Nein, die Sache ist offenbar schon vor Monaten passiert, aber ich habe erst heute davon gehört. Ich habe die Leute auch gar nicht gekannt, Helen – ich wollte keine morbiden Gespräche führen.«

»Warum denn nicht?« Helen zündete sich eine Zigarette an, und der stechende Duft ließ Gail zusammenfahren; nun war auch die gelöste Stimmung ihrer Freundin erklärt. »Die Morbidität gehört zu meinen Lieblingsthemen. Du weißt ja nicht, wie oft ich an den Tod denke! Oder vielleicht bin ich nur bereit auszusprechen, daß ich daran denke. Wahrscheinlich geben andere Leute ihre heimlichen Gedanken nicht so offen zu. Möchtest du mal einen Zug?«

»Nein, danke«, sagte Gail und rümpfte die Nase, als sich der Qualm an ihrem Gesicht vorbeikräuselte.

»Wird dir guttun. Du hast doch schon gepafft, oder?«

»Ja, einmal. Aber das hat mir nicht gefallen.«

»Vielleicht liegt's dir beim zweitenmal mehr. Ausgezeichnetes Gras. Los, mach schon.«

Gail griff zögernd nach dem Joint; sie nahm das Angebot nur an, weil sie ihrer Freundin helfen wollte.

»Du kannst das Ding zu Ende rauchen«, sagte Helen. »Ich habe noch ein halbes Dutzend – fertiggerollt und alles. Das Erbe des vielbeklagten Larry Rosenbaum, ab sofort als Kahlkopf Rosenbaum bekannt.« Sie fischte eine andere Zigarette aus der Schublade des Couchtisches und zündete sie an. »Seine Überreste, die in Rauch und Asche aufgehen.« Sie kicherte. »Siehst du? Man kommt nicht davon los – wie vom Sex.«

»Wovon?« Gails erster Zug ließ bereits das Zimmer kreisen.

»Vom Tod natürlich. Denkst du nie darüber nach?«

»Ich glaube schon.«

»Sei ehrlich – denkst du nicht sogar oft daran? Wie es so ist, wenn man nicht mehr lebt?«

»Man merkt wohl gar nicht mehr, daß man nicht mehr lebt – wenn man tot ist, meine ich.« Das kam ihr lustig vor, und sie lachte.

»Ich weiß nicht – das kann ich jedenfalls nicht akzeptieren«, sagte Helen. »Ich meine – die Vorstellung, daß man nichts mehr *fühlt* oder *weiß*. Eine Art endloses Nichts – das ist doch kaum denkbar. Alles hat einmal ein Ende, stimmt's? Ich sage, wenn das Leben mal endet, endet vielleicht auch der Tod.«

»Das ist interessant formuliert«, sagte Gail, der ein wenig übel war. Aber sie rauchte weiter und erkannte, daß ihr die beiden ersten Züge an einer Marihuanazigarette keine Vorstellung von den tollen Möglichkeiten des Stoffes vermittelt hatten. Vielleicht lag es auch daran, daß sie seit dem Frühstück nichts mehr gegessen hatte oder daß ihr Helens Gesprächsthema nicht lag. Oder sie war beunruhigt durch das Gespräch mit Steve und die Tatsache, daß er jetzt nicht bei ihr war und daß sie sich halb gestritten hatten – hieß das, daß sie sich auch nur halb versöhnen konnten? Sie kicherte – oder Helen kicherte; sie wußte es nicht mehr genau.

»Weißt du, was ich meine?« fragte Helen, und ihre rechte Hand nahm den doppelten Umfang an, als sie die Zigarette an die Lippen hob. »Ich glaube, der Tod ist etwas, das schrecklich mißverstanden wird, ehrlich. Das Problem mit dem Tod ist, daß er keine Lobby hat.« Ihr Kopf schrumpfte etwas zusammen, doch ihre Augen blieben unverändert groß – riesige braune Kugeln, die sie unverwandt anstarrten. Gail beobachtete sie interessiert und wartete auf das Zucken der Lider, das jedoch ausblieb. »Ich meine folgendes«, sagte Helen, »niemand setzt sich je für den Tod ein – alle sind dagegen. Was wir brauchen, ist ein Komitee oder so, eine *Bewegung* – vielleicht sollten wir Autoaufkleber und Anstecknadeln verteilen. ›Den Tod an die Macht!‹ Wie klingt das?«

»Schrecklich«, sagte Gail. »Wirklich schrecklich, Helen. Entschuldige – wo ist das Badezimmer?«

»Hier hinten irgendwo.«

Gail erhob sich unsicher. Sie brauchte aber nicht lange zu suchen. Helens Wohnung bestand aus einem schmalen Flur, der durch eine riesige Kommode verkleinert wurde, auf der ein vergoldeter Buddha thronte. Das Zimmer, in dem sie saßen, war eine winzige Höhle zum Wohnen, Essen und – wenn der Rolladen eine Küche verdeckte – auch zum Kochen. Es gab eine Tür, und Gail vermutete, daß sie zum Schlafzimmer und Bad führte. Sie hatte einige Mühe, die Strecke bis dorthin zurückzulegen, und die Aufgabe wurde ihr auch nicht gerade leichter gemacht, als Helen warnend sagte: »Paß auf, mein Schatz, die Badezimmerlampe ist kaputt.«

Aber sie fand das Badezimmer, ein hängender Garten aus Röhren, suchte nach dem Schalter, knipste ihn an, und das Licht brach über sie herein, explodierte ringsum, füllte Augen und Ohren und Mund mit seiner Helligkeit und blendete sie – doch vorher sah sie noch das Gesicht ihrer Mutter im Spiegel, eine wahre Reflexion des Todes. Dann: Dunkelheit zum Schreien.

»Ach Schatz, mein Schatz«, girrte Helen und wiegte sie in den Armen. »Reg dich nicht auf, reg dich nicht auf! Das war doch nur die Birne, die verdammte Glühbirne ist geplatzt, das war alles. Es ist alles in Ordnung, Gail, ehrlich ...«

»O Gott, ich hatte ja solche Angst!« sagte sie. »Es war ein Blitzstrahl, heller als zehn Blitze auf einmal, und dann sah ich – etwas ...«

»Du hast überhaupt nichts gesehen, du hast gar nichts sehen können«, sagte Helen. »Nicht nach dem Blitz. Als du aus dem Badezimmer kamst, warst du wie ein neugeborenes Kätzchen. Du hättest deine Augen sehen sollen, mein Schatz ...«

»Ich komme mir so blöd vor.« Gail blickte Helen schuldbewußt an, deren Augen ebenfalls verschwommen waren, und sie erinnerte sich an das »gute Gras«. Dann lachte sie, ein zittriges Geräusch, das gar nicht von ihr zu kommen schien. Was hatte Steve über Mädchen gesagt, die komisch lachten, schnarchten und niesten? Nein, von Schnarchen hatte er nicht gesprochen. Das kam erst später, dachte Gail und wünschte, sie könnte das Lachen unterdrücken, das ihren Körper schüttelte. »Mir reicht's«, sagte sie zu Helen. »Ich bin einfach keine Potraucherin! Das Gesundheitsamt hat festgestellt, Potrauchen kann für meine Gesundheit schädlich sein, das müßte auf jeder Packung stehen.«

»Bist du sicher, daß es dir wieder gut geht – ganz sicher?«

»Ja«, sagte Gail. »Und weißt du, was mit mir los ist? Ich bin nur hungrig; ich sterbe fast vor Hunger. Ich habe seit dem Frühstück nichts mehr gegessen.«

»So ist es immer.« Helen kicherte. »Wenn du Gras rauchst, bekommst du schrecklichen Appetit. Man kann sich förmlich dick rauchen. Das ist die größte Gefahr, liebes Gesundheitsamt. Hör mal, ich habe keinen Bissen zu essen im Haus ...«

»Nichts Szechuanisches?« fragte Gail. »Überhaupt nichts Szechuanisches?« Sie löste sich aus Helens Armen und ging zum Telefon. »Schon gut. Ich habe da einen Freund. Oder *hatte* ihn mal.«

Irgendwie brachte sie es fertig, Steves Nummer zu wählen.

»Weißt du was?« fragte er. »Du hörst dich high an.«

»Das muß ich ja auch sein, wenn ich dich anrufe«, erwiderte Gail würdevoll. Dann fiel ihr das Gesicht ihrer Mutter im Badezimmerspiegel ein, und ihre Stimme begann wieder zu zittern. »Ich muß dich sprechen«, sagte sie leise. »Ich habe einen Angstanfall oder so etwas. Ich wollte Dr. Vanner anrufen, aber der weiß doch nichts von dem szechuanischen Restaurant ...«

Steve sagte streng: »Bleib, wo du bist, und ich hole dich ab. Und kein Alkohol mehr, oder was immer du genommen hast.«

»Wie kannst du es wagen, so mit mir zu reden?« fragte Gail.

»Ich liebe dich«, erwiderte Steve. »Deshalb!«

7

Sie trug ein pfirsichfarbenes Baumwoll-Voilekleid, das hinten und vorn tief ausgeschnitten war. Auf Dr. Vanners dunkelbrauner Ledercouch machte es sich besonders gut, und Gail betrachtete den langen Rock und die dazu passenden Sandalen mit der befriedigenden Gewißheit, daß sie sehr gut aussah. Dann fiel ihr ein, daß der Arzt sicher wissen wollte, worüber sie nachdachte, und versuchte ihre Gedanken hastig in eine andere Richtung zu lenken. Aber es war schon ein wenig zu spät.

»Sie haben gelächelt«, sagte Vanner.

»Wirklich?«

»Ganz eindeutig. Sehr hübsch hat das ausgesehen. Um ganz ehrlich zu sein, Sie sehen heute besonders hübsch aus. Sehr sommerlich und so.«

»Wir haben doch Sommer, oder?«

»Ja. Aber Sie hatten sich bisher nicht entsprechend angezogen, jedenfalls nicht bei Ihren Besuchen hier.«

»Das schien mir nicht zu der nüchternen Umgebung zu passen.«

»Und plötzlich – paßt es?«

Gail errötete und wußte, daß er aus diesem Umstand sofort psychologisches Kapital schlagen würde. »Ich hatte einfach Lust, mir ein paar neue Sachen zu kaufen«, sagte sie. »Ich habe Ihnen doch von meiner Kleider-

Macke erzählt. Oder Nicht-Macke, wenn man bedenkt, wie leer meine Schränke sind.« Vanner lachte leise. »Na bitte, der große Augenblick ist da!« sagte Gail. »Ich habe Sie zum Lachen gebracht.«

»Nun beglückwünschen Sie sich bitte nicht gleich. Patienten, die ihre Psychoanalytiker zu unterhalten versuchen, tun das gewöhnlich, um sich nicht mit ernsten Dingen auseinandersetzen zu müssen.«

»Ich wollte Sie nicht unterhalten. Ich habe Ihnen nur berichtet, wie mir zumute ist. Daß es an der Zeit ist, mich für mein Äußeres zu interessieren.«

»Und Sie wissen sicher, wie heilsam das ist.«

»Dann müßten Sie sich ja über mich freuen.«

»O ja«, sagte Vanner. »Sehr sogar. Allerdings bin ich auch ein wenig verwirrt. Aber das ist nicht Ihr Problem, sondern meins.«

Ihr Hals schmerzte, als sie sich dem Impuls widersetzte, den Kopf zu wenden und ihn anzusehen.

»Schon gut«, sagte er. »Sie können ruhig eine Bemerkung darüber machen, wenn Sie wollen. Ich habe Ihnen zu Anfang mal gesagt, Sie sollten nicht überrascht sein, wenn Sie feststellen, daß ich auch nur ein Mensch bin. Ein Mann, alleinstehend, heterosexuell und Einflüssen ausgesetzt.« Er legte ein Lächeln in seine Stimme. »Zum Glück kann ich dieser Liste ein weiteres Adjektiv hinzufügen. ›Meinem Beruf verschrieben.‹ Jedenfalls versuche ich das zu sein.«

»Wissen Sie was? Ich glaube, Sie machen mir ein Kompliment – aber ich bin mir meiner Sache nicht ganz sicher.«

»Ich meine es, wie ich es sage. Sie gefallen mir, Gail – und nicht nur wegen Ihres Aussehens.«

»Sie meinen – wegen meiner Träume.«

»Ja. Wie lange ist der letzte dicke Brummer her?«

»Gut eine Woche. Ich habe in den letzten drei Nächten überhaupt nicht mehr geträumt, sondern geschlafen wie ein Kind. Nein«, fügte sie lächelnd hinzu, »sogar weniger wie ein Kind.«

»Wie meinen Sie?«

»Ach, das ist eine dumme Sache. Ich meine, ich habe meinen Puh-Bär nicht mehr mit ins Bett genommen.« Und fügte hastig hinzu: »Und auch sonst niemanden.«

Diesmal dauerte Dr. Vanners Lachen noch etwas länger. »Willkommen beim Gail-Gunnerson-Humorprogramm!«

»Tut mir leid. Ich will wirklich nichts verbergen. Ich weiß, daß ich ganz offen über mein Liebesleben sprechen soll, aber das ist ein Thema, bei dem ich die größten Schwierigkeiten habe, mich klar zu äußern.«

»Ich glaube, das ist klar genug. Sie wollen mir doch sagen, daß Sie nicht mit Steve Tyner geschlafen haben, jedenfalls noch nicht. Ist das zutreffend?«

»Da wir nun schon davon sprechen. Nein, ich habe nicht mit ihm geschlafen. Und er drängt mich auch nicht.«

»Was halten Sie davon?«

»Ich glaube, er versteht mich. Er versteht, daß ich dazu neige, meine Beziehungen zu verkomplizieren, daß ich nicht bereit bin zu Bindungen, mit denen ich nicht fertig werde.«

»Für Sie ist Sex gleich Bindung?«

»Natürlich. Für Sie nicht?«

»Vergessen wir nicht, wer hier auf der Couch liegt, ja?«

»Tut mir leid.«

Das Telefon klingelte.

»Ich dachte, ich hätte das verdammte Ding abgestellt«, sagte Vanner.

Er ging mit mürrisch verzogenem Gesicht an ihr vorbei zum Tisch und riß den Hörer von der Gabel. »Hallo?« Als der Anrufer sich meldete, hob er den Blick zur Decke. »Ja«, sagte er mit unterdrücktem Ärger. »Natürlich. Ich hatte das Telefon nur versehentlich eingeschaltet gelassen, sonst hätte sich der Antwortdienst gemeldet ... Ich bin in etwa einer Viertelstunde fertig, dann unterhalte ich mich mit Ihnen, einverstanden?« Gail hörte ein nachdrückliches Summen im Telefonhörer, das sich nach einer weiblichen Stimme anhörte. Die Laute wurden schriller.

»Das ist absoluter Unsinn, Helen! Sie machen das doch nur, um Mitleid zu erwecken.«

Als Gail den Namen hörte, richtete sie sich auf.

»Ich lüge Sie nicht an«, sagte der Arzt im Tone elterlichen Tadels. »Ich will ganz offen sein, die Patientin ist Ihre Freundin Gail, und ich werde ihr nicht die Aufmerksamkeit entziehen, für die sie mich bezahlt.« Jetzt wirkte Vanner nicht nur ärgerlich, sondern auch besorgt. »Helen, bitte hören Sie mir zu! Ich kann jetzt unmöglich zu Ihnen kommen. Wenn ich mit Gail fertig bin, kommt noch ein Patient. Legen Sie sich hin und denken Sie an gar nichts, schließen Sie einfach die Augen und entspannen Sie sich ... Ja, so schnell ich kann. Das ist ein Versprechen.«

Er legte auf, doch die Falten auf seiner Stirn hatten sich vertieft.

»Helen Malmquist?«

»Ja. Sie wollte, daß ich sie besuche. Ich sollte einfach alles stehen und liegen lassen und zu ihr kommen.«

»Was ist los?«

»Sie ist deprimiert. Ich weiß nicht, ob Sie in letzter Zeit mit Helen gesprochen haben, aber sie hat eine große Enttäuschung erlebt. Mit einem jungen Mann.«

»Ja, ich weiß. Larry.«

»Dieses Ereignis scheint ihre alte Unsicherheit wieder geweckt zu haben. Offen gesagt ist das für uns beide eine Art Rückschlag.« Vanner zupfte an seinem Bart – die einzige nervöse Geste, die er sich je gestattete. Dann sah er Gail an und sagte: »Ich dürfte Ihnen das eigentlich nicht erzählen, aber da Sie ja mit ihr befreundet sind – es gab eine Zeit, da war Helen Malmquist ...«

Er stockte, und sie schaltete sich ein: »Ich weiß, was Sie sagen wollen. Helen hat mir selbst davon erzählt – von ihrem Selbstmordversuch.«

»Ich bin sicher, daß sie sich nicht so weit zurückentwickelt, aber wenn jemand auch nur andeutet, daß er sich das Leben nehmen will, bin ich geneigt, ihn ernst zu nehmen.«

Gail hielt den Atem an. »Hat sie das eben gesagt?«

»Nein, nicht so direkt. Sie redete ziemlich wirr durcheinander. Vielleicht hat sie etwas genommen, Alkohol oder Gras oder sogar Betäubungstabletten. Ich weiß es nicht.«

»Aber das ist ja fürchterlich! Sollten Sie nichts unternehmen?«

»Ich glaube nicht, daß ich schon die Polizei anrufen muß oder so.« Er warf einen Blick auf die Uhr. »Und ich erwarte wirklich noch einen Patienten, jemanden, dem es fast so mies geht wie Helen. Ich wäre ungern fort, wenn der Mann kommt, obwohl ich den Termin wohl verschieben könnte.«

»Ob es etwas nützt, wenn *ich* mal bei ihr vorbeischaue? Nur um zu sehen, ob alles mit ihr in Ordnung ist?«

»Das ist nett von Ihnen.« Er lächelte geistesabwesend. »Aber Sie kommen für Ihr Geld ohnehin schon zu kurz.«

»Nein, wirklich, ich täte es gern!«

»Also gut. Ich bin sicher, daß Ihre Gegenwart sie beruhigt. Machen Sie ihr einen Tee oder Kaffee und beruhigen Sie sie. Reden Sie mit ihr über Filme, Frisuren – irgendein triviales Thema. Ich komme sofort rüber, wenn ich den anderen Patienten losgeworden bin.«

»Vielleicht ist es eine ganz gute Therapie, anderen Leuten zu helfen«, sagte Gail leichthin. »Anonyme Neurotiker.«

»Vielleicht«, sagte Dr. Joel Vanner.

Der Fahrstuhl in Helens Haus bewegte sich nur ruckhaft, und die Plastikwände der Kabine sonderten Feuchtigkeit ab. Gail dachte: Wenn ich hier wohnen müßte, wäre mir auch mies. Aber natürlich lebten in dieser Stadt viele Menschen in schlimmeren Quartieren. Gail war die Last der Armut erspart geblieben, die sie auch nicht kennenlernen würde. Sie machte sich klar, wie selten sie an diesen Umstand dachte. Und an die anderen Vorteile. Sie sah ein feuchtverschwommenes Spiegelbild ihres pfirsichfarbenen Voilekleides an der schimmernden Kabinenwand und dachte: Ich bin eine anziehende Frau. Das weiß ich. Sogar hübsch, verdammt! Und ich habe keine Zipperlein oder Krankheiten oder

Entstellungen. Warum gehe ich dann mit so vielen schwarzen Wolken durchs Leben? Warum? Es war ein seltsamer Ort für einen Blitzstrahl der Erkenntnis, doch genau das schien ihr jetzt zu widerfahren – auf halbem Wege zwischen dem elften und zwölften Stockwerk im Wohnhaus an der Ecke West End Avenue und Vierundachtzigste Straße.

Sie läutete an der Tür zu 12-G, ohne daß ihr geöffnet wurde. Sie klingelte mehrere Male und weigerte sich, die schlimmste Möglichkeit in Betracht zu ziehen. Helen wußte nicht, daß sie unterwegs war. Sie mochte ausgegangen sein, um Milch, Eier, Brot und Schmerztabletten einzukaufen; oder sie schlief, betäubt durch ein Mittel. Gail drückte noch einige Male auf die Klingel und wandte sich ab. Auf halbem Wege zum Fahrstuhl kamen ihr erste Zweifel, und sie überlegte, ob sie den beschwipsten Pförtner bitten konnte, sie in die Wohnung zu lassen. Der Gedanke an die Erklärungen, die sie ihm dann geben mußte, brachte sie davon ab. Helen hätte mit dieser peinlichen Situation leben müssen, solange sie in diesem Haus wohnte. Dann ein neuer Gedanke. Warum nahm sie eigentlich an, daß die Wohnungstür verschlossen war? Natürlich, so mußte es eigentlich sein – diese Stadt hieß immerhin New York. Aber Helen war in solchen Dingen sehr unachtsam; sie ging zu unmöglichen Zeiten allein von der Kunst-Liga nach Hause, wobei sie einladend die Handtasche schwenkte und damit ein Schicksal herausforderte, das ihr Gottlob bisher erspart geblieben war.

Gail kehrte zur Tür der Wohnung 12-G zurück und griff nach dem Knopf.

Die Tür war offen.

Gail betrat den schmalen Flur und sah den vergoldeten Buddha. Helens Heimgott diente als Stütze für einen Bogen Zeichenpapier. Noch ehe sie die Worte entziffern konnte, wußte Gail, daß diese Nachricht für die nächste Person bestimmt war, die durch die Wohnungstür kam. Ihre Hand zitterte, als sie den Bogen hochnahm.

Kritzelei mit einem Filzstift. *Tut mir leid!*

Helens Handschrift, die kräftigen Züge ihrer Schrift, kühner und kräftiger als der Strich ihrer Zeichnungen.

Tut mir leid! hieß es auf dem Papier. *Dies ist der einzige Ausweg für mich. Allein Helen ist schuld.*

Gail legte den Bogen hin und sagte: »Helen?«

Sie wollte sich nicht eingestehen, daß sie damit ihren Atem verschwendete.

Sie ging ins Wohnzimmer – leer. Sie betrat das Schlafzimmer. Es war ebenfalls leer, aber die Tür zum Bad stand weit offen.

Gail ging darauf zu, entschlossen, nur das sterile Innere zu sehen – die weißen Fliesen und das Porzellan und Chrom.

Bitte! flehte sie lautlos. *Bitte.*

Aber Helen war da.

Sie war über die Badewanne drapiert und trug ein weißes Baumwollnachthemd, das ihr Blut wie eine Gazebandage aufgesaugt hatte und überall bis zum Saum mattrote Streifen und Flecken aufwies. Das Blut auf dem Kachelboden, das Blut, das noch langsam auf den Badezimmerabfluß zuströmte, war dagegen rot, grellrot. Die Quelle des roten Flusses war das linke Handgelenk. Der rechte Arm war offenbar ebenfalls eingeschnitten, hatte aber nichts mehr zu geben; diese Hand hing außerhalb der Wanne. Ganz in der Nähe der gekrümmten Finger lag ein schimmerndes Stahlrechteck, dessen Kante verfärbt war. Es war erstaunlich, wie viele Details Gail wahrzunehmen vermochte; sie konnte fast den Namen des Herstellers auf der einseitig geschärften Klinge erkennen. Wo blieb das gestörte Sehvermögen, das einem Schock folgte? Warum konnte sie diese hellrote Realität nicht verschwinden lassen? Was war aus der kostbaren Gabe ihrer Kindheit geworden, aus der Fähigkeit, den Anblick schrecklicher Dinge zu verdrängen? Warum sah sie dies alles und schrie?

»Gail! *Gail!*«

Zwei feste Hände an ihren Oberarmen. Sie erkannte, daß sie wohl doch einen Augenblick der Amnesie durchgemacht hatte, denn sie erinnerte sich nicht an Vanners Ankunft. Jedenfalls stand er jetzt vor ihr und schüttelte ihr die Hysterie aus dem Körper, so wie es auch Mrs. Bellinger getan hatte. Vor ihr stand ein Arzt, greifbar und beruhigend, und sein Anblick stimmte sie dankbar. Was hatte ihr Helen doch gesagt? Gott segne jedes Haar in seinem Bart ...

»Sie ist tot«, schluchzte Gail und klammerte sich an ihn. Sie brauchte die Stütze seines Körpers, um sich auf den Beinen zu halten. »Sie hat sich umgebracht, sie hat es wirklich getan! Wir sind zu spät gekommen ... zu spät ...«

»Ich hätte Sie nicht allein herkommen lassen dürfen«, erwiderte er, und sie erkannte, daß sein Schmerz weniger Helen galt als ihr. »Ein schrecklicher Fehler von mir, Gail! Ich bin Ihnen sofort nachgefahren, als ich den anderen Patienten losgeworden war.«

»Hätten wir das noch verhindern können?« fragte Gail. »Hätten wir überhaupt etwas tun können?«

»Hören Sie auf, sich in diese Fragen mit einzubeziehen!« sagte Vanner. »Helen war einzig und allein meine Verantwortung, und ich bin damit nicht fertiggeworden.« Er löste sich sanft von ihr und drehte ihr Gesicht herum, so daß sie die Leiche nicht mehr anschauen mußte. »Aber wenigstens kann ich Sie jetzt aus der Sache heraushalten. Gehen Sie nach Hause, Gail. Ich melde den Vorfall allein. Es gibt keinen Grund, warum Sie da mit hineingezogen werden sollten.«

»Ja«, flüsterte sie. »Ich könnte das nicht ertragen. Es wäre zuviel, jetzt noch mit der Polizei zu sprechen. Ich möchte nach Hause – nichts weiter.«

»Und ins Bett«, sagte er bestimmt. »Sie können das als ärztliche Anordnung auffassen. Gehen Sie ins Bett, nehmen Sie eine der Pillen, die ich Ihnen verschrieben habe, und rühren Sie sich nicht von der Stelle, bis Sie morgen früh von mir gehört haben. Verstanden?«

»Ja«, sagte Gail, doch sie ließ seine Jackenärmel nicht los. Er sah sie fragend an, dann beugte er sich vor und legte seine Lippen auf die ihren. Es war mehr eine Tröstung als ein Kuß, doch die Berührung hatte eine beruhigende Wirkung auf sie. Sie verließ die Wohnung und ging auf den Fahrstuhl zu, wobei sie noch leise Vanners Stimme hörte, der bereits mit den Stadtbehörden telefonierte, die es gewohnt waren, das Schreckliche als statistische Realität zu nehmen.

Sie begann erst wieder zu weinen, als sie zu Hause war, und Mrs. Bellinger bestand trotz ihrer entzündeten Fußballen darauf, sie ins Schlafzimmer zu führen und zu warten, bis das Mittel zu wirken begann. Gnädigerweise war das schnell der Fall.

8

Träume:
Fahrradfahren auf einer dunklen Landstraße mit dem verzweifelten Bemühen, die Räder auf der leuchtend weißen Linie zu halten, schwarze Ulmen, die sich ruckelnd über der Straße wölbten, ein endloser Tunnel aus Bäumen, der sich in die Ewigkeit verengte ...

Ein Mann, der ihr im Nichts über eine Straße folgte; sein zerschlissener Tweedmantel war so lang, daß er auf dem Pflaster schleifte; das ausdruckslose Idiotengesicht an ihrem Halsansatz, eine heisere Stimme, die ihr Obszönitäten ins Ohr flüsterte ...

Ein Zimmer mit kalkweißen Wänden und ohne Möbel, ein krachendes, reißendes Geräusch, Putzbrocken lösten sich von der Decke und rieselten auf sie herab; kummervolles Weinen, weil ihr Ausgehkleid beschmutzt war, der Ruf nach der Mutter, ihre Schritte im Flur, die Erkenntnis, daß gar keine Tür zu sehen war, daß es keinen Zugang, keinen Ausgang gab; das Hämmern an die Wände, weinend ...

Gail öffnete die Augen.

Keine Landstraße, keine Straße, die ins Nichts führte, kein kalkweißes Zimmer.

Sie lag sicher in ihrem Bett. Ironischer Gedanke: warum fühlten sich Leute im Bett sicher? Krankenbett, Totenbett, nicht auf Rosen gebettet. Betten, in denen

Alpträume hausten. Versuchte sich an die Einzelheiten des Traums zu erinnern, was ihr nicht gelang. Versuchte eine Bedeutung zu finden, wieder vergeblich. Das war ja auch Vanners Aufgabe, redete sie sich ein. Die Symbole zu entschlüsseln. Die Ängste zu entziffern. Wieder schlossen sich die Augen. Zurückschweben an den Rand der Dunkelheit.

Sie war fast am Ziel, war fast im Reich des Unbewußten, doch etwas riß sie zurück.

Ein Geräusch.

Sie bewegte sich nicht. Sie lag reglos da und wünschte sich, die Ohren ebenso leicht schließen zu können wie die Augen.

Da war es wieder.

Langsam drehte sie sich im Bett um, zog sich ein Bettlaken um den Körper (Todeslaken, Gedanken an den Tod) und rückte langsam zum Kopfende, wobei sie sich auf die Decke des Schlafzimmers konzentrierte.

Aber das Geräusch kam nicht vom Boden.

»Mrs. Bellinger?«

Ein leises Klopfen.

»Sind Sie das, Mrs. Bellinger?«

Sie verließ das Bett, ging zur Tür und öffnete die Verriegelung. Sie blickte auf den Türknopf und rechnete damit, daß die Haushälterin von der anderen Seite aufmachen würde, aber nichts geschah. Sie kam zu dem Schluß, daß sie sich irrte. Wieder einmal hatte sie sich irreleiten lassen, wieder war sie durch den großen Zauberer Schall hereingelegt worden. Na gut, dachte Gail. Sie wollte den Knopf selbst drehen und den Zauberer zufriedenstellen.

Sie öffnete die Schlafzimmertür.

Draußen stand Helen Malmquist in ihrem blutbespritzten Negligé. Auf den ersten Blick schien sie nicht mehr als eine stehende Leiche zu sein. Aber dann wurden langsam die rotverschmierten Ärmel angehoben, und die totenweißen Hände, die schlaff an den tief eingeschnittenen Gelenken baumelten, streckten sich Gail entgegen.

»Komm mit«, sagte Helen.

9

In ihrem ganzen Leben hatte sich Mrs. Bellinger noch nicht so sehr über das Klingeln des Telefons gefreut. Sie vergaß Entzündungen, Hühneraugen und Schwielen und sprintete auf den Apparat zu, und ihre sportliche Leistung wurde durch den Klang der richtigen Stimme belohnt.

»Hier Dr. Vanner. Mein Antwortdienst sagt, Miss Gunnerson habe angerufen.«

»Nein«, sagte die Haushälterin und versuchte zu Atem zu kommen. »Nicht Gail hat angerufen, sondern ich. Sie ist in einem fürchterlichen Zustand, und ich hielt es für das beste, Sie zu verständigen und keinen normalen Arzt. Ach, Sie wissen schon, was ich meine«, sagte sie in reuiger Verwirrung. »Sie redet die ganze Zeit nur von Ihnen, wie Sie ihr helfen, die schlimmen Träume zu überwinden, und so. Nur war dies bisher der schlimmste, Doktor. Dieser Traum war absolut nicht wie die anderen . . .«

»Schon gut, Mrs. Bellinger, beruhigen Sie sich. Sie *sind* doch Mrs. Bellinger, nicht wahr?«

»Jawohl, Sir, ich bin's, und ich wollte Sie fragen, ob Sie nicht vorbeikommen können. Oder soll ich jemand anders rufen, Gails regulären Arzt, Dr. Yost?«

»Die Frage kann ich eigentlich erst beantworten, wenn Sie mir genau gesagt haben, was bei Ihnen los ist,

Mrs. Bellinger. Könnten Sie vielleicht Miss Gunnerson an den Apparat holen?«

»Nein, das geht nicht. Ich meine, sie ist endlich eingeschlafen. Ich will sie nicht wecken. Als ich hinaufging, war sie wie eine Verrückte, Doktor, sie schluchzte und zitterte, wie ich es noch nie bei ihr erlebt habe. Wenn Sie das hätten sehen können ...«

»Bitte, Mrs. Bellinger«, sagte Vanner mit unendlicher Geduld. »Berichten Sie mir genau, was geschehen ist.«

»Aber das weiß ich ja nicht! Ich meine, nicht genau. Ich hörte Gail schreien – wirklich *schreien* – und sie war nicht mal in ihrem Bett, sondern an ihrer Tür. Sie hatte die Tür geöffnet und schrie, als sei der Teufel persönlich in ihrem Zimmer. Ich ging nach oben so schnell ich konnte, und da lag sie auf der Schwelle, ganz hinüber.«

»Sie war ohnmächtig?« Vanners Reaktion war nun schon angemessener, und Mrs. Bellinger fuhr eifrig fort.

»Ja, ganz hinüber«, sagte sie mit dramatischer Betonung. »Und bleich wie ein Laken. Und ganz kalt und verschwitzt, wissen Sie. Ich mußte sie praktisch ins Bett schleppen, und sie begann ganz wirr zu reden ...«

»War sie im Delirium?«

»Keine Ahnung, wie Sie das nennen. Ihre Worte ergaben jedenfalls keinen Sinn, aber so ist das wohl, wenn man träumt.«

»Sind Sie sicher, daß es nur ein Traum war, Mrs. Bellinger? Hätte es sich nicht um eine neue Halluzination handeln können?«

»Das weiß ich nicht«, entgegnete die Haushälterin. »Gail sagte, es müsse ein Traum gewesen sein, mehr kann ich Ihnen nicht berichten.«

Vanner schien überrascht zu sein. »Gail hat Ihnen das gesagt? Dann hat sie also doch ein paar kohärente Worte herausbekommen?«

»Was?«

»Mrs. Bellinger. Das ist jetzt sehr wichtig. War Gail in der Lage, hinterher mit Ihnen zu sprechen – konnte sie sich vernünftig ausdrücken?«

»Ja. Ja, sie war ganz vernünftig, aber wenn Sie gesehen hätten, wie sie aussah, wie eine aufgewärmte Leiche, und wie sie am ganzen Leib gezittert hat ... Immerhin haben wir Sommer, Doktor, und ich mußte ihr die elektrische Bettdecke heraussuchen und auf mittel einstellen, damit sie sich aufwärmen konnte ...«

»Ich verstehe«, sagte Vanner besorgt. »Mrs. Bellinger, ich glaube, es würde im Augenblick gar nichts nützen, wenn ich hinüberkäme, nachdem sie schläft. Am besten bleibt sie den Rest der Nacht ungestört.«

»Ich glaube nicht, daß sie durchschläft.«

»Wissen Sie, ob sie von den Mitteln genommen hat, die ich ihr verschrieben habe?«

»Nein.«

»Nun, aller Wahrscheinlichkeit nach wird sie erst morgen früh aufwachen, und wir können dann entscheiden, was wir unternehmen wollen.«

»Aber es *muß* etwas geschehen, Dr. Vanner – das meinen Sie doch auch, nicht wahr?«

»Ja«, sagte Dr. Vanner, ehe er auflegte. »Es muß etwas geschehen.« Aber seine letzten Worte waren für Helen Malmquist bestimmt, die mit untergeschlagenen Beinen und schmollend geschürztem Mund auf der Sofakante saß und das befleckte Negligé über die Knie hochgezogen hatte. Vanners Gesicht zeigte leichten

Widerwillen, als fände er die Kombination der aufreizenden Pose und des blutigen Kostüms ausgesprochen geschmacklos.

»Warum wäschst du dich nicht und ziehst dich um?« fragte er. »Man kann dich ja nicht anschauen!«

»Vielen Dank, das ist vielleicht ein nettes Kompliment!« sagte Helen und griff nach einer Zigarette. »Aber vergessen Sie nicht, wer sich diesen kleinen Sketch ausgedacht hat, *Herr* Doktor.«

»Du mußt dich ja sowieso anziehen. Wir müssen dich von hier verschwinden lassen. Und je eher, desto besser.«

»Wozu die Eile? Miss Schwerreich wird doch nicht etwa vorbeischauen? Dies dürfte der einzige Ort auf der Welt sein, den sie garantiert nicht so schnell wieder besucht. Möchtest du einen Drink?«

»Nein«, sagte Vanner und sah zu, wie sie vom Sofa glitt und dabei ein halbes Dutzend Kissen zu Boden streifte. Sie ging zu dem breiten Rouleau, das die Küchennische verdeckte, rollte es hoch und enthüllte ein Waschbecken voller schmutzigem Geschirr, das zum Teil schon mehrere Tage alt war.

»Na, was hat die Haushälterin gesagt?« fragte Helen. »So wie du ausgesehen hast, war die Auskunft nicht ganz das Erwartete.«

»Alles in Ordnung«, sagte Vanner verbissen. »Weißt du doch selbst; du hast ja gesehen, wie die Sache gewirkt hat.«

»Irrtum. Ich habe die Wirkung gar nicht abgewartet. Ich hab's dir doch erzählt! Als ich sah, daß ihr die Knie einknickten, zog ich mich zurück und verschwand so schnell ich konnte. Ich hatte eine Heidenangst, daß sie nach mir greifen würde – was wäre dann gewesen?«

»Sie ist ohnmächtig geworden.«

»Und jetzt?«

»Schläft sie. Natürlich wirken die Medikamente noch, so daß sie logischerweise wieder eingeschlafen ist.«

»Und das ist alles? Sie ist nicht übergeschnappt?«

»Sie war im Delirium, als sie zu sich kam – soviel hat mir die Haushälterin erzählt. Aber sie hat Gail beruhigen und wieder ins Bett bringen können.«

»Großartig«, sagte Helen und verzog den großen Mund. Sie goß zwei Fingerbreit Bourbon in ein Glas, das noch eine Reinigung vertragen hätte. Als sie Eiswürfel hineingleiten ließ, sagte sie: »Dein narrensicherer Plan klappt wohl nicht?«

»O doch«, sagte Vanner. »Nur kann man bei einer solchen Sache keinen Zeitplan aufstellen – man muß flexibel sein, kreativ.«

»Kreativ!« Helen lachte. »Das ist ja nun wirklich ein schönes Wort.«

»In diesem Fall sogar das richtige. Irgendwie ist unser Plan wie eine Psychoanalyse. Was stellst du dir eigentlich unter einer Analyse vor? Das ist kein festgefahrener Vorgang, keine programmierte Entwicklung, die von A bis Z abläuft und dann fertig ist.«

»Gott steh uns bei«, sagte Helen. »Herr Doktor hält schon wieder mal Vorträge. Weißt du gar nicht, wie sehr mir deine Prahlerei mit diesem Thema zum Hals heraushängt?«

»Vielleicht glaubst du, ich wüßte nicht, wovon ich rede.«

»Zeig mir erst mal ein echtes Diplom«, sagte Helen brutal, »dann lasse ich mich vielleicht von dir belehren.« Sie kostete von ihrem Drink, und ihre Stimmung

ihr Widerstand wohl zu stark gewesen, um ein brauchbares Ergebnis zu bekommen.«

»Herr Doktor stecken also in der Klemme?«

»Nenn mich nicht immer so«, sagte Vanner. »Du reitest den Witz ziemlich zu Tode.«

»Vielleicht reiten wir die ganze Sache zu Tode. Vielleicht ist dein Plan unmöglich.«

»Nein«, sagte er. »Ich bin immer noch überzeugt, daß es klappt. Wir mußten nur ein paar Rückschläge einstecken, das ist alles. Etwa Gails romantische Bindung – die hat uns nicht gerade weitergeholfen. Ihr superamerikanischer Freund hat sie gestützt, hat ihr Selbstvertrauen gestärkt.«

»Und er ist nett«, sagte Helen.

»Ich kann ihn natürlich loswerden – eine ganz einfache Sache. Aber ich dachte, er könnte uns nützen – ich hatte gehofft, er würde uns einen Hinweis geben.«

»Über das ›Ding‹?«

»Ja. Ich habe ihm gesagt, wie wichtig ich diesen Aspekt finde; ich versuchte ihn dazu zu bringen festzustellen, was in ihrem Geist versteckt ist.« Ironisch: »Ein seltsamer Verbündeter, aber es könnte klappen.«

»Wie lange willst du warten?«

»Nicht allzu lange.« Vanner runzelte die Stirn. »So kann es jedenfalls nicht weitergehen. Zum einen entspricht die Situation nicht der Parallele.«

»Was heißt das?«

»Ich meine die Parallele zwischen Gails Mutter und ihr selbst. Als damals ihre Mutter verrückt wurde, gab es keinen Mann in ihrem Leben. Sie verlor den Ehemann in Korea. Es gab niemanden, der seine Stelle einnahm, niemanden, auf den sie sich neu orientieren konnte.«

»Meine Güte«, sagte Helen, »du benutzt aber raffinierte Worte, Liebling. Du hättest sogar *mich* überzeugen können, daß dein Diplom echt ist.«

»Das ist die zentrale Tatsache. Gail macht sich Sorgen wegen der Parallele zwischen ihr und ihrer Mutter, seit sie alt genug war, an diese Dinge zu denken. Den erblichen Wahnsinn *gibt* es schließlich.«

»Und du glaubst wirklich, daß sie denselben Weg geht?«

»Das glaubt *sie*. Wenn *sie* die Parallele sieht, wenn sie sich auf die Gummizelle zusteuern sieht, wählt sie vielleicht dieselbe Lösung wie ihre Mutter.«

»Nein«, sagte Helen tonlos. »Das ist der Teil, den ich dir nicht abkaufe. Daß sie dir den Riesengefallen tut, sich umzubringen.«

Vanner hörte ihr schon nicht mehr zu. »Vielleicht sollte ich gar nicht warten, gegen Tyner vorzugehen. Vielleicht sollte ich ihn sofort abschießen, damit es kein Hindernis für sie gibt, das ... rechte zu tun. Wenn sie ihn verliert. Wäre förderlich für die Parallele.«

»Bist du sicher, daß das dein einziger Grund ist?«

»Was meinst du?«

»Manchmal wundere ich mich über dich, Doktor. Manchmal frage ich mich, was wirklich in deinem Kopf vorgeht. Ich meine, woher weiß ich, daß du nicht vorhast, das Mädchen wegen ihres Geldes zu heiraten. Das brächte doch dasselbe Ergebnis, oder?«

»Unsinn!«

»Vielleicht möchtest du sie so abhängig von dir machen, daß sie ohne dich nicht mehr leben kann.«

Jetzt schien Vanner doch zu meinen, daß sie seiner Aufmerksamkeit bedürfe. Er näherte sich ihr, ließ die

Arme um ihr farbverschmiertes Negligé gleiten und lächelte auf sie hinab. »Vergiß das alles«, sagte er. »So etwas ist mir nie in den Sinn gekommen. Gail Gunnerson kann mir nur als Leiche nützen. Wir sind noch immer ein Team, Helena.«

»So hast du mich seit Europa nicht mehr genannt«, sagte Helen schmollend. »Du hast seit damals den Vers nicht mehr aufgesagt.«

»Ist dies das Gesicht, das tausend Schiffe auf den Weg geschickt?« zitierte Vanner, »und das die offenen Türme Iliums in Schutt und Asche legte?« Er ließ das Negligé über ihren gekrümmten Körper hochgleiten und begrub seinen Bart wie einen Spaten in ihrem Hals. »Süße Helena«, murmelte er, »mach mich unsterblich mit einem Kuß.« Sie stöhnte leise, und er trug sie mit schnellen Schritten zum Sofa und legte sie sanft auf die Kissen. Jetzt schienen ihn die grellroten Farbflecken an ihren Armen und auf dem Negligé nicht mehr abzustoßen; die falschen Blutflecken schienen ihn eher anzufeuern, und Helen wurde durch seine Erregung angesteckt.

»Ach, Herr Doktor«, flüsterte sie.

»Nenn mich nicht so«, sagte er. »Du kennst doch meinen Namen.«

»Ach, Piers«, sagte sie.

Eine halbe Stunde später war sie unter der Dusche und hörte ihn ins Badezimmer kommen, hörte, wie er im Toilettenschrank herumkramte. Sie erhob die Stimme über das Rauschen des Wassers und fragte, was er da mache.

»Ich schau nach, ob nichts zurückgeblieben ist«, sagte er. »Sachen, die mir gehören. Rasierkrem und so.«

»Was? Ich verstehe dich nicht.«

»Egal.« Joel Vanner alias Piers Swann setzte seine methodische Suche fort. Er war völlig in Anspruch genommen von seiner Aufgabe, weil er die Gründlichkeit um ihrer selbst willen liebte. Was Sauberkeit und Ordnung anging, war er ein Fanatiker; der Rektor seiner Volksschule in Kent hatte ihm in dieser Richtung ›Zwangsvorstellungen‹ bescheinigt; das förmliche Schreiben an seinen Vater hatte damals einen weiteren Schulwechsel ausgelöst. In der Brusttasche seiner Jacke befand sich ein kleines Notizbuch, das in dünnstes englisches Leder gefaßt war; mit einer ungewöhnlich kleinen und schönen Schrift hatte Vanner hier eine verschlüsselte Liste aller wichtigen Details des Plans erstellt, den er ›Unternehmen Goldene Tür‹ genannt hatte; ein Name, der ihn nur so lange amüsierte, wie er geheim blieb; nicht einmal Helen Malmquist, seine einzige Verbündete und Vertraute, wußte von dieser Bezeichnung. Er hatte den Plan ursprünglich ›Unternehmen Auftauen‹ nennen wollen, da er das Projekt in einer verlassenen Alphütte entworfen hatte, die bis zum Einsetzen der Frühlingswärme von der Zivilisation abgeschnitten gewesen war. In dieser Hütte hatte er die beiden kältesten Wochen seines Lebens zugebracht und wußte noch immer nicht genau, ob sein Vater lebte oder tot war, nachdem die Lawine ihre Bergtour abrupt beendet hatte. Aber vielleicht hatte die Kälte auch ein gutes Werk getan. War es nicht richtig, daß Kälte das Großhirn veränderte, es vielleicht diamanthart schrumpfen ließ und den Geist in die Lage versetzte, kristallklare Gedanken zu fassen und brillante Strategien zu entwerfen? Waren nicht alle großen Impulse in

Kunst und Wissenschaft bei niedrigen Temperaturen entstanden? Natürlich hatte Vanner in seiner zweiwöchigen Wintergefangenschaft nicht schon alle Einzelheiten ausgearbeitet. Damals hatte er nicht mit der willigen Unterstützung der verarmten amerikanischen Kunststudentin rechnen können, die er in Zürich kennengelernt hatte. Das Mädchen war sofort bereit, bei seinem Plan zum schnellen Reichwerden mitzuwirken, nachdem sie sich von dem ersten Schock der Erkenntnis erholt hatte, daß Piers lebte und neuerdings einen Bart trug. Damals hatte er noch nicht all die köstlichen Theatertricks ausgearbeitet – das Stroboskoplicht, das im Badezimmer explodierte, das Photo von Gails toter Mutter am Spiegel, die hängende Modepuppe auf dem Boden, das Rumsen, Klappern, Knirschen und Spuken, das nur dadurch ermöglicht wurde, daß sein Vater ihm einen kompletten Satz Schlüssel zum Gunnerson-Haus hinterlassen hatte – das einzige wirkliche Erbstück. Der gefährlichste Augenblick des Unternehmens war gewesen, als er anonym in die Londoner Wohnung an der Fulham Road zurückkehrte und die Gläubiger seines Vaters damit beschäftigt fand, Gilbert Swanns magere Besitztümer zu schätzen. Aber danach war alles glattgegangen, und er hoffte noch immer auf ein glückliches Ende des ›Unternehmens Goldene Tür‹. Als er den Badezimmerschrank zuklappte, lächelte er sein Spiegelbild an. Dann sah er Helen, die feucht und dampfend aus der Dusche kam. Die Rundlichkeit ihres Körpers wurde durch die schimmernde Haut betont, und er erkannte, daß sie in ein paar Jahren wahrscheinlich fröhlich in die Breite gehen würde.

»Gibst du mir mal das andere Handtuch?«

Er kam der Bitte nach und sah zu, wie sie sich unsystematisch trockenrieb; dabei war ihr Blick nachdenklich, die Mundwinkel waren herabgezogen. »Was ist los?« fragte er. »Warum siehst du mich so an?«

»Ich kann nicht anders. Ich muß immer daran denken, Piers. Ich kann mir einfach nicht einreden, daß es klappt, daß es jemals klappen wird. Sie ist zu jung und verdammt zu hübsch, und sie ist zu *reich*. Es müßte jemandem schon viel schlechter gehen, ehe er an Selbstmord denkt.«

»Wart's nur ab«, sagte er.

»Und sie ist verliebt«, sagte Helen düster. »Ganz eindeutig. Sieht man an ihrem Blick, wenn sie nur den Namen des Burschen ausspricht. Seit wann begehen verliebte Mädchen Selbstmord?«

»Vielleicht wenn sie ihren Liebsten verlieren? Und was passiert, wenn sie die Wahrheit über Steve Tyner erfährt? Wenn sie erfährt, daß er von der Fiduciary Bank engagiert wurde, um ihren Wahnsinn zu beweisen?«

»Nein«, sagte Helen kopfschüttelnd und besprühte ihn mit Tropfen. »Vielleicht regt sie sich darüber auf, aber sie wird ihm verzeihen. So sind Frauen nun mal. Wir erdulden euch Schweinehunde, weißt du das nicht? Auch die Schlimmsten von euch. Wenn du ein gutes Beispiel dafür sehen willst, brauchst du nur in den Spiegel zu schauen.«

Vanner wandte sich dem Spiegel zu. Diesmal lächelte er nicht. »Hör auf, dir Gedanken zu machen«, sagte er kalt. »Ich habe dir schon gesagt, daß mein Plan bis ins letzte Detail steht. Ein Fehlschlag ist überhaupt nicht möglich.«

»Hör mal, du magst ja ihr ›Psychoanalytiker‹ sein, aber ich bin ihre ›Freundin‹ und kenne sie so gut wie du. Zu viele Dinge sprechen für sie, Piers. Sie wird nicht glauben, daß sie verrückt ist, nur weil du das willst!«

»Und wie steht es mit den anderen Leuten?«

»Was?«

»Vielleicht siehst du die Sache zu eng. Was glauben andere Leute, wenn sie von ihrem Verhalten erfahren? Daß sie zum Beispiel gesehen hat, wie ihre tote ›Freundin‹ Helen ins Zimmer wanderte?«

»Wieso kommt es darauf an, was die Leute denken? Mein Gott, es nützt dir absolut nichts, wenn man Gail entmündigt! Damit bekommst du das Erbe nicht.«

»Ich denke nicht an eine Entmündigung. Ich meine die *Hinnahme* ihres Todes, die Bereitschaft, an die Motive für ihren Selbstmord zu glauben.«

»Aber wenn es gar keinen Selbstmord gibt ...«

»Es wird einen Todesfall geben, und der reicht uns völlig. Einen Todesfall, der durch ihren Geisteszustand bestens untermauert ist.«

Helen brauchte fünf Sekunden, um zu begreifen, was er da eben gesagt hatte, und als ihr ein Licht aufging, zog sie das Badelaken erschaudernd um sich. »Was heißt das genau? Ein Todesfall?«

»Na, was es eben heißt. Gail muß sterben, oder die ganze Sache war Zeitverschwendung. Und wenn sie nicht so entgegenkommend ist, die Sache selbst in die Hand zu nehmen, muß man ihr eben helfen.«

»Mein Gott, man könnte fast meinen, du sprichst von einem Mord!« Sie warf das Badetuch zu Boden und griff nach ihrem langen Frotteemantel, der an einem Haken hing. Als sie hineinschlüpfte, blickte sie ihn nicht an, als habe sie Angst, seinen Gesichtsausdruck deuten zu müssen. Aber als er schwieg, wandte sie sich doch um und sah genau das, wovor sie sich gefürchtet hatte. »Piers, um Himmels willen, du hattest doch nicht etwa die ganze Zeit *das* im Sinn?«

»Nur als letzten Ausweg«, sagte er leichthin.

»Das brächtest du nicht fertig! Ich kann nicht glauben, daß du so etwas tätest! Du weißt, daß ich damit nichts zu tun haben will. Die Sache ist so schon schlimm genug, aber ein *Mord*? Junge, da hast du dir aber den falschen Vampir geangelt!«

Sie gürtete den Morgenmantel enger und verließ das Badezimmer.

Piers öffnete das Schränkchen und durchsuchte es noch einmal, methodisch wie immer.

10

Sinnlos«, seufzte Cecilia Louise und berührte die Kante ihres Margaritaglases mit der Zunge, wobei sie wie ein Rehkitz beim Salzlecken aussah. »Es ist fast so wie der amerikanische Autor gesagt hat, es führt kein Weg zurück. Wie hieß er doch? Thomas Sowieso.«

»Wolfe«, ergänzte Steve.

»Und wie ein Wolf benimmst du dich wahrlich nicht, mein Schatz. Ich habe nun wirklich alles versucht – höchstens hab ich mir noch keine Einladung auf die Matratze sticken lassen –, und es hat überhaupt nichts genützt. Schrecklich deprimierend, ehrlich.« Aber mit ungezügeltem Appetit machte sie sich über ihre Enchiladas her. Steve unternahm einen weiteren heimlichen Versuch, auf die Uhr zu schauen, was durch die schwache Kerzenbeleuchtung des Lokals ziemlich erschwert wurde. Doch diesmal erwischte sie ihn. »Du willst *sie* wohl wieder anrufen, ja?«

»Wen?«

»Liebling, ich weiß genau, wohin du jedesmal verschwindest, wenn du den Tisch verläßt. Seit wir hier ins Lokal kamen, mußt du die Frau glatt dreimal angerufen haben. Vergiß nicht, daß du mit einer geschulten Beobachterin zusammensitzt.«

Steve lächelte und sagte: »Ich habe dir doch gesagt, daß es in meinem Leben ein Mädchen gibt, Sissy.«

»Aber du hast nichts davon gesagt, daß sie schon zur Besessenheit geworden ist.«

»Um ehrlich zu sein, ich mache mir etwas Sorgen um sie. Ich habe sie angerufen, kurz bevor ich die Wohnung verließ – muß so gegen sieben Uhr gewesen sein. Ihre Haushälterin sagte mir, sie läge im Bett und schliefe.«

»Was hast du gegen eine Siesta? Frag die Leute, denen das Lokal hier gehört, Liebling, ein kurzes Schlummerstündchen ist was Herrliches.«

»So kurz ist das aber nicht. Als ich das letztemal anrief, schlief sie immer noch. Scheint mir ein bißchen viel zu sein für eine Siesta. Und außerdem ...« Er runzelte die Stirn. »Mir hat nicht gefallen, wie sich die Haushälterin geäußert hat. Ich habe irgendwie das Gefühl, daß da etwas nicht stimmt.«

»Dein Mädchen ist doch nicht etwa krank, oder?«

»Nein«, sagte Steve zögernd. »Eigentlich nicht.«

Cecilia legte eine Hand auf die seine und schenkte ihm einen mütterlichen Blick. »Hör mal, ich hatte sowieso nicht angenommen, daß wir die alte Flamme zwischen uns wieder entfachen können – halte mich bitte nicht für so dumm. Und jetzt erzähl mir alles.«

Steve, der sich nicht gerade an ein loderndes Feuer erinnern konnte, reagierte dennoch mit einem herzlichen Druck auf ihre Finger. »Sissy, erinnerst du dich an die Information, die du mir beschafft hast – über Gilbert Swann?«

»Natürlich; deshalb spendierst du mir ja dieses herrliche Essen, aus Dankbarkeit.«

»Mr. Swann war ihr Onkel. Deswegen wollte ich wissen, was aus ihm geworden war.«

»Ach je! Und ist sie deshalb ganz außer sich und liegt

um neun Uhr abends schon im Bett? Weil sie ihrem Onkel nachtrauert, der bei einem Unfall umgekommen ist?«

»Sie hat den Mann eigentlich gar nicht gekannt, aber er war ihr einziger lebender Verwandter – er und sein Sohn –, und da nun beide unter der Erde sind, hat sie plötzlich niemanden mehr ... Hast du übrigens noch weitere Einzelheiten über den Unfall erfahren?«

»Nein, aber ich könnte mich dahinterklemmen, wenn du möchtest.« Sie tätschelte seine Hand. »Und nun geh los und ruf an. Sag ihr, du wärst unterwegs, um sie zu besuchen – mit den besten Grüßen von Mama Louise. Ich bleibe noch ein Weilchen hier sitzen und ertränke meinen Kummer in Sangria.«

Aber in der Telefonzelle bekam er nur wieder Mrs. Bellingers Stimme zu hören. »Nein, sie ist leider noch nicht auf«, sagte sie. »Wie ich schon sagte, ich halte es für das beste, wenn Sie morgen früh anrufen.«

»Glauben Sie, daß sie durchschläft?«

»Naja, vielleicht«, sagte die Haushälterin. »Ich hoffe es sogar. Offen gesagt, fühlt sich Gail nicht ganz wohl. Sie hat heute abend einen kleinen Schock erlitten und braucht etwas Ruhe.«

»Was für einen Schock?«

»Ich glaube nicht, daß ich darüber reden sollte.«

»Sagen Sie es mir, wenn ich zu Ihnen komme? Mrs. Bellinger, ich glaube wirklich, daß ich ein Recht habe, die Wahrheit zu erfahren!«

»Bitte! Lassen Sie das arme Mädchen schlafen! Sie war vorhin halb außer sich – ich mußte den Arzt anrufen! Der ist aber auch nicht gekommen. Er sagte, Schlaf wäre das beste für sie.«

Mehr brauchte Steve nicht zu hören. »Ich bin in einer halben Stunde bei Ihnen«, sagte er und hörte sich ihren Protest gar nicht mehr an.

Aber Mrs. Bellinger protestierte nicht mehr, als sie Steve in das Gunnerson-Haus führte. Sie schien über seinen Besuch sogar erleichtert zu sein. »Gail ist wach«, sagte sie und preßte eine Hand gegen ihr unregelmäßig schlagendes Herz. »Aber sie liegt nur so da und starrt an die Decke. Sie will nicht mal mit mir darüber reden.«

»Worüber denn?«

»Ich habe noch einmal versucht, den Arzt zu erreichen, den *neuen.*« Mrs. Bellinger drückte sich nicht präzise aus, wenn es um Dr. Vanner ging, so wie sie auch die Mead-Klinik niemals beim Namen nannte.

»Haben Sie ihn erreicht?«

»Nein, nur seinen Antwortdienst.«

»Warum ist er nicht gleich herübergekommen?«

»Er sagte, das hätte nichts genützt, sie würde wahrscheinlich bis morgen früh durchschlafen. Wenn sie nur ...«

»Erzählen Sie mir von dem Schock, den sie erlitten hat. Worum ging es? Wieder Geräusche im Haus?«

»Nein«, sagte Mrs. Bellinger und senkte die Stimme, um den Ernst ihrer Worte zu unterstreichen. »Heute abend hat Gail etwas *gesehen*, an der Tür ihres Zimmers. Ein Gespenst oder einen Kobold, etwas in der Art.«

Steve versuchte sich seine Besorgnis nicht anmerken zu lassen.

»Sie meinen, es war wie beim letztenmal? Wie im Bodenraum – als sie das Kleid ihrer Mutter am Balken hängen sah?«

»Nein. Diesmal war es anders – und viel schlimmer. Sie meint, es sei jemand an ihrer Tür gewesen, jemand, der ins Zimmer kommen wollte. Sie hätten ihren Schrei hören sollen! Als ich endlich oben ankam, war sie schon bewußtlos.«

»Hat sie das ›Gespenst‹ beschrieben?«

»Es war eine Frau, mehr hat sie nicht gesagt – nein, nicht ihre Mutter. Jedenfalls konnte ich das ihren Worten entnehmen, die nicht viel Sinn ergaben. Sie hat wirres Zeug geredet, aber jetzt sagt sie überhaupt nichts mehr. Ich habe zu ihr hineingeschaut, und sie lag einfach da und wollte mir nicht antworten ...«

»Vielleicht redet sie mit mir«, sagte Steve und ging auf die Treppe zu. Er hatte schon die Hälfte der Strecke zurückgelegt, als Mrs. Bellinger ihre entzündeten Füße auf die ersten Stufen setzte und ihm nachblickte.

Er klopfte zunächst an; es wäre sinnlos gewesen, neue Ängste auszulösen, indem er unangemeldet eintrat. Als sein leichtes Klopfen ohne Antwort blieb, trat er ein.

Mrs. Bellingers Beschreibung traf zu. Doch kaum hatte Gail ihren neuen Besucher erkannt, stimmte sie ein lautes Jammergeschrei an, das Steve zusammenfahren und wie einen Schnelläufer durch den Raum eilen ließ. Lange lag sie in seinen Armen, ohne daß ihr Schluchzen nachließ, und er schob seine sinnlosen Fragen auf und stieß ähnlich nutzlose Laute des Mitgefühls aus.

Schließlich vermochte sie einen Namen zu sagen.

»Helen«, schluchzte sie.

»Helen Malmquist? Was ist mit ihr?«

»Sie ist tot«, sagte Gail. »O Steve, sie hat sich heute abend umgebracht! Sie hat sich die Pulsadern aufgeschnitten!«

»Mein Gott! Kein Wunder, daß du so durcheinander bist und Alpträume hast.«

»Nein! Du verstehst nicht, was ich meine. Ich habe sie gesehen, ich habe ihre Leiche gesehen – und dann sah ich sie *hier* an meiner Tür!«

»Moment mal! Wir wollen nicht über Dinge reden, die du *gesehen* hast, sondern über *Träume*.«

»Nein, nein, das will ich dir ja gerade sagen, deshalb ist die Sache ja so schrecklich! Ich habe nichts geträumt, ich habe sie *gesehen*! Ich hätte die Hände ausstrecken und sie berühren können! Es war Helen, so wie sie in ihrem Badezimmer ausgesehen hat ...«

»Du hast die Leiche tatsächlich gesehen? Wann?«

»Heute am späten Nachmittag. Ich war zur üblichen Sprechstunde bei Dr. Vanner. Helen rief ihn im Büro an; sie drohte mit Selbstmord oder machte wenigstens entsprechende Andeutungen. Ich erklärte mich bereit, in ihre Wohnung zu gehen und bei ihr zu bleiben, bis er seinen nächsten Patienten loswurde.«

»Dann bist du in Helens Wohnung gefahren?«

»Ja. Nur kam ich leider zu spät! Sie hatte es schon getan. Steve, sie hat sich die Pulsadern aufgeschnitten, an beiden Armen! Es war fürchterlich – Blut überall im Badezimmer – es lief wie Wasser in die Wanne ...«

»Gail, bist du ganz sicher? Du hast die Dinge nicht etwa durcheinandergebracht, nachdem du eingeschlafen bist? Du nimmst doch Mittel ein ...«

»Ich war wirklich dort und habe sie gesehen. Sie lag auf der Badematte. Sie trug ein Negligé – weiße Baumwolle, ganz blutbeschmiert. Aus den Armen quoll Blut ... Sie war tot, aber dann kam sie hierher. Helen kam zu mir, Steve!«

Sie zitterte so heftig, daß er sie an sich drückte und seine Arme so fest um sie legte, als wären sie die Stoffarme einer Zwangsjacke. Der Gedanke zuckte ihm wie eine spitze Nadel durch den Kopf.

»Gail, mein Liebling, du bist ganz verwirrt.« Er haßte den Klang seiner Stimme, die so gemessen tönte, daß sie sich schon fast salbungsvoll anhörte. »Es ist ganz verständlich, daß du nach einem solchen Erlebnis einen schlimmen Traum durchgemacht hast, einen sehr lebhaften Alptraum ...«

»Aber es war kein Traum, wirklich nicht! Schau mich an, Steve, schau mir ins Gesicht!« Er gehorchte. Der übernatürliche Glanz ihrer Augen, die plötzlich gebremste Intensität ihrer Stimme waren alarmierender als ihre Worte. »Ich habe heute abend Helen Malmquist gesehen«, sagte sie. »Sie hat an meine Schlafzimmertür geklopft und mich geweckt. Ich stieg aus dem Bett und öffnete die Tür, und sie stand draußen.«

»Nein, Kleines ...«

»Sie stand vor mir in ihrem blutigen Negligé – in dem gleichen Stück, das sie auch im Badezimmer getragen hatte. Es war auch noch Blut an ihren Handgelenken. Ich weiß das, weil sie nach auswärts gedreht waren, etwa so ...« Sie führte es ihm vor. »Sie war tot, Steve, und doch war sie hier. Sie hat sogar zu mir gesprochen.«

»Was?«

»Sie sagte: ›Komm mit.‹«

Das Schnalzen, das über seine Lippen kam, war ein Laut des Unwillens.

»Sie hat es wirklich gesagt, Steve! Sie hielt mir ihre blutigen Arme hin und versuchte mich mitzunehmen.

Das habe ich noch gesehen, ehe ich ohnmächtig wurde – Gott sei Dank! Aber Helen war so greifbar wie du – das mußt du mir einfach glauben.«

»Versuch nicht so krampfhaft, mich zu überzeugen«, sagte er gepreßt. »Warum willst du mir etwas einreden, von dem wir beide wissen, daß es unmöglich ist?«

»Ja«, flüsterte sie. »Das habe ich mir ja auch die ganze Zeit gesagt. Daß es Gespenster nicht in der Wirklichkeit, sondern nur im Kopf eines Menschen gibt. Und wenn man Dinge sieht, die es nicht geben kann, wenn sie so real waren wie Helen ...«

»Hör auf damit!«

Steve ließ sie los. Von der tröstenden Umarmung befreit, schien sie seinen Schutz plötzlich nicht mehr zu benötigen. Sie ließ sich zwischen ihre Kissen fallen, und ihr Gesicht nahm wieder einen Ausdruck leerer Resignation an. Wenn sie plötzlich losgeschrien hätte, wäre er nicht überraschter gewesen. Doch ihm kam auf einmal eine Idee, die die erschreckende Logik einer neuen mathematischen Lehre hatte.

»Gail, bitte hör mir mal genau zu«, sagte er. »Ich werde deine Worte nicht anzweifeln, ich werde dir aber auch nicht zustimmen. Hast du das verstanden?«

Sie drehte kaum den Kopf.

»Ich lasse dich nicht einfach gewähren. Aber mir ist eben etwas eingefallen. Es geht um deine Freundin Helen. Wie lange kennst du sie überhaupt?«

Ihre Lippen formten eine Antwort, die er nicht verstand.

»Nicht sehr lange – hast du das gemeint? Nur ein paar Monate, keine lebenslange Freundschaft.«

»Nein«, sagte sie.

»Du hast sie in der Kunst-Liga kennengelernt, ja?«

Gail schüttelte den Kopf. »Nein, in einer Cafeteria. Wir saßen zusammen an einem Tisch. Sie hatte ihre Zeichenproben dabei, und wir kamen ins Gespräch.«

»Dann weißt du also nicht sehr viel über sie, oder?«

»Was macht das schon? Wir haben uns angefreundet. Und als ich sie heute abend so daliegen sah ...«

»Vielleicht hast du gar nicht gesehen, was du zu sehen glaubtest. Vielleicht hast du nicht Helens Leiche gesehen, sondern eine lebendige Helen! Hast du schon mal daran gedacht?«

Jetzt lag Ratlosigkeit in ihrem Blick – was Steve schon besser fand als die absolute Leere.

»Wovon redest du überhaupt?«

»Tote Frauen klopfen nicht an Türen und führen Gespräche, mein Schatz, nicht einmal in blutigen Negligés. Ich bin bereit, die Möglichkeit in Betracht zu ziehen, daß du heute abend keinen Alptraum hattest, wenn du dich mit der Möglichkeit beschäftigst, daß Helen Malmquist gar nicht in ihrem Blute lag.«

»Aber ja! Ich hab's doch gesehen, ganz bestimmt! Ich habe die Rasierklinge gesehen, mit der sie sich umgebracht hatte – alles!«

»Wenn nun dieses ›alles‹ eine perfekte Bühnenshow gewesen ist?«

Wenn er schon sonst nicht weiterkam, erweckte er das Mädchen wenigstens wieder zum Leben.

»Wie wäre das möglich?«

»Warum nicht? Es gibt haufenweise Leichen auf der Bühne und im Kino – das ist oft verdammt echt gemacht. Woher weißt du so genau, daß dir Helen keinen kleinen Halloween-Streich gespielt hat? Wäre natürlich außerhalb der Jahreszeit«, fügte er trocken hinzu, »und vielleicht ein wenig übertrieben.«

Wieder schüttelte sie den Kopf, diesmal lebhafter.

»Denk darüber nach, mein Schatz – über die Dinge, die du in der Wohnung wirklich gesehen hast. Meinst du, du hättest den Unterschied erkennen können, wenn das rote Zeug in der Badewanne Tomatenketchup oder Farbe gewesen wäre? Du hast die Leiche doch nicht berührt, oder?«

»Nein, das habe ich nicht fertiggebracht. Ich habe kehrtgemacht und bin fortgelaufen, so schnell ich konnte...«

»Klar, darauf hat man natürlich gebaut – auf eine gute Schockwirkung, die dich aus der Wohnung scheuchte mit der Überzeugung, daß sie wirklich tot war.«

»Steve, du irrst dich! Helen hat nicht zum erstenmal Selbstmord begehen wollen; ich habe die Narben an ihren Handgelenken gesehen! Und da war ein Abschiedszettel...«

»Vielleicht war das nur eine kleine Requisite für den ersten Akt. Eines der Dinge, die dich für den zweiten Akt reif machen sollten...«

»Du meinst, der Besuch bei mir.«

»Ja, der Besuch hier im Haus – auf dem Wege, den Helen schon mehrfach benutzt hat.« Bei diesen Worten fuhr Gail im Bett hoch, und er hielt sie mit einer Handbewegung zurück. »Ja, darauf will ich hinaus, Gail, daß Helen nicht zum erstenmal Katz-und-Maus mit dir gespielt hat. Vielleicht ist sie schon seit Monaten auf dem Boden und sonstwo am Werk und rumst herum oder rasselt mit Ketten oder tut weiß Gott was, um dich zu Tode zu erschrecken...«

»Aber *warum*?«

»Auf das Motiv komme ich gleich noch. Bedenken wir im Augenblick nur die Methode. Nehmen wir einmal an, Helen hätte ein Interesse, dich wirklich zu erschrekken – welchen besseren Trick gäbe es da, als dir ein Gespenst vorzuführen – ihr eigenes Gespenst? Sie wußte doch, daß du heute nachmittag bei Vanner warst, nicht wahr?«

»Ja. Sie wußte, wann ich meinen Termin hatte.«

»Gut. Sie ruft also beim Arzt an und spielt die Erregte, bereit, sich in die Ewigkeit zu stürzen, wobei sie sich sehr wohl ausrechnen kann, daß du bereit bist, zu ihr zu kommen und ihr das Händchen zu halten. Aber ehe du eintreffen kannst, malt sie sich die Hand rot an. Verstanden?«

»Nein! Steve, es gäbe keinen *Grund* ...«

»Woher weißt du das? Ich meine, bist du wirklich sicher, daß man in dieser Welt leben kann, ohne sich Feinde zu machen?«

»Was sollte Helen gegen mich haben?«

»Vielleicht nichts – jedenfalls nichts Persönliches. Vielleicht ist sie nur – naja, engagiert worden, verstehst du?«

»Engagiert? Wer sollte sie engagieren, um etwas so Schreckliches zu tun?«

Er versuchte nicht zu lange zu zögern. »Gail, es gibt viele verquere Leute auf der Welt, das muß ich dir leider sagen, und einige dieser Typen können durchaus in Stellungen sitzen, die nach außen hin viel Ansehen bringen. Und wenn es um das große Geld geht, sind diese Leute vielleicht nicht in der Lage, ihre moralischen Prinzipien aufrechtzuerhalten – sie bilden sich womöglich ein, sie hätten das Recht, alle möglichen verrückten und auch kriminellen Dinge zu tun ...«

»Ich verstehe kein Wort!«

»Ich weiß selbst nicht genau, was ich da rede«, sagte er grimmig und nicht ganz wahrheitsgemäß. »Und vielleicht ist meine Theorie noch ziemlich unausgegoren. Aber es gibt eine Möglichkeit, der Sache nachzugehen.«

»Und die wäre?«

»Indem wir den logischen ersten Schritt machen – indem wir feststellen, ob deine Freundin Helen lebt oder tot ist. Und ob sie deine Freundin ist.«

Auf dem engen Rücksitz eines Nova-Taxis, das sich von der East Side in den Westen durchschlängelte, stellte sich Steve all die Fragen, die er am liebsten schon in Gail Gunnersons Schlafzimmer ausgesprochen hätte. Wenn seine Vermutungen über Helen Malmquist zutrafen, waren noch andere Bösewichter in die Sache verwikkelt – das Wort »Bösewicht« war kaum vorstellbar im Zusammenhang mit Saul Tedesco, selbst wenn alle Logik dafür sprach. Aber wenn nun Onkel Saul gar nicht der Bösewicht war? Wenn es andere Direktoren in der Fiduciary Bank gab, die der Zukunft des Gunnerson-Kontos nicht annähernd so gelassen entgegensahen und die nicht ganz so ethisch waren in ihrem Bemühen, es der Bank zu erhalten – Opfer ihrer eigenen Gier, bereit, auch Gail zu einem Opfer werden zu lassen? Steve hatte keine genaue Vorstellung vom Wert des Gunnerson-Erbes, doch er hatte gehört, daß es zu »einem der zehn größten Privatvermögen in Amerika« zählte – und wurden nicht wegen weitaus geringerer Summen viel schlimmere Verbrechen begangen? Zum

Beispiel für dreißig Silberlinge? Und ein neuer Gedanke. Wenn nun Gails Volljährigkeit einen Bankwechsel und eine Buchprüfung auslöste? Wenn es nun jemand gäbe, der genau wußte, daß eine Prüfung Differenzen, den Mißbrauch von Geldern und sogar Unterschlagungen aufdecken würde? Das Taxi fuhr durch ein Schlagloch, und er knallte mit dem Kopf gegen das Wagendach. Er war fast dankbar für den Schmerz, der seine Gedanken unterbrach.

Als der Wagen in die West End Avenue einbog, erkundigte sich der Fahrer nach der Anschrift. Steve vermochte keine genauen Angaben zu machen, bis sein Wagenfenster eine Szene umrahmte, bei deren Anblick sich sein Herz zusammenzog. Eine Ambulanz der Polizei entfernte sich langsam und lautlos vom Bürgersteig vor einem Backsteinbau an der Ecke der Vierundachtzigsten Straße. Zwei Streifenwagen parkten dicht daneben in zweiter Spur. Blaue Uniformen mischten sich in die Menge der etwa fünfzig Zuschauer, die das Schauspiel genossen, doch es herrschte kein hektisches Treiben, es gab keine Krisenstimmung. Als er aus dem Taxi stieg, war Steve der einzige, der erregt zu sein schien. Er sah das säuerliche Gesicht Lieutenant Tom Baldridges, und es widerstrebte ihm, den Beamten anzusprechen und sich die Wahrheit erzählen zu lassen, die bereits auf der Hand lag – daß sich nämlich die Polizei nicht mehr beeilt und die Ambulanz ihre Sirene nicht mehr einschaltet, wenn es um einen Todesfall geht. Aber er hielt ihn doch am Ärmel fest, und Baldridge, der über seinen Anblick nicht sehr erfreut war, antwortete knapp und bestimmt. »Selbstmord«, sagte er. »Eine gewisse Helen Malmquist.«

11

Baldridge hatte ihn vor dem Kaffee gewarnt, aber Steve, der das bittere schwarze Gebräu aus einem halben Dutzend ausländischer Pressebüros gewohnt war, hatte nicht angenommen, daß es im 20. Revier noch schlechteren Kaffee geben konnte. Nach dem ersten Schluck wußte er es besser. Baldridge grinste, nahm ihm den Becher ab und sagte: »Keine Sorge, ich versuche Sie nicht zu vergiften. Jedenfalls nicht, bis Sie Ihre zweite Frage gestellt haben.«

»Ich bin noch gar nicht mit der ersten Antwort zufrieden.«

Der Lieutenant zuckte die Achseln. »Mit Selbstmordmotiven beschäftigen wir uns nicht so eingehend, Mr. Tyner. Besonders wenn wir Hinweise auf seelische Probleme haben. Sie wußten, daß Helen Malmquist in psychiatrischer Behandlung war?«

»Vanner ist kein einfacher Psychiater. Er ist auch Psychoanalytiker.«

»Wenn Sie sich wegen des Unterschieds mit mir anlegen wollen, wenden Sie sich lieber an die Mediziner.«

»Nein«, sagte Steve niedergeschlagen. »Ich möchte mich mit niemandem anlegen. Ich weiß, daß das Mädchen Depressionen hatte. Habe ich jedenfalls gehört.«

»Von unserer gemeinsamen Freundin Miss Gunnerson?«

»Ich bin nicht hier, um über sie zu sprechen.«

»O nein? Ich hatte mir gedacht, daß Sie vielleicht von der jungen Dame gebeten worden sind, Erkundigungen einzuziehen. Weil sie der Verstorbenen mal sehr nahe gestanden hat – habe ich recht?« Baldridge sah Steve ruhig an, griff nach dem verschmähten Kaffeebecher und trank daraus, ohne mit der Wimper zu zucken.

»Also gut, ich schnüffele hier wegen Gail Gunnerson herum. Aber auch in eigener Sache. Ich habe Helen Malmquist auch gekannt.«

»Gut. Dann wissen Sie wahrscheinlich auch, daß dies ihr zweiter Versuch war, sich die Pulsadern aufzuschneiden. Der erste lag fünf, sechs Jahre zurück und war weniger erfolgreich – liegt ja auf der Hand. Um die Sache abzurunden, haben wir eine freiwillige Aussage von einem gewissen Larry Rosenbaum. Kennen Sie den?«

»Nein«, sagte Steve.

»Er war Helen Malmquists Verflossener, der letzte Mann in ihrem Leben, und wir sehen die Sache so, daß sie das Verhältnis ein wenig ernster genommen hat als er. Und dann natürlich der Abschiedsbrief. Falls das Ihre zweite Frage sein sollte, Mr. Tyner – wir haben nicht die geringsten Zweifel, daß die Nachricht echt ist.«

»Das sollte aber nicht meine zweite Frage werden«, meinte Steve. »Ich behaupte gar nicht, daß Helen Malmquist *nicht* Selbstmord begangen hat. Ich möchte nur erfahren, ob Ihre Ermittlungen etwas Neues über die Frau ergeben haben, Dinge, die wir noch nicht wußten.«

»Na, und wenn? Warum sollte ich Ihnen davon erzählen?«

»Lieutenant, Sie wissen, daß ich lizenzierter Detektiv bin, und Sie haben schon einmal mit mir zusammengearbeitet.«

»Ja – in einer völlig anderen Angelegenheit. Nur weil die Malmquist eine *Freundin* von Gail Gunnerson war, muß ich nicht meine Zeit mit Ihnen verquatschen.« Als Steve nicht antwortete, seufzte Baldridge und sagte: »Also gut, ich will Ihnen sagen, was ich weiß. Viel ist es nicht. Miss Malmquist hat keine Familie mehr, nur eine Tante in Seattle, die das Mädchen seit ihrer Kindheit nicht mehr gesehen hat. Soweit wir wissen, hat sie in drei Städten gelebt, nachdem ihre Familie den Nordwesten verließ, als sie noch klein war – Los Angeles, Phoenix und New York. Wir nehmen an, daß sie in Phoenix mit einem Mann zusammengelebt hat, der sie dann verließ; damals muß sie den ersten Versuch mit den Pulsadern gemacht haben. Als ihr Vater starb, bekam sie etwas Geld von der Versicherung und ging ins Ausland. Sie war etwa achtzehn Monate unterwegs und besuchte Kunstschulen, eine in Paris und eine in der Schweiz. Dann kam sie nach New York zurück und blieb hier, organisierte ihre Sprechstunden auf der Couch und endete schließlich mit der Rasierklinge in der Hand.«

»Ach, so hat sie das gemacht?« fragte Steve tonlos. »Mit einer Rasierklinge?«

»Ganz saubere Sache. Sollte man gar nicht annehmen, bei all dem schmutzigen Geschirr im Abwasch – aber sie hat sich Mühe gegeben, die Schweinerei so gering wie möglich zu halten.«

»Können Sie mir das mal beschreiben? Ich meine, wie Sie sie gefunden haben.«

Baldridge kniff die Augen zusammen. »Warum? Was ist daran so wichtig?«

»Ich möcht's nur wissen. Nennen Sie's morbide Neugier. Bitte geben Sie mir die Beschreibung, dann belästige ich Sie nicht mehr.«

»Na gut«, erwiderte Baldridge. »Sie hat sich im Badezimmer umgebracht. Sie zog ein ärmelloses Baumwollneglige an und setzte sich mit einer einseitig geschärften Rasierklinge auf die Badematte. Sie stellte das Wasser an und schnitt sich beide Pulsadern auf. Als sie ohnmächtig wurde, schlug sie mit dem Kopf gegen den Rand der Badewanne. Nach einer gewissen Zeit starb sie.«

Er griff nach dem Kaffeebecher und leerte ihn bis zum bitteren Bodensatz. Als er ihn wieder auf den Tisch stellte, blickte Steve in den Becher und sah zu, wie ein Streifen schwarzer Kaffeesatz hinabglitt – für ihn war das in diesem Augenblick der deprimierendste Anblick seines Lebens.

Er rief von der Telefonzelle an der Ecke im Gunnerson-Haus an und regte sich auf, als Mrs. Bellinger ihm berichtete, Gail sei im Bett.

»Wer ist denn auf die Idee gekommen? Was soll ihr die Bettliegerei nützen, sie hat doch keine Masern! In dem verdammten Zimmer dreht sie nur noch mehr durch!«

Mrs. Bellinger war gekränkt. »Nicht ich habe das angeregt, sondern ihr Arzt.«

»Sie meinen Vanner?«

»Ja, der neue Arzt. Sie wollte nicht, daß ich Dr. Yost anrief, ihren praktischen Arzt. Sie meint, der könnte sowieso nichts für sie tun.«

»Rufen Sie mal hoch zu Gail. Ich will mit ihr reden.«

»Sie hat gesagt, sie will niemanden sprechen.«

»Mir ist egal, was sie Ihnen gesagt hat«, meinte Steve drohend. »Ich will mit Gail sprechen. Ich muß sie aus dem elenden Bett holen!«

»Tut mir leid, das kann ich nicht. Ich kann doch nicht gegen ärztliche Anweisung handeln!«

Steve fluchte laut vor sich hin, legte jedoch so rechtzeitig auf, daß Mrs. Bellinger annehmen mochte, er habe nur einige Familienvorfahren beschworen. Dann wählte er die Nummer von Vanners Büro und bekam wie erwartet den Antwortdienst in die Leitung.

»Ich weiß, ich weiß, der Doktor hat seine Sprechstunde und läßt sich nicht stören. Nur muß ich ihn bitte sofort sprechen, und ich bin nicht mehr lange unter dieser Nummer zu erreichen.«

Vanner rief schließlich eine Viertelstunde später zurück. Steve regte sich gleich über seine ersten Worte auf.

»Na, was haben wir denn so Dringendes?«

»Wissen Sie, wo diese Telefonzelle steht?« fragte Steve barsch. »Direkt vor dem 20. Revier der New Yorker Polizei.«

Trocken: »Hat man Sie verhaftet, Mr. Tyner? Dann rufen Sie lieber einen Anwalt an.«

»Ich habe mit den Beamten über Helen Malmquists Selbstmord gesprochen.«

»Warum? Was geht Sie das an?«

»Soweit ich weiß, hat die Polizei bereits mit Ihnen darüber gesprochen.«

»Natürlich. Helen war immerhin meine Patientin. Ich habe alles zu Protokoll gegeben, was die Beamten meiner Meinung nach über ihre Probleme wissen mußten. Ich wüßte nicht, was Sie noch dazu beisteuern könnten.«

»Sie haben alles über Helen zu Protokoll gegeben. Aber was ist mit Ihrer anderen Patientin? Gail Gunnerson?«

»Ich verstehe nicht, was Sie meinen.«

»Sie haben der Polizei nicht berichtet, daß Gail Helen Malmquists Wohnung aufsuchte, nicht wahr? Daß *Gail* diejenige war, die die Leiche entdeckte, nicht Sie.«

Einen Augenblick lang herrschte Stille in der Leitung.

»Ich habe keinen Grund gesehen, Gail in die Sache zu verwickeln. Es war ohnehin ein Fehler von mir gewesen, sie in die Wohnung gehen zu lassen. Ich wollte die Sache nicht noch schlimmer machen, indem ich sie durch die Polizei belästigen ließ.«

»Was sie mir gesagt hat, stimmt also«, fuhr Steve fort. »Daß sie Helen im Badezimmer fand.«

»Ja, stimmt. Das ist natürlich sehr bedauerlich. Wie Sie wissen, ist Gail sehr anfällig für Ängste, für alle möglichen Angstvorstellungen. Daß sie diesen Fund gemacht hat – nun, das könnte natürlich ihre Therapie beeinträchtigen, kein Zweifel.«

»Haben Sie sie danach schon besucht?«

»Nein. Gail habe ich zuletzt bei Helen gesehen. Ich riet ihr, nach Hause zu gehen, im Bett zu bleiben und sich nicht aufzuregen.«

»Sie hat sich diesen Rat wahrlich zu Herzen genommen. Sie ist immer noch im Bett. Seit vierundzwanzig Stunden.«

»Weiß ich. Ich habe mehrmals mit ihr telefoniert. Ich glaube nicht, daß Ruhe ihr schaden kann.«

»O nein?«

»Nein.«

»Ist Ihnen der Gedanke gekommen, daß ihr die Ruhe vielleicht auch nicht besonders nützt? Haben Sie schon mal daran gedacht, einen Hausbesuch zu machen, um sich selbst davon zu überzeugen?«

»Wir haben über einen Termin in meiner Praxis Anfang nächster Woche gesprochen, wenn sie sich dann schon wieder wohl fühlt.«

»Hören Sie«, sagte Steve mürrisch. »Sie wissen doch, was ich wirklich will, oder?«

»Nein, ich fürchte nicht.«

»Ich will wissen, was mit Gail geschah, *nachdem* Helen Malmquist Selbstmord beging. Ich bin sicher, daß sie Ihnen inzwischen davon erzählt hat – daß sie Helen von den Toten auferstehen sah.«

Während des nun entstehenden Schweigens wünschte sich Steve inbrünstig, es gebe bereits das Fernsehtelefon. So konnte er Vanners Reaktion nur aus der dünnen Vibration seiner Antwort ableiten.

»Nein«, sagte der Arzt. »Von einem Alptraum hat sie mir nichts gesagt.«

»Berichtigung«, sagte Steve. »Kein Alptraum. Es war eine Halluzination – oder etwas Schlimmeres. Das ist der wirkliche Grund, warum sie sich im Bett verkriecht. Sie versteckt sich vor dem unbekannten Einfluß, der dazu führt, daß man Gespenster auf der Türschwelle stehen sieht.«

»Tut mir leid, ich glaube, wir reden aneinander vorbei.«

»Ich sage Ihnen, Gail Gunnerson hat das Gefühl, den Boden unter den Füßen zu verlieren. Sie meint, ihre seelische Uhr laufe ab, und es gebe keine Möglichkeit, die Entwicklung aufzuhalten! Das Mädchen braucht Hilfe – und zwar sofort!«

»Ich tue, was ich kann«, sagte Vanner förmlich. »Aber ich muß das tun, was ich für richtig halte. Und wenn Sie meinen, daß das auf einen Mangel an Fürsorge hindeutet, Mr. Tyner, irren Sie sich sehr. Auf der ganzen Welt gibt es niemanden, dem Gail Gunnersons Schicksal mehr am Herzen liegt als mir – niemanden, Sie eingeschlossen!«

Steve mußte zugeben: Er sagte es mit Gefühl.

Gail war noch immer in ihrem Schlafzimmer, als Steve am späten Nachmittag im Haus der Gunnersons vorsprach. Sie saß auf einem Stuhl neben dem Bett, in einen Morgenmantel voller sonnenheller Narzissen gehüllt. Wenigstens ein Fortschritt, dachte Steve. Nur konnte er nicht übersehen, daß die Blütenpracht des Morgenmantels unvorteilhaft von ihrer farblosen Haut und den verquollenen Augen abstach.

»Du siehst besser aus«, sagte er höflich.

»Lügen tust du aber nicht besser«, erwiderte sie. »Was hast du heute gemacht?«

»Jetzt komme ich mir fast wie ein Ehemann vor, der abends von der Arbeit zurückkehrt.« Er lächelte. »Ich sage dir, was ich im Büro getan habe, und du sagst mir, was es zum Abendessen gibt.«

»Da wir gerade vom Abendessen sprechen – wenn du bleiben möchtest, Mrs. Bellinger sagt, sie hätte genug Eintopf für eine ganze Armee.«

»Kommst du mit nach unten und setzt dich zu uns?«

»Nein. Ich bekomme ein Tablett ans Bett. So sehr es

mir auch widerstrebt, die arme Frau die Treppe heraufzujagen.«

»Das Problem kann ich beseitigen. Ich nehme meine Suppe auch auf einem Tablett und bringe beide Portionen hierher. Wie findest du das?«

»Einverstanden«, sagte Gail tonlos.

»Die Aussicht scheint dich nicht gerade zu freuen.«

»›Die Aussicht scheint dich nicht gerade zu freuen‹«, wiederholte sie. »Ja. Das drückt sehr gut aus, was ich im Augenblick empfinde. Wegen des Abendessens und des Frühstücks morgen und den folgenden Mahlzeiten.« Sie sah ihn an. »Ich überlege, was man in solchen Instituten vorgesetzt bekommt. Wahrscheinlich Suppen und viel Zusammengekochtes. Vielleicht ist das auch Mrs. Bellingers Absicht – sie versucht mich schon an das Essen zu gewöhnen.«

»Der Witz ist mir zu hoch.«

»Ich meine, man kann uns dort ja keine Steaks oder Roastbeef oder andere Dinge servieren, die man mit dem Messer schneiden muß. Vielleicht gibt's nicht mal Gabeln. Das wäre doch zu gefährlich. Wir würden uns vielleicht gegenseitig zerfleischen, wir Verrückten ...«

»Ach, jetzt verstehe ich«, sagte Steve stirnrunzelnd. »Nur ist das nicht besonders komisch.«

»Ich versuche dich nicht aufzuheitern. Vielleicht will ich dich nur warnen.«

»Wovor?«

»Vor mir. Davor, dich mit mir einzulassen. Dein Abendbrot vom selben Tablett zu essen wie ich. Wer weiß, vielleicht ist meine Krankheit ansteckend.«

»Ich hab's doch gewußt!« sagte Steve. »Ich wußte, daß du dich in eine Depression hineinsteigern würdest, wenn du in diesem Zimmer bliebst. Das habe ich auch deinem großartigen Dr. Vanner gesagt.«

»Du hast mit ihm gesprochen?«

»Ja, heute nachmittag. Ich wollte wissen, was er davon hält – von deinem Alptraum.«

»Ich habe ihm noch gar nicht gesagt, daß ich Helen gesehen habe.«

»Weiß ich. Ich meine, du solltest das fix nachholen. Du brauchst jemanden, der ein wenig kompetenter ist als ich und der dich überzeugt, daß die Sache gar nicht so schlimm war, wie du anzunehmen scheinst. Daß eine Halluzination nicht genügt, um dich in den Eßsaal einer Irrenanstalt zu verbannen – ohne Messer und Gabeln . . .«

Plötzlich begann etwas zu knistern. Steve war überrascht, aber Gail schien das Geräusch zu erkennen. Sie erhob sich müde und ging zum Nachttisch neben ihrem Bett. Dicht neben einer Porzellan-Ballerina, die verkrümmt auf einem Spieldosenpodest verharrte, stand ein kleines braunes Gerät mit einem Lautsprecherrost. Gail drehte einen Knopf und sagte: »Ja, Mrs. Bellinger?«

»Post für dich, Liebling.«

»Um diese Zeit?«

»Eilzustellung. Ein großer Umschlag. Soll ich ihn raufbringen?«

»Können Sie erkennen, woher er kommt?«

»Poststempel London.«

Gail sah Steve an, der hastig sagte: »Ich hole den Umschlag. Sag Mrs. Bellinger, sie soll ihre Hühneraugenpflaster anbehalten.«

Als er die Treppe hinaufeilte, betrachtete er den

festen Umschlag, sah aber keinen Absender, sondern nur eine Gruppe vornehmer Marken und den datierten Poststempel. Der Inhalt, der im Umschlag herumrutschte, bestand offenbar aus mehreren Teilen.

Es waren Briefe. Die säuberlich aufgeschlitzten Umschläge waren lose verschnürt und trugen USA-Marken. Obwohl er kein Philatelist war, wußte Steve, daß die Marken mindestens zwanzig Jahre alt waren.

»Was sind das für Briefe?« fragte er. »Wer hat sie geschrieben?«

»Sie sind alle von meinem Vater.« Sie blätterte die Umschläge leicht verwundert durch. »Briefe meines Vaters an seinen Bruder in London. Alle Briefe sind an Gilbert Swann, Fulham Road 21, gerichtet.«

»Wer hat dir die Briefe geschickt? Ist kein Schreiben dabei?«

»Eine Art Zettel, der aber nicht an mich gerichtet ist. ›Nachlaß Gilbert Swann Esq. Weitergegeben durch M. Spyker in Firma Tremont, Tushingham & Spyker, London.‹«

»Klingt nach einem Anwaltsbüro.«

»Möglich.«

»Man hat die Briefe sicher bei den Sachen deines Onkels gefunden. Und da du die einzige lebende Verwandte bist, war man wohl der Ansicht, du müßtest sie bekommen.«

»Ja«, sagte Gail und zog einen der Briefe aus dem Umschlag, ohne auf die chronologische Reihenfolge zu achten. Hastig überflog sie die mit Schreibmaschine geschriebenen Zeilen, warf Steve jedoch einen beunruhigten Blick zu, ehe sie unten auf der Seite angekommen war. »Es scheint mir nicht recht zu sein, die Briefe zu lesen. Ich weiß, es sind Briefe meines Vaters, aber irgendwie habe ich das Gefühl, in seine Privatsphäre einzudringen.«

»Ich finde das nicht«, sagte Steve leise, der erleichtert war über die willkommene Ablenkung für Gail. »Wenn ein Mensch stirbt, werden seine Briefe zu Besitzobjekten. In diesem Fall zu deinem Erbe. Frag Tremont, Tushingham & Spyker.« Grinsend: »Tolle Namen haben diese englischen Anwaltbüros!«

Sie las bereits die zweite Seite.

»Er schreibt über meine Mutter!«

Plötzlich war Steve gar nicht mehr überzeugt, daß ihm die Ablenkung so willkommen war. »Von wann ist denn der Brief?«

»14. Februar 1953.«

»Schau dir die anderen Daten an. Vielleicht möchtest du sie in der richtigen Reihenfolge lesen.«

»Ja«, sagte Gail und begann die Umschläge im Schoß zu sortieren. »Der erste scheint aus dem Jahr davor zu sein, vom 4. Dezember 1952.« Sie öffnete den Brief; das Papier war noch weiß und frisch. Steve warf einen verstohlenen Blick auf die sauber getippte Anrede. »Lieber Gil«, hieß es da. »Ich muß dir leider berichten, daß Cressies Krankheit eine Auslandsreise ...« Mehr konnte er nicht sehen; er vermutete, daß das nächste Wort »unmöglich« lautete. Da er selbst nicht lesen durfte, versuchte er statt dessen in Gails Gesicht zu lesen. Sie studierte den Brief von Anfang bis Ende, und Steve sah etwas »Unmögliches« auf ihrem Gesicht: es wurde noch bleicher, als es vorher gewesen war.

»Was ist? Was steht in dem Brief?« Sie antwortete nicht. »Etwas über die Krankheit deiner Mutter?«

»Damals muß es gerade angefangen haben, Steve; wie schrecklich!«

»Wovon redest du? Soweit ich weiß, ging es deiner Mutter ausgezeichnet, bis dein Vater in Korea fiel. Sie ging doch erst hinterher in Stücke.«

Gail schüttelte den Kopf, und als wolle sie sein Verständnis erzwingen, schob sie ihm den Brief in die Hand. Er las den Text, während sie den zweiten Umschlag öffnete.

Lieber Gil!

Ich muß Dir leider berichten, daß Cressies Krankheit eine Auslandsreise unmöglich macht, ehe ich in die Armee eintrete. Nach Col. Sieferts Bescheid muß ich mich am 5. März 1953 bei ihm in Washington melden, und ich weiß einfach nicht, ob es C. so gut gehen wird, daß wir rechtzeitig losfahren können, um die Reise noch lohnend zu machen. Trotzdem vielen Dank für die Einladung und für Deine lieben Genesungswünsche. Eine Besserung ist bisher leider noch nicht eingetreten, wie Du Dir vorstellen kannst. Was mir wirklich Sorgen macht, Gilly, und bitte sprich zu niemandem darüber – und erwähne es auch nicht in Deinen Briefen an mich, denn Du weißt ja, wie es in einem Haushalt voller Dienstboten etc. zugeht, zuviel Interesse für Briefe und so weiter. Ich habe einmal ein Hausmädchen namens Normalie (was für ein Name!) erwischt, wie sie in der Küche über dem dampfenden Teetopf einen Umschlag öffnete und wohl hoffte, es wäre Geld darin oder ein paar saftige Klatschgeschichten. Soweit ich mich erinnere, war es aber nur eine Schneiderrechnung. Bitte erwähne also nichts von dem, was ich Dir berichte – jedenfalls hat Cressie im letzten Monat *keine* schlimme Lungenentzündung gehabt, auch wenn das die offizielle Diagnose war, die wir allgemein verbreitet haben. In Wirklichkeit war das Fieber ziemlich schwach und hielt nur vierundzwanzig Stunden an. Daß Dr. Halevy sie so lange im Bett behielt, lag an einem Anflug von »Gehirnentzündung«, wie er es nennt. Um ehrlich zu sein, Gil, ich weiß nicht, ob es so etwas überhaupt gibt, oder ob es sich nicht nur um eine Art viktorianischen Euphemismus handelt, der die »Hirngespinste« oder leichten Nervenzusammenbrüche umschreiben sollte, die unsere Vorfahren in dieser unmöglichen Gesellschaft ständig hatten. Wie dem auch sei, Dr. Halevy hat es jedenfalls so genannt und mir gesagt, ich solle mir nicht zu viele Sorgen machen; Cressie sei eben nervös und beunruhigt durch die Tatsache, daß ich in die Armee eintrete und mir womöglich auf irgendeinem Schlachtfeld den Kopf abschießen lasse. Zufällig weiß ich, daß sie sich über meine freiwillige Meldung als Offizier wirklich aufregt, aber ich habe ihr hundertmal gesagt, daß Siefert mich gebeten hat, in seinem Stab zu dienen. Der alte Knabe kommt bestimmt nicht auf Hörweite an eine Schlacht heran, wenn er sich seit unserer Akademiezeit nicht völlig geändert hat. Tatsächlich ist der Colonel schon ziemlich taub, nach meinem letzten Anruf bei ihm zu urteilen. In letzter Zeit habe ich mir übrigens gewünscht, Cressie würde auch etwas schlechter hören, denn das ist ihr Hauptproblem und macht mir die größten Sorgen. Sie hört so allerlei – seltsame Geräusche, ein Rumsen und Bumsen im ganzen Haus. Jede Nacht geht das so, und sie weckt mich zwei- oder dreimal und ist überzeugt, daß überall Einbrecher herumschleichen. Am Tag ist sie ganz normal, doch sobald die Sonne untergeht, weiß ich, daß sie sich wieder genauso benehmen wird. Um ehrlich zu sein, habe ich manchmal Beklemmungen, wenn es Abend wird. Ich kann nie durchschlafen, und Du weißt, wie dringend ich meine zehn Stunden brauche – erinnerst Du Dich, ich habe Dir erzählt, was für ein Wrack ich damals war, als Gail geboren wurde und wegen der verdammten Blähungen andauernd weinte. Natürlich war die Kinderschwester da, aber Cressie wachte natürlich auf, sobald sie das jämmerliche Geschrei hörte – na, falls Du Dich wunderst, Mrs. B. kümmert sich um Gail in dieser schlimmen Zeit, die hoffentlich nicht lange dauert. Ebensowenig wie dieser schlimme Krieg oder Polizeieinsatz oder was uns da all die Menschenleben kostet in diesem komischen Land, von dem die Hälfte von uns vor 1950 nichts gehört hatte. Wenn alles vorbei ist, nehmen wir bestimmt Dein Angebot an und besuchen Dich und Piers in London. Schreib bald, auch wenn Du dazu eine Deiner Gänsefedern benutzen mußt.

Viele Grüße
Teddy

Gail war mit ihrem Brief als erste fertig. Sie öffnete den dritten Umschlag noch nicht, sondern starrte Steve an und wartete auf seinen Kommentar.

»Na gut«, sagte er. »Deine Mutter hat also auch Geräusche gehört. Wenn du meinst, daß darin eine Parallele liegt, hast du recht. Ich habe dir schon einmal gesagt, daß dieses Haus ein natürlicher Geräuscheerzeuger ist. Es quietscht und ächzt und hat wackelnde Fensterläden und lockere Dielen, dazu die Mäuse, die in den Wänden die zweite Baseballiga austragen . . .«

»Mein *Vater* hat die Geräusche aber *nicht* gehört, Steve. Nur meine Mutter. Sie war die einzige, wie auch *ich* die einzige bin.«

»Er hat eben fest geschlafen, offenbar hast du nicht gelesen, was er über seine zehn Stunden Schlaf geschrieben hat. Wahrscheinlich hat ihn immer nur deine Mutter wachgerüttelt. Und ich wette, deine Mrs. Bellinger ist auch so ein Siebenschläfer.«

Anstelle einer Antwort reichte sie ihm den zweiten Brief. »Lies das.«

Steve besah sich das Datum. 9. April 1953. Abgestempelt in Washington D.C.

Lieber Gil,
tut mir leid, daß es seit meinem letzten Brief so lange gedauert hat, aber nach der Zeit zu urteilen, die zwischen Deinen letzten beiden Briefen liegt, kann ich nur annehmen, daß Du den Gänsekiel nicht gefunden hast, der Dich zu einem besseren Briefeschreiber macht. Tut mir leid, wenn dieser Witz nicht sehr lustig ist, aber ich bin in Anbetracht von Cressies Gesundheitszustand nicht besonders zum Scherzen aufgelegt. Ich will Dir lieber gleich sagen, daß sie bei einem Psychiater in Behandlung ist – einem Armeeoffizier, der in Philadelphia eine ausgezeichnete Praxis hatte. Vogel heißt er. Cressie widersetzte sich meinem Vorschlag, und wir mußten es sehr raffiniert anstellen, damit sie sich überhaupt von dem

Mann untersuchen ließ. Er gehört zu den Typen, die kein vorschnelles Urteil abgeben, aber er hat sich mir gegenüber ziemlich offen geäußert und gesagt, er habe bei Cressie Anzeichen für eine schizoide Persönlichkeit gefunden, wie er es ausdrückte. Soweit ich das verstehe, findet bei ihr eine Art Dissoziation statt, bitte verlange keine näheren Erklärungen. Er vermutet, daß ihre akustischen Halluzinationen mit Kindheitsängsten zu tun haben – offenbar Angst vor Zudringlichkeiten, vor Einbrechern und Räubern, die ihr Haus betreten ... allerdings sagte er auch, der Begriff »Haus« sei in diesem Zusammenhang ein sehr ungenauer Begriff, was mich doch sehr beunruhigt hat ...

Steve senkte den Brief und stieß ein Knurren aus. »Hör mal, ich glaube, diese Lesesitzung ist doch keine so gute Idee. Besonders wenn du die Briefe wörtlicher nimmst, als es nötig ist.«

»Was könnte denn deutlicher sein?« fragte Gail. »Die Briefe sprechen von *ihr*, Steve, von meiner Mutter. Sie enthalten die Wahrheit über sie, Dinge, die ich bisher nicht gewußt habe.«

»Vielleicht ist es besser, wenn du sie nicht kennst.«

Aber sie begann mit dem dritten Brief, und ihr entsetzter Gesichtsausdruck veranlaßte Steve, sich hinter sie zu knien und über ihre Schulter mitzulesen.

Der Brief trug das Datum vom 22. Juni 1953 und kam ebenfalls aus Washington D.C.

Lieber Gil,
Du hast wahrscheinlich schon von dem plötzlichen Tod Col. Sieferts gehört. Es war für uns alle ein großer Schock, und wenn Du es genau wissen willst, ja, ich glaube, mein Status hier wird sich ändern. Die Möglichkeit eines aktiven Einsatzes ist größer denn je, und offen gesagt weiß ich nicht, ob sich meine Verhältnisse durch einen Marschbefehl nach Übersee verbessern oder verschlechtern würden. Vermutlich könnte ich einen solchen Einsatz hinausschieben, wenn ich auf Härtefall plädiere – und damit meine ich natürlich Cressie, deren Zustand schlimmer geworden ist – trotz der Therapie von Dr. Vogel, der vielleicht selbst bald aus Washington fort muß. Vielleicht ist er froh darüber, da er der fortschreitenden Schizophrenie meiner Frau keinen Einhalt gebieten kann – eine Krankheit, zu deren Symptomen jetzt zählen (ich zitiere eine Liste, die Dr. V. mir gegeben hat): Entpersönlichung, Entfremdung von der Wirklichkeit, nihilistische Wahnvorstellungen, Verfolgungswahn, visuelle Halluzinationen. Das letzte Wort bezeichnet einen schrecklichen Zwischenfall, von dem ich bisher noch niemandem erzählt habe – daß ich Dir jetzt davon schreibe, bringt mir wenigstens ein bißchen Erleichterung. Der alptraumhafte Vorfall ereignete sich kaum vierundzwanzig Stunden nach dem Herzanfall des Colonels. Obwohl Siefert ziemlich oft bei uns zu Besuch war, hätte ich nicht angenommen, daß Cressie sein Tod irgendwie nahegehen würde. Aber offenbar war das ein Irrtum, denn mitten in der Nacht begann sie plötzlich zu schreien – ich meine, mit voller Lautstärke und ohne innezuhalten; ich

konnte tun, was ich wollte, ich vermochte sie nicht zu beruhigen. Sie schwor mir, Colonel Siefert sei im Haus, er sitze unten im Wohnzimmer und würde erst gehen, wenn Cressie zu ihm ginge, wenn sie mit seinem »Geist« das Haus verließe. Ich weiß, wie irr das klingt, Gilly, aber so war es, und du kannst dir vorstellen, wie schockiert ich war. Und noch schlimmer: Cressie hat sich auch hinterher an diesen Wahn geklammert und behauptet bis heute, der alte Colonel sei zurückgekommen, um sie mitzunehmen, und ich muß gestehen, daß ich den Wunsch habe, vor ihren Problemen zu fliehen, wie auch vor denen, die sie mir bereitet – so egoistisch sich das anhören mag ...

»Genau wie ich«, sagte Gail zu Steve.

Er hob die Hand, um sie zu berühren, und sie wich fast angewidert zurück.

»Bitte versuch mich nicht zu trösten«, sagte Gail. »Versuch mich nur zu verstehen. Versuch die Sache realistisch zu sehen, Steve, ohne dir oder mir etwas vorzumachen. Begreifst du nicht, was diese Briefe zeigen? Meine Mutter steuerte schon auf den Wahnsinn zu, *ehe* mein Vater fiel; es war bei ihr nicht nur ein Anfall von Melancholie, sondern etwas, das tiefer ging, viel tiefer, so tief, daß es in ihrer Erbmasse sitzen mußte.«

»Dafür hast du keinen Anhaltspunkt!«

»Ihr Wahnsinn war genau wie der meine, und ihr Zustand führte dazu, daß man sie in eine Anstalt stekken wollte. Aber dem schob sie einen Riegel vor, indem sie sich umbrachte. Das ist der einzige Grund, warum sie nicht in ein Asyl gekommen ist, Steve, weil sie sich das Leben nahm!«

»Hör auf, dich wie ein Spezialist aufzuführen! Frag deinen Arzt, um Himmels willen – aber stell dir nicht andauernd selbst die Diagnosen!«

»Man wird versuchen, mich einzuweisen – genauso wie man's bei ihr getan hätte. Das weißt du so gut wie ich.«

»So einfach ist das nicht mit dem Einweisen«, sagte Steve heftig. »Man kann niemanden in eine Anstalt bringen, wenn nicht belegt ist, daß der Betreffende für sich selbst oder andere eine Gefahr darstellt – oder wenn ein Familienmitglied beweisen kann, daß den Interessen der Familie und der Öffentlichkeit durch eine zwangsweise Behandlung am besten gedient wäre.«

»Hört sich an, als hättest du die Stelle nachgeschlagen.«

»Wenigstens kenne ich das Gesetz unseres Staates in diesem Punkt – zumindest ein wenig.«

»Und ich auch«, sagte Gail tonlos. »Ich habe ebenfalls nachgeschaut, Steve. Und ich weiß, daß es tatsächlich Leute gibt, die mächtig genug sind, mich in ein solches Institut zu stecken – zum Beispiel die Treuhänder meines Vermögens. Die mir ohnehin in der Welt am nächsten stehen.«

»Das ist Unsinn. Die *Bank* steckt dich bestimmt nicht in eine Anstalt.«

»Die Treuhänder könnten ein Verfahren in Gang bringen. Dagegen gibt es kein Mittel, wenn sie ihre Behauptung beweisen könnten, Steve – merkst du das nicht?«

»Sie sind nicht *verwandt* mit dir!«

»Aber ich habe doch sonst niemanden! Ich habe niemanden, der sich in einem juristischen Verfahren für mich verwenden könnte. Meine Eltern sind tot, mein Onkel ist tot. Wer setzt sich für mich ein, Steve – Mrs. Bellinger? Dr. Vanner, Dr. Yost?«

»Wie wär's mit mir?«

»Du weißt ja nicht, was du redest.«

»Aber klar. Glaubst du, ich habe nicht darüber nachgedacht? Und nicht weil du in Gefahr bist, in eine Gummizelle gesperrt zu werden.«

»Was meinst du?«

»Ich meine, wenn du einen Mann hättest, der für dich einsteht, könnte dir niemand etwas anhaben. Deshalb mache ich dir meinen Antrag. Ich wollte es dir weiß Gott anders sagen, aber warum heiratest du mich nicht einfach, zum Teufel?«

12

Der Anblick seiner behandschuhten Hände am Steuerrad gefiel ihm. Dies war die einzige Angewohnheit, die er von seinem Vater übernommen hatte. Irgendwie verband er taubengraue Handschuhe mit Reichtum, mit der besten Art von Reichtum, die mit großer Lässigkeit, ja, fast Gleichgültigkeit genossen wurde. Die Art Millionär wollte er werden. Der Wagen, den er dann fuhr, würde nicht größer sein als der gemietete Kleinwagen, in dem er jetzt saß. Aber er würde nicht aus einer Detroiter Autoschmiede kommen, sondern aus Deutschland, irgendein exklusives Modell, vom Besitzer selbst gefahren. Wenn er sich je einen Chauffeur leistete, wollte er demokratisch vorn sitzen und mit dem Mann über das Wetter sprechen. Er gedachte sich keine Herrschaftssitze zu bauen, sondern nur einige gut gelegene Häuser oder Villen bescheidener Größe zu kaufen oder zu mieten. Jachten, großartige Feste, teure Gespielinnen – das alles kam nicht in Frage. Er wollte Gail Gunnersons Geld ganz diskret ausgeben.

Die Zukunft rollte klarer vor seinen Augen ab als die Lichter der Stadt, die sich in seiner Windschutzscheibe fingen. Nur ein Aspekt beunruhigte ihn an dieser Vision. Eine Zeitlang würden ihm gewisse Türen verschlossen sein. (Als ihm das Wort »Türen« in den Sinn kam, verzog er das Gesicht.) Er würde die Vereinigten

Staaten meiden müssen, das war klar. Auch wenn er seine haarige Maske abrasiert hatte, bestand die Gefahr, daß er erkannt wurde. Das Risiko war allerdings nicht besonders groß; er hatte längere direkte Kontakte geschickt vermieden. Er war mit niemandem befreundet oder auch nur weitläufig bekannt. Der Polizei hatte er nur einmal um den Bart gehen müssen (er lächelte unwillkürlich), aber das Zusammentreffen war nur kurz gewesen; er war sicher, daß der Lieutenant, der ihn wegen der armen Helen Malmquist befragt hatte, keinen spezifischen Eindruck von seinen Zügen gewonnen hatte – bis auf das Offensichtliche: die dicke Brille, der gepflegte rötliche Schnurrbart und der volle Bart; was blieb übrig, wenn man die Haare fortnahm? Nein, wegen des Polizeibeamten machte er sich eigentlich keine Sorgen (wie hieß er doch gleich – Bald – sowieso). Echten Kummer bereitete ihm Steve Tyner, der Lothario, der sich plötzlich an Gail gehängt hatte. Hier mochte sich ein Problem ergeben. (Er blickte stirnrunzelnd in den Rückspiegel, als erwarte er Steves Wagen zu sehen, der ihm folgte.) Nein, es war besser, wenn er vorsichtig handelte. Er wollte nach Europa zurückkehren, sobald ES erreicht war. Er wollte ein Wiener Krankenhaus aufsuchen und heftige Kopfschmerzen vorschützen, unfähig, in der Aufnahme seine Personalien anzugeben. Die studierten Ärzte (die ohnehin bereits bis zu den Hüften in den schlammigen Wassern der Psychoanalyse standen) würden nicht lange brauchen, um zu der Schlußfolgerung zu kommen, daß er das bedauerliche Opfer einer begrenzten Amnesie war, daß eine Kopfverletzung oder ein schweres Trauma seine Erinnerung an die letzten Monate lahmgelegt hatte. Und dann würden die Antworten kommen. Wenn es zu lange dauerte, mußte er natürlich nachhelfen. Er würde nachts aufschreien und sich entsetzt über fallende Schneewolken äußern. Er würde an warmen Sommerabenden vor Kälte zittern und beben. Und bald mußte die Schlußfolgerung im Raum stehen. Piers Swann lebt! Piers Swann lebt und ist bei guter Gesundheit und wird bald im Luxus schwelgen. Vielleicht waren die Buchprüfer und Banktreuhänder und Erbgerichte dann schon mit der Arbeit fertig. Und wenn ein rotwangiger Wiener Arzt Piers über seine wahre Identität aufklärte, mochte er die Hände hinter dem Rücken verschränken und hinzufügen: »Und Sie sind ein reicher Mann, Mr. Swann, ein sehr reicher Mann ...«

Er lachte leise, als er sich den Arzt vorstellte. Er war sicher, der Mann würde große Ähnlichkeit mit Professor Eckstein von der Wiener Universität haben, dessen Vorlesungen in psychoanalytischer Theorie er fast ein Jahr lang besucht hatte. Eckstein würde nie erfahren, wie dankbar er ihm war. Ebensowenig wie Ludovic, der Student, den er im Balkan-Grill kennengelernt und der ihm zwischen Czardas und Slibowitz-Gläsern erzählt hatte, wie hingerissen die Mädchen waren, wenn sie erfuhren, daß man ein Jünger Freuds und Adlers war; womöglich wurden sie angeregt durch die Vorstellung, daß man heimliche Dinge über ihre Sexualität wußte.

Ludovic hatte ihm das Haus Berggasse 19 gezeigt, wo Freud gelebt und gearbeitet hatte, Ludovic gab ihm auch die Fachbücher und vermittelte ihm das Vokabular, das er brauchte; und als sein Schüler gut gelernt hatte, war es Ludovic gewesen, der ihm das Diplom überreicht hatte, das in fein gestochener Schrift den Namen Sigschund Freud aufwies. Piers war weniger belustigt als fasziniert gewesen, weil das Dokument bis auf den Namen so offensichtlich authentisch war. Ein Freund von Ludovic arbeitete für einen Druckkonzern, der sich auf solche großartigen Dokumente spezialisiert hatte und mit typischer Wiener Schlamperei die nicht ganz gelungenen Abzüge fortwarf. Das Exemplar, das sich Piers für seine späteren Pläne beschaffte, war für den Geschmack des perfektionistischen Druckers etwas zu blaß ausgefallen; ansonsten war es fehlerlos. Piers hatte keine Mühe, an der richtigen Stelle den Namen einzufügen (Joel, weil ihm dieser Name gefiel; Vanner, weil er die Bezeichnung einmal an einem Bäckereiwagen gesehen hatte). Er war mit dem Schreibstift schon immer sehr geschickt gewesen; wenn sich ihm keine anderen Möglichkeiten geboten hätten, wäre er vielleicht Meisterfälscher geworden. Er lächelte bei dem Gedanken an die Briefe, die er gerade verfaßt hatte, und an den Spaß, den sie ihm bereitet hatten – weniger die Kalligraphie als der Textentwurf. Er hatte mehr getan, als Theodore Gunnersons Handschrift zu imitieren; er hatte den Schreibstil des Mannes übernommen, wie er in den ursprünglichen Briefen zum Ausdruck gekommen war. Die echten Briefe hatte er vernichtet und nur die Umschläge aufbewahrt, in denen sie in der Fulham Road 21 eingetroffen waren. Mit bewunderndem Blick auf seine graubehandschuhten Hände am Steuerrad überlegte er, daß es ein Mann mit so vielen Talenten wahrlich verdient hatte, reich zu sein.

»Dr. Vanner!«

Er hatte sich im Geiste wieder so sehr als Piers Swann gesehen, daß er fast nicht auf seinen neuen Namen reagiert hätte. Er blieb im Erdgeschoß des Gunnerson-Hauses stehen, eine graubehandschuhte Hand auf dem Treppenpfosten, und wandte sich zu Steve Tyner um. Steve trug ein Tablett mit zwei dampfenden Tellern.

»Ich wußte gar nicht, daß Sie hier sind, Mr. Tyner.«

»Bin ich«, sagte Steve. »Ich wollte Gail gerade das Abendessen bringen.«

»Lassen Sie's mich mit hochnehmen. Dann kann ich mit ihr sprechen, während sie ißt.«

»Ich habe einen besseren Einfall«, sagte Steve. »Warum unterhalten wir uns beide nicht mal einen Augenblick. Mrs. Bellinger ...« Er wandte sich an die Haushälterin, die ihm gefolgt war. »Könnten Sie das noch ein paar Minuten warm halten, während ich mit dem Doktor spreche?«

»Ja, natürlich«, sagte Mrs. Bellinger. Sie nahm ihm das Tablett ab und trug es zur Küche, wobei der Dampf in einer dicken Wolke hinter ihr herzog. Steve deutete mit einem Kopfnicken auf das Wohnzimmer, und Vanner folgte ihm achselzuckend, wobei er gleichzeitig seine Handschuhe auszog. »Sie hatten mich doch so gedrängt, Miss Gunnerson aufzusuchen«, sagte er trocken. »Aber wo ich jetzt da bin, wollen Sie lieber mit mir plaudern.«

»Ich wollte Sie vorbereiten«, sagte Steve und ließ sich in einen Lehnstuhl fallen. »Seit unserem Gespräch heute nachmittag hat sich oben einiges getan.«

»Ist es besser geworden oder schlimmer?«

»Ein bißchen von beidem. Gail ist noch immer überzeugt, daß sie beste Aussichten auf eine Zwangsjacke hat. Ich hätte ihr das vielleicht noch ausreden können, aber dann kamen die Briefe.«

»Briefe?«

»Korrespondenz zwischen ihrem Vater und seinem Bruder über die Gesundheit von Gails Mutter. Die Briefe wurden von einer Anwaltskanzlei in London übersandt und hätten zu keinem ungünstigeren Zeitpunkt eintreffen können.«

»Ich verstehe nicht ganz«, sagte Vanner, nahm Platz und schlug sich mit den Handschuhen ungeduldig auf den Schenkel.

»Die Briefe vermitteln ihr offenbar einen neuen Eindruck von den geistigen Problemen ihrer Mutter. Gail hat immer geglaubt – hat glauben *wollen* –, daß die Mutter einzig und allein wegen des Todes ihres Vaters durchgedreht ist. Ich glaube, diese Überzeugung war für sie entscheidend, wenn Sie verstehen, was ich meine.«

»Wie ich sehe, wildern Sie schon wieder unbekümmert in meinem Revier.«

»Sie wissen durchaus, was ich meine. Gail mußte sich begreiflich machen, was ihre Mutter aus dem Gleis geworfen hatte. Sie scheute vor der Vermutung zurück, daß es etwas Organisches war. Nein, das ist nicht das richtige Wort. Ich meine . . . etwas Vererbtes.«

»Und wie können diese Briefe darauf hindeuten?«

»Sie beweisen nichts dergleichen, sie machen nur deutlich, daß mit ihrer Mutter schon lange vor dem Selbstmord etwas nicht stimmte. Sogar bevor der Vater in die Armee ging. Sie sehen nicht gerade überrascht aus.«

»Warum sollte ich?« Vanner zuckte die Achseln. »Schließlich habe ich Gails Mutter nicht posthum behandelt. Ich habe Gail nie glauben können, daß ihre Mutter verrückt wurde, weil sie den Mann verlor. So gefühllos das auch klingen mag, das ist nur bei wenigen Frauen der Fall.«

»Aber haben Sie nicht immer vermutet, daß eine Depression sie in den Selbstmord trieb?«

»Wer lacht oder kichert schon, wenn er den letzten Schritt macht?« Vanner stand auf, und seine Handschuhe fielen mit leisem Geräusch zu Boden. »Hören Sie, mein Freund. Ich bin gekommen, um meine Patientin zu sprechen und nicht um ein Seminar über abnorme Psychologie abzuhalten.«

»Ich will Ihre Meinung wissen, verdammt!« sagte Steve. »Das Mädchen da oben redet sich langsam ein, sie müßte durchdrehen, nur weil es ihrer Mutter genauso ergangen ist, sie ist überzeugt, da sei etwas in ihrer Erbmasse oder ihrem Blut, durch das alles vorprogrammiert ist – und Sie sollen ihr sagen, wie dumm das ist!«

»Weil sie sich irrt – oder weil Sie es für das beste halten, sie gewähren zu lassen?«

»Wollen Sie damit sagen, sie hätte vielleicht *recht*?«

Vanners Seufzen zeigte, daß er mit seiner ärztlichen Geduld am Ende war. »Sie wären überrascht zu hören, wie weit die Ansichten über den erblichen Wahnsinn auseinandergehen.«

»Wie lauten diese Ansichten? Über die Schizophrenie, zum Beispiel? Kann man Schizophrenie erben, etwa wie Diabetes?«

»Es gibt Leute, die das annehmen. Die Chancen, daß *irgendwer* schizophren wird, stehen etwa fünfzig zu eins. Aber für das Kind eines schizophrenen Elternteils ist diese Chance knapp zehn zu eins. Wenn beide Eltern vorbelastet sind, etwa *zwei* zu eins.«

»Gails Vater scheint in Ordnung gewesen zu sein«, sagte Steve. Seine Stimme klang fast wehmütig.

»Ich ergreife in dieser Sache nicht Partei«, sagte Vanner großzügig. »Es gibt eine Theorie, wonach sich diese Zahlen auch auf die Vermutung anwenden lassen, daß die Schizophrenie von der Umgebung abhängt. Ein geistesgestörter Elternteil ist doch ein sehr wesentlicher Teil der Umwelt eines Kindes, meinen Sie nicht auch?«

Steve schüttelte den Kopf. Er wollte damit keine Verneinung ausdrücken, sondern nur seine Gedanken ordnen.

»Sie müssen Gail beruhigen. Sie müssen ihr erzählen, daß niemand sie in eine Anstalt steckt. Wenn sie das weiter annimmt, ist sie zu allem fähig.«

»Definieren Sie mir ›alles‹.«

»Lieber nicht.«

Vanner hob seine Handschuhe auf und schlug damit gegen den Stuhl, um den Staub des Teppichs zu entfernen. Dann wandte er sich ab. Er war an der Tür, als Steve fragte: »Würden Sie es zulassen, daß sie eingewiesen wird?«

Vanner drehte sich langsam wieder um. »Was haben Sie gesagt?«

»Würden Sie sich gegen Gail stellen, wenn gewisse Leute ein Entmündigungsverfahren gegen sie einleiten? Nach dem Gesetz sind dazu zwei Ärzte erforderlich. Sie wären logischerweise einer der Kandidaten, obwohl nirgendwo geschrieben steht, daß die Ärzte Psychiater sein müssen.«

»Wer sind die geheimnisvollen Leute, von denen Sie sprechen?«

»Das wissen Sie so gut wie ich.«

»Ah«, sagte Vanner. »Die Bank.«

»Ja, die Bank ist eine sogenannte ›betroffene Partei‹«, sagte Steve, den jedes einzelne Wort schmerzte. »Da Gail keine anderen Familienangehörigen hat, ist die Bank juristisch berechtigt, ein Hearing zu beantragen. Sie kann ihre Beweise auch vor ein Gericht bringen und zu beweisen versuchen, daß Gail eine Gefahr für sich selbst und für ihr Vermögen ist. Selbst wenn man damit keinen Erfolg hätte – können Sie sich vorstellen, welche Wirkung es auf Gail haben müßte, sich auf das Schlimmste gefaßt zu machen?«

»Und was ist das ›alles‹, das Sie eben erwähnten?«

»Warum müssen wir um den heißen Brei herumreden? Sie wissen genau, daß ich von Selbstmord spreche. Und jetzt beantworten Sie bitte meine Frage!« Seine letzten Worte fielen heftiger aus als Steve beabsichtigt hatte. Er sah, wie Vanner innerlich explodierte, und er hatte durchaus die Munition dazu.

»Sie sind ja selbst ein hübscher Fall von gespaltener Persönlichkeit«, sagte er, und ein Muskel zuckte an seiner Wange. »Sie wissen ja gar nicht genau, wo Sie in dieser Sache stehen, da Sie für die Bank arbeiten.«

»Ich weiß genau, wo ich stehen werde«, sagte Steve. »Und das wollte ich Ihnen noch sagen. Ich werde zur Rechten Gails stehen und das Zauberwort sprechen.«

»Was für ein Zauberwort?«

»›Ja.‹«

Er freute sich, als Vanner die Augen aufriß.

»Meinen Sie eine Heirat?«

»Gail ist nur deswegen wehrlos, weil sie keinen Verwandten hat, der sich zwischen sie und die Bank stellt. Damit will ich keineswegs behaupten, die Fiduciary habe es darauf abgesehen, sie unrechtmäßig zu entmündigen; so läuft der Hase nicht. Die Bank hatte guten Grund, sich um Gails geistige Ausgeglichenheit Sorgen zu machen, und die Sorge der Bank ist durchaus legitim. Das weiß ich definitiv.«

»Ja, ich bin sicher, die Leute von der Bank sind alle schrecklich nett«, sagte Vanner trocken. »Weshalb Sie ja auch Gail Gunnerson heiraten und sie vor der Fürsorge der Bank schützen wollen.«

»Die Tatsache, daß ich dann jeden Entmündigungsprozeß abwürgen kann, ist nur eine Nebenwirkung. Ich habe nicht die Absicht, meine Flitterwochen in einer Gummizelle zu verbringen. Obwohl das mal ganz interessant sein könnte, wenn man's genau bedenkt.«

Ernst: »Haben Sie ihr bereits einen Antrag gemacht?«

»Ja.«

»Hat sie ihn angenommen?«

»Noch nicht. Sie denkt genauso wie Sie. Daß ich sie aus altruistischen Gründen heirate. In Wirklichkeit heirate ich sie wegen ihres Geldes.«

»Im Scherz wird manche Wahrheit ausgesprochen.« Joel Vanner lächelte. Dann ging er nach oben. Steve folgte ihm in den Flur, doch er sah nicht mehr, wie das Lächeln verschwand und die Lippen sich eisenhart zusammenpreßten.

»Los, weinen Sie ruhig, wenn Sie möchten«, sagte er zu ihr. »Sie haben bei mir doch schon öfter geweint.«

»Mir ist nicht nach Weinen zumute. Ich kann jetzt nicht. Weinen ist etwas, mit dem man Mitleid erwecken will, sogar bei Ihnen.«

»Was für eine kluge Bemerkung«, sagte Vanner, und

strich ihr eine Haarlocke aus dem Gesicht, wie er es bei einem Kind getan hätte. »Aber ein bißchen zu altklug. Wenn Sie meine Meinung hören wollen.«

»Aber es stimmt«, sagte Gail. »So ist es mein ganzes Leben lang gewesen, das habe ich festgestellt. Wenn wirklich etwas schiefliegt, wenn ich wirklich Angst habe, bringt Weinen keine Erleichterung. Meine Tränendrüsen scheinen nicht zu funktionieren.«

»Ich müßte mir wirklich Notizen machen.« Er lachte leise. »Ich lerne heute abend soviel Neues über meinen Beruf.«

»Ist Steve noch da? Er hat gesagt, er wollte nach unten gehen, um unser Abendessen zu holen.«

»Ja, er ist noch da, und das Abendessen kommt gleich. Aber ich wollte Sie zuerst noch sprechen. Haben Sie großen Hunger, oder können Sie noch etwas Zeit für mich erübrigen?«

»Ich habe keinen großen Appetit. Ich bin überhaupt nicht hungrig. Angst ist ein gutes Mittel für die Taille, nicht wahr?«

»Und wovor haben Sie Angst?«

»Vor mir selbst natürlich«, sagte Gail. »Vor dem, was mein Ich mir antun wird. Ich habe hier gelegen und mich gefragt, ob meine Hände noch auf die Befehle des Gehirns reagieren werden. Ob meine Beine nicht etwa beschließen, gegen die Arme zu rebellieren. Was geschähe dann, Doktor? Ich meine, wenn unsere verschiedenen Teile gegeneinander in den Krieg zögen?«

»Alle Menschen bestehen aus drei Teilen«, sagte Vanner leichthin. »Wie Gallien.«

»Ich weiß«, sagte sie und drehte das Gesicht auf die kühlere Seite ihres Kissens. »Es, Ich und Über-Ich. Die drei Marx-Brothers. Kein Wunder, daß wir so komische Wesen sind.«

»Wer ist denn das Es?«

»Natürlich Harpo. Der Bursche, der überhaupt nichts sagt und hinter den Mädchen her ist.« Als er lachte, wandte sie sich ihm zu, und in ihren Augen stand ein seltsames inneres Leuchten. »Ich mache es auch durch«, sagte sie. »Ich tue genau das, was *sie* getan hat – nach den Briefen meines Vaters.«

»Sie meinen Ihre Mutter?«

»Es stand im letzten Brief. Aber Sie wissen ja noch gar nichts von den Briefen, oder?«

»Steve Tyner hat davon gesprochen. Ich habe nicht begriffen, warum sie so schrecklich wichtig sein sollen.«

»Sie müssen sie schon lesen«, sagte Gail. »Sie müssen sie lesen und selbst urteilen. Zum Beispiel der letzte. Über Mutters Witzchen, ihre irren kleinen Bemerkungen, die Hälfte ganz sinnlos. Aber sie lächelte und lachte, als kämen ihr die Worte schrecklich lustig vor. Vater schrieb, dadurch sei er überhaupt darauf gekommen, daß sie den Verstand verlor. Nicht wegen hysterischer Ausbrüche oder weil sie nackt auf die Straße gelaufen wäre – nichts dergleichen. Nur das ständige, sinnlose Lächeln auf ihrem Gesicht und die komischen kleinen Bemerkungen ...«

»Das ist nicht ungewöhnlich«, sagte Vanner. »Viele Geistesgestörte werden wieder wie Kinder und hoffen auf ein Lob für ihre klugen Äußerungen. Ich habe solche Leute in den Anstalten ...« Er versuchte das Wort ungesagt zu machen.

»Meine Mutter ist nie in die Anstalt gegangen. Das wußten Sie doch, oder?«

»Ja.«

»Sie fand die Vorstellung schlimmer als den Tod.«

»Wahrscheinlich hatte sie eine ziemlich falsche Vorstellung von solchen Heimen. Sie stellte sich wohl so etwas wie das alte Bedlam darunter vor.«

»Was heißt das?«

»Bedlam ist eine Verkürzung von Bethlehem. Bethlehem Royal Hospital, das erste Asyl in England.«

»Wir hatten Verwandte in England«, sagte Gail mühsam. »Aber das wissen Sie natürlich. Warum erzähle ich Ihnen Dinge, die Sie längst wissen?«

»Das liegt an der Pille, die ich Ihnen eben gegeben habe.« Vanner lächelte. »Sie werden schläfrig davon.«

»Meine Stimme klingt so weit weg. Ist das die Pille, die Bauchredner nehmen, wenn ihre Stimme weit weg klingen soll?«

»Gail, ich glaube, wir müssen uns mal ernsthaft darüber unterhalten, was mit Ihnen los ist. Ich finde, es ist Zeit, daß wir der Frage offen ins Auge schauen und bestimmen, was getan werden muß.«

»Getan«, wiederholte sie tonlos. »Getan-getan-getan. Hört sich an wie ein Trommelwirbel, nicht? Ein unheilvolles Trommelrasseln. Getan-getan-getan.«

»Gail ...«

»Tut mir leid, tut mir leid«, sagte sie und griff nach seiner Hand. »Ich weiß, ich benehme mich dumm. Um ehrlich zu sein, ich hätte nicht zulassen dürfen, daß Sie mir *noch* so eine Pille geben – ich hatte schon eine mehr geschluckt, als ich sollte, eine mehr, als Sie mir verschrieben haben. Aber die Dinger haben mir geholfen, wirklich. Was ist denn darin, Doktor, Martinikonzentrat?«

Vanner runzelte die Stirn und sagte: »Wir müssen wichtige Entscheidungen treffen, Gail, die wir nicht mehr aufschieben können. Wenn wir noch mehr Zeit vertrödeln, wird uns die Entscheidung vielleicht aus der Hand genommen.«

»Mrs. Bellinger hat Eintopf gemacht«, sagte Gail. »Genug für eine ganze Armee. Wollen Sie nicht Rekrut werden, Doktor?«

»Wir dürfen Ihre letzte Halluzination nicht ignorieren. Sie deutet auf eine ernsthafte Symptombildung hin. Sie zwingt mich, meine Diagnose zu revidieren, Gail. So gern ich behauptet hätte, die Krankheit sei nicht fortschreitend, kommen wir doch nicht um die Tatsachen herum.«

Vanner erkannte, daß sie ihm nicht mehr zuhörte, und verfluchte sich innerlich, daß er ihr so voreilig eine Beruhigungspille gegeben hatte. Er hob ihr Kinn an und sah, daß das törichte Mädchen tatsächlich lächelte.

»Gail, ich muß Ihnen irgendwie begreiflich machen, wie ernst die Lage geworden ist.«

»Ja«, sagte sie. »Ich glaube wirklich, er hat es ernst gemeint.«

»Er?«

»Steve. Ich glaube wirklich, daß er es ernst gemeint hat. Er hat um meine Hand angehalten, oder habe ich Ihnen das noch nicht gesagt? Und wissen Sie was? Ich weiß nicht mehr, was ich ihm geantwortet habe. Ja oder nein. Ich bin sicher, daß ich nicht nein gesagt habe, oder? Hat er Ihnen etwas gesagt?«

»Er sprach davon«, meinte Vanner kühl. »Doch wegen seiner ›Ernsthaftigkeit‹ hatte ich keine Zweifel. Er meint es nämlich nicht ernst. Er scheint der Ansicht zu sein, daß die Ehe eine Art Allheilmittel für Ihre Probleme wäre. Weit gefehlt. Die Ehe würde nur neue Probleme hervorrufen.«

»Was haben Sie da gesagt?«

Das verträumte Lächeln war verschwunden, worüber sich Vanner freute.

»Ich habe gesagt, es war kein echter Heiratsantrag, Gail. Tut mir leid.«

»O ja! Ich habe ihn doch deutlich gehört! Hier in diesem Zimmer!«

»Nein«, sagte Vanner und schüttelte langsam den Kopf. »Ich fürchte, das war nur einer der Tricks von Mr. Tyner. Ein Mittel, von dem ich sehr bedauere, daß er es angewendet hat.«

»Trick? Was für ein Wort ist denn das?«

»Ein Wort, das wirklich die beste Bezeichnung für Ihren Freund ist. Gail, ich wollte eigentlich schweigen über Steve Tyner. Ich weiß nämlich seit einiger Zeit die Wahrheit über ihn und bin öfter als Sie denken in Versuchung gewesen, Ihnen reinen Wein einzuschenken. Aber dann dachte ich mir, Ihre Enttäuschung wäre die geringe Befriedigung nicht wert, die ich ...«

»Von was für einer Wahrheit reden Sie da?«

»Sehen Sie, Ihr Freund Steve suchte mich auf – wenige Tage, nachdem Sie ihn kennengelernt hatten. Er stellte mir viele Fragen und erhielt erst Antworten von mir, als er mir den wirklichen Grund für sein Interesse nannte.«

»Oh«, sagte Gail. »Das. Sie meinen die Bank. Sie meinen, weil er für die Fiduciary arbeitet.«

»Ja«, sagte Vanner ernst. »Das meine ich. Aber ich fürchte, ich meine noch viel mehr. Denn ich weiß, daß

Steve Tyner die wirkliche Bedeutung seiner Arbeit für die Bank bewußt heruntergespielt hat.«

»Aber er hat mir gesagt, was er tut. Er hat mir nichts verheimlicht!«

»Ich bin sicher, daß er Ihnen folgendes nicht gesagt hat. Daß nämlich die Fiduciary schon beschlossen hat, ein Entmündigungsverfahren gegen Sie in Gang zu bringen. Man will einen Antrag auf zeitlich unbegrenzte Einweisung stellen und Sie für unzurechnungsfähig erklären.«

Wenn er ihre Aufmerksamkeit erregen wollte, so war ihm dies jetzt gelungen.

»Die Bank braucht natürlich Beweise, da die Zwangseinweisung eine schwerwiegende Sache ist. Das war Mr. Tyners Aufgabe, und ich fürchte, er ist noch immer ...«

»Nein – das glaube ich nicht! Niemals!«

»Er hat mir seine Aufgabe in allen Einzelheiten geschildert, Gail, und er hat noch mehr getan. Er hat versucht, mich als einen der beiden Ärzte anzuwerben, die in dem Verfahren über Ihren Geisteszustand urteilen müssen. Er hat dabei deutlich zum Ausdruck gebracht, daß meine Zusage von der Bank gut honoriert werden würde. Ich bin sicher, Sie kennen das Wort, mit dem man solche Angebote bezeichnet.«

Sie ließ sich tief in die Kissen sinken, als sei ihr Körper plötzlich schwerer geworden.

»Ich hätte Ihnen um keinen Preis davon erzählt«, sagte Vanner leise, »bis mir aufging, daß Ihr Freund Steve vielleicht ein unglaubliches Doppelspiel im Sinne hat. Er will Sie nicht nur einweisen lassen, sondern auch noch heiraten, um dann als sehr reicher und sehr freier junger Mann dazustehen ...«

Das Licht in ihren Augen war erloschen.

»Übrigens«, fügte Vanner hinzu, »der Mann in der Bank, der Mann, von dem Sie immer sprechen – Saul Tedesco? Steve Tyner ist sein Neffe. Sie sehen also, daß der Plan eine Familienangelegenheit war.«

Jetzt fand der behandelnde Arzt den Gesichtsausdruck seiner Patientin völlig zufriedenstellend.

13

Wollen mal sehen«, sagte Cecilia, befeuchtete einen Daumen und blätterte die losen Seiten um. »Wie wär's mit Bhutan? Wußtest du, daß die Leute in Bhutan Dzonghka sprechen? Hast du schon mal ein wirklich gutes Dzonghka-Englisches Wörterbuch gesehen?«

»Such weiter«, sagte Steve und starrte in einen Papierbecher mit Scotch. Es war das einzige Behältnis, das Cecilia im Pickering-Büro hatte finden können. Der Alkohol stammte aus der unteren rechten Schublade in Percy McDouglas altem Schreibtisch – aus einem Tonkrug, auf dem *Leim* stand. Zum Glück erinnerte sich Steve an den wahren Inhalt, sonst wäre diese spätabendliche Zusammenkunft nicht nur sehr deprimierend, sondern auch noch sehr trocken verlaufen.

»Aber hör doch, hör doch!« sagte Cecilia begeistert. »Muß ein tolles Land sein. Hier die Worte der Nationalhymne: *Im sandelholzgeschmückten Königreich Drachenland* ...«

»Ergreifend«, sagte Steve. »Aber ich würde trotzdem ein Land vorziehen, in dem Englisch gesprochen wird.«

»Also gut. Hier ist schon eins, gleich auf der nächsten Seite. Betschuanaland. Amtssprache Englisch. Ein *Diamanten*land, Liebling. Großartig muß das sein, die Straße langzugehen und die großen 50-Karäter nur so vom Boden aufzuklauben. Du könntest mir einen schenken. Am liebsten hätt ich ihn in Form eines Ringes mit Baguetten.«

»Sissy, irgendwie habe ich das Gefühl, du nimmst mich nicht ernst.«

»Nein, du nimmst *mich* nicht ernst, Darling.« Sie senkte das Handbuch der Pickering-Agentur und blickte ihn mit einer Feierlichkeit an, die ihre wedgewoodblauen Augen dunkel erscheinen ließ. »Ich wünschte, du würdest mir endlich sagen, was geschehen ist.«

»Ich habe dir schon alles gesagt. Ich bin arbeitslos. Ich bin bei der Bank rausgeflogen und habe nun wieder den Wandertrieb. Und jetzt stehe ich hier, um diesem Drang nachzugeben. Liest du endlich weiter? Such mal ein Land heraus, von dem ich schon gehört habe!«

»Na, unter B haben wir noch Bolivien, Brasilien, Bulgarien und Burma, aber da gibt es keinen freien Posten. Hier steht, das Personal wäre komplett.«

»Für mich kommt ohnehin nur ein Land mit T in Frage.«

»Wie wär's dann mit Tschad? Da haben wir überhaupt noch keinen.«

»Vielleicht will Pickering dort auch gar keinen hinsetzen. Vielleicht gibt's nicht genug Material.«

»Kann aber nicht sein, Liebling, das Land ist nämlich *riesig*. Wie das bei aufsteigenden Nationen so ist. Ach du je, das lassen wir doch lieber. Hier der Anfang der Nationalhymne: *Tschadier, auf an die Arbeit.*«

»Du hast recht«, sagte Steve. »Darauf kann ich verzichten. He, wer hat überhaupt die Nationalhymnen in die Liste aufgenommen?«

»Bill Cotler ist neuerdings für das Buch zuständig, und er ist ganz wild auf Details dieser Art. Nationalhymnen, Nationalblumen, Nationalkrankheiten – du weißt schon. Ah, hier ist eine *tolle* Hymne, Darling. Ehrlich, du solltest dich um eine Entsendung nach Äquatorial-Guinea bemühen. Ich komme gleich mit, damit wir die Nationalhymne zusammen singen können.«

»Na schön. Wie heißt sie?«

»*Gehen wir durch den Dschungel unseres gewaltigen Glücks* . . . Ist das nicht göttlich?«

»Super.«

Diesmal schloß Cecilia das Buch und legte es auf den Tisch. »Mir macht das keinen Spaß«, sagte sie. »Ich witzele hier herum, dabei siehst du aus wie die Schlußszene aus einem russischen Film.«

»Tut mir leid, Sissy. Muß an dem Leim liegen, den ich hier trinke.«

»Sieht ja ein Blinder, daß du ganz unglücklich bist. Ich kann einfach nicht glauben, daß das nur an deiner Stellung liegt. Ich bin sicher, da steckt das Mädchen dahinter, von dem du mir erzählt hast.«

»Warum sehen Frauen hinter allem ein romantisches Motiv?«

»Die Liebe läßt den Erdball kreisen, Darling. Und manchmal führt sie dazu, daß Männer um den Erdball reisen.« Sie lachte erfreut auf. »Ist das nicht schlau gesagt? Ich muß mir das merken!«

»Mach eine Nationalhymne daraus.«

»Hat sie einen anderen gefunden?« fragte Cecilia.

»Ja – wenn du's unbedingt wissen willst. Einen Psychiater.«

»Die sind aber wirklich schrecklich sexy.«

»Und er ist sogar Psychoanalytiker. Und er hat ihr

den Gefallen getan, mich zu analysieren, der verdammte Schweinehund.«

»Himmel, Liebling, was für Ausdrücke!«

»Ich habe ihm im Vertrauen von mir erzählt«, sagte Steve verbittert. »Es gibt doch so etwas wie eine Schweigepflicht bei Psychiatern, oder?«

»Zwischen Patient und Arzt, ja.«

»Komm, sei nicht spitzfindig. Er wußte, daß mir daran lag, dem Mädchen zu helfen, daß ich ihr nicht weh tun wollte. Er wußte durchaus, daß mir nicht daran lag zu beweisen, daß mit ihr etwas *nicht* stimmte. Im Gegenteil.«

»Natürlich habe ich nicht den blassesten Schimmer, wovon du sprichst.«

»Ich begreife immer noch nicht, warum er mich so hereingelegt hat. Er behauptet, ich störe seine Therapie, aber das genügt als Grund eigentlich nicht. Wenn der Kerl nur ein bißchen Einfühlungsvermögen hat, muß er gespürt haben, daß ich verrückt nach ihr war.«

»O je«, seufzte Cecilia. »Da kann ich meinen Diamanten wohl abschreiben.«

»Aber er hat ihr erzählt, daß ich mit der Bank in einem Boot sitze, daß ich gegen ihre Interessen arbeite – um es milde auszudrücken.«

»Und wie sehen ihre Interessen aus, Liebling? Stickt sie gern, hört sie Kammermusik, oder was?«

»Du würdest das nicht verstehen«, sagte Steve.

»Natürlich nicht – du erzählst mir ja auch kaum etwas!«

»Das Schlimme ist, daß es beinahe stimmt«, sagte Steve niedergeschlagen. »Ich habe wirklich gegen sie gearbeitet, bis ich erkannte, was für eine miese Sache das war. Aber Vanner wußte, daß ich die Fronten gewechselt hatte; er *mußte* es wissen.« Er hob den Blick von seinem Pappbecher. »He – vielleicht ist es *das*! Vielleicht hat er ebenfalls die Seiten gewechselt!«

»Brüll ruhig weiter, Liebling«, seufzte Cecilia.

»Warum habe ich daran nicht gleich gedacht? Er hatte keinen Grund, mich reinzulegen, wenn ich auf *seiner* Seite stand. Aber wenn er nun beschlossen hätte, für die anderen zu kämpfen? Für die Fiduciary Bank?«

»Da hätte ich eine gute Frage für dich. Wenn ein Mann zuviel Geld von seinem Bankkonto abhebt, zeigt er dann Überziehungserscheinungen?«

»Ich hab ihn ganz offen gefragt, ob er für Gail aussagen würde, falls man ein Verfahren gegen sie in Gang brächte. Er hat mir nicht geantwortet. Vielleicht hatte die Bank ihn längst kassiert! Man hat vielleicht erkannt, daß er der denkbar beste Zeuge gegen sie wäre. Ihr eigener Psychiater!«

»Dein Becher tropft, Liebling!«

Aber Steve knüllte das Papier schon zusammen und warf es fort. »Das wäre ein guter Grund, mich aus der Sache hinauszudrängen und Gail gegen mich aufzubringen! Damit ich den Plan nicht verderbe! Steht das Telefon unter Strom?«

»Brr! Ich hoffe nicht!«

Er nahm den Hörer ab und hörte ein angenehm lautes Freizeichen. Dann wählte er die Privatnummer seines Onkels und lud sich zu einem Übernachtbesuch nach Scarsdale ein.

Cecilia sagte enttäuscht: »Mußt du wirklich sofort lossausen?«

»Tut mir leid. Die Sache ist wichtig.«

Meinung über Gail Gunnerson. Ich bin sicher, der Bank haben seine Auskünfte nicht gefallen, weil er sie für völlig gesund hielt.«

Tedesco biß das Ende einer Zigarre ab und spuckte es in den Garten. »Keine Sorge«, sagte er. »Umweltfreundlich.«

»Du weißt, was eine solche Überzeugung für euer Bestreben bedeuten kann, Gail zu entmündigen. Wenn ihr eigener Psychiater meint, daß sie fähig ist, ihr Vermögen zu verwalten, hättet ihr vor Gericht einen ziemlichen Strauß auszufechten.« Tedesco suchte in seinen Taschen vergeblich nach einem Streichholz. Steve, der noch immer Streichhölzer bei sich hatte, obwohl er nicht mehr rauchte, reichte ihm eine Schachtel.

»Danke«, sagte sein Onkel.

»Bei dieser Lage durfte es natürlich nicht bleiben, nicht wahr? Ich will damit nicht sagen, daß du die treibende Kraft warst, Onkel, sondern ich meine andere Leute in der Bank, Leute, die über dir stehen wie Leonard Comfort oder Lowell Sankey oder so. Ihr wußtet, daß nach dem Gesetz fachärztliche Gutachten über Gail erforderlich sind, also habt ihr die denkbar beste Lösung angesteuert. Warum solltet ihr nicht Dr. Joel Vanner in *euer* Team ziehen? Dann stünde der Erfolg doch außer Zweifel.«

»Fertig?«

»Noch nicht. Ich habe gestern mit Gail gesprochen, und sie sagte mir, Vanner wisse alles über mich – er wisse, weswegen ich engagiert worden sei, wer hinter mir stehe und sogar die Tatsache, daß wir verwandt sind. Falls es dich interessiert, ich hatte um Gail Gunnersons Hand angehalten.«

»Ach! Das ist nun mal wirklich eine Neuigkeit.«

»Sie hat mir ihre Antwort erst gestern gegeben. Rate mal!«

»Nein?«

»Sie nannte mir den Grund für ihre Ablehnung. Sie sagte, sie sei nicht sicher, daß sie mit einem Mann glücklich werden könne, der den Versuch mache, sie ins Irrenhaus zu bringen. Frauen sind seltsam, nicht wahr? Kein Wunder, daß Freud sie nicht begriffen hat.«

»Bist du jetzt fertig?«

»Ja.«

»Gut.« Tedesco nahm die Zigarre aus dem Mund und unterstrich damit seine Worte. »Erstens, du irrst dich. Zweitens, du bist ein Dummkopf. Drittens, du hast ein schwaches Gedächtnis. Ich will mal mit dem dritten Punkt anfangen.«

»Ich höre.«

»Der Bericht, den du uns über deinen Besuch bei dem Psychiater übermittelt hast. Du hast nicht geradeheraus gesagt, er habe Miss Gunnerson als ganz normal diagnostiziert. Du hast dich sogar so ausgedrückt, er versuche herauszufinden, welche Art traumatisches Erlebnis sie als Kind gehabt habe, ein Erlebnis, bei dem ihr die Sicherung durchgeknallt sei. Es ging um eine Tür, nicht wahr?«

Steve schluckte. »Okay, da war wirklich etwas, aber damals war sie ein Kind.«

»Du selbst hast zugegeben, daß das Trauma oder wie man es nennen will noch immer vorhanden ist, daß es in ihrem Gehirn steckt wie einer der alten Blindgänger aus dem zweiten Weltkrieg, die man in den Londoner Kellern gefunden hat.«

»Ich kann mich nicht erinnern, einen solchen Vergleich angestellt zu haben.«

»Na gut, vielleicht habe ich mir das selbst ausgedacht. Aber ich habe mir nicht ausgedacht, daß sie neue Halluzinationen hatte, daß sich ihr Zustand laufend verschlechterte. Und jetzt zum zweiten Punkt.«

»Daß ich ein Dummkopf bin?«

»Das brauche ich nicht erst zu betonen. Die Welt ist voller Mädchen, die gut aussehen. Warum willst du dich mit einem psychiatrischen Fall belasten?« Er unterbrach Steves Antwort mit erhobener Hand. »Egal. Wir kommen direkt zu Punkt eins.«

»Du willst mir sagen, daß ich mich irre.«

»Du hast dich nie mehr geirrt, lieber Neffe. Niemand hat heimlich versucht, Gail Gunnerson einzuweisen – das ist gar nicht notwendig. Wenn sie so weitermacht, gibt sie sich wahrscheinlich noch freiwillig auf ...«

»O nein!«

»Ich halte das Mädchen für klüger als dich, Steven; wahrscheinlich ist sie klüger als wir alle, und der intelligente Teil ihres Gehirns beobachtet den Teil, der sich auflöst, und erkennt, daß etwas geschehen muß.«

»Du kennst sie nicht so gut wie ich. Sie würde sich lieber umbringen, als in eine Anstalt zu gehen.«

»Mit ihrem Geld könnte sie sich ein Krankenhaus *kaufen* und die einzige Patientin sein. Jedenfalls ist keinerlei Druck ausgeübt worden, und es hat auch keine Nacht- und Nebelaktion gegeben, weder durch mich, noch durch Leonard Comfort oder Lowell Sankey oder sonst jemanden in der Bank. Ich sage dir dies beim Grab deiner Mutter, Steven, wenn du mir den altmodischen Ausdruck verzeihst. Dr. Vanner hat uns seine Seele nicht verkauft, weil wir ihm nie ein Angebot gemacht haben. Genügt dir das?«

Steve sank in dem Korbstuhl zusammen. Sylvia Tedesco erschien mit einem Riesenberg von Hühnerkeulen und Brustfleisch und hatte ihr rundliches Gesicht zu einem breiten Lächeln verzogen. »Ich hab dir doch gesagt, daß genug da ist, nicht?«

Während er pflichtgemäß kaute, fragte Steve: »Du hast wirklich nie mit Vanner gesprochen, Onkel?«

»Der Gedanke ist mir durchaus gekommen«, sagte Tedesco. »Ich habe im Ärzteverzeichnis nachgeschlagen, um zu sehen, was für Diplome er hat – für den Fall, daß er tatsächlich mal aussagte.«

»Und wie sieht es aus?«

Tedesco zuckte die Achseln. »Als Opposition schien er uns keine große Gefahr darzustellen. Er war nicht mal aufgeführt.«

»Was für ein Verzeichnis war das?«

»Na, so ein Buch, das die Psychiater herausgeben. Darin stehen all die schicken Titel und Berufsbezeichnungen. Dein Freund Vanner war nicht dabei.«

Der nicht aufgeführte Dr. Vanner sagte: »Gail, es wird wohl Zeit, daß ich Ihnen über Ihr Problem die Wahrheit sage.«

Ihr Kopf bewegte sich kaum auf dem Kissen. Doch die Pupillen ihrer Augen zuckten in seine Richtung und zeigten das blutunterlaufene Weiße an den Winkeln.

»Ich will Ihnen sagen, was meiner Meinung nach damals wirklich geschehen ist, in der Nacht, als man Ihre Mutter abholte. Ich will nicht behaupten, daß ich die Ereignisse wiederholen oder Ihnen genau sagen kann, welche Gestalt Ihr Traum annahm, als ... als sich die Tür öffnete.«

Jetzt glitten ihre Augen herum und blickten zur Tür. Sie fragte: »Könnte ich etwas Wasser haben?«

Vanner schenkte ihr ein Glas ein. »Aber wenn ich das *Ding* für Sie schon nicht definieren und vielleicht für immer aus Ihrem Unterbewußtsein löschen kann, so kann ich Ihnen doch sagen, *warum* das alles geschah. Und vielleicht, vielleicht hilft Ihnen das Verständnis des Vorgangs dabei, die Kreatur Ihrer Phantasie wiederzusehen. Sehen Sie die Erscheinung, erkennen Sie sie, verlieren Sie die Angst davor – die Angst, die Sie immer noch quält! Verstehen Sie, was ich sage?«

Ihr Kopf bewegte sich; Vanner faßte dies als Nicken auf.

»Was in jener Nacht geschah, hat nicht damals begonnen, Gail. Das ist das erste, was Sie sich klarmachen müssen. Es war der Höhepunkt einer neurotischen Störung. Ja, ich weiß, sechs Jahre ist arg jung für eine Neurose, aber ich muß leider sagen, daß sie wohl bereits in der Entwicklung begriffen war. Die Kindheit kennt nämlich einen ganz natürlichen Konflikt, den Ödipus-Komplex – ich bin sicher, Sie haben schon davon gehört.«

»Wie spät ist es?« fragte Gail.

Er bemühte sich, seinen Ärger zu unterdrücken. »Lassen wir die Uhrzeit«, sagte er. »Es ist spät. Sie wollen wahrscheinlich schlafen. Aber Sie können sicher besser schlafen, wenn Sie mir zuhören. Gail, alle Kinder stehen vor diesem Konflikt, und ihre Entwicklung hängt davon ab, ob sie einen gesunden Ausweg finden oder nicht. Sie haben diesen Ausweg nicht gefunden. Begreifen Sie, was ich sage? Sie haben keine gesunde Lösung gefunden. Das war nicht Ihr Fehler. Es lag an den Umständen – an der schlechten Gesundheit Ihrer Mutter und der Abwesenheit Ihres Vaters. Sie liebten Ihre Eltern, Gail, aber wie alle kleinen Mädchen liebten Sie Ihre Mutter am meisten. Eine sehr intensive Sache, diese Art von Liebe. Manchmal bringt sie Enttäuschungen. Große Enttäuschungen. Und je größer diese Enttäuschung ist, desto mehr wendet sich das Kind gegen die Mutter. Sie verliert das, was wir die Kathexis nennen. In Ihrem Falle war die Kathexis durch die Krankheit Ihrer Mutter ernsthaft geschwächt. Denn je kränker sie wurde, desto mehr ignorierte sie Sie. Stimmt das?«

Jetzt war Gails Nicken deutlich erkennbar. »Ja«, sagte sie. »Das stimmt. Sie wußte damals nicht mehr, daß es mich überhaupt gab.«

»Und daraufhin wandten Sie sich Ihrem Vater zu und suchten bei ihm die Liebe, die Sie brauchten. Sie begannen ihn lieber zu haben. Ihre Vorliebe wurde so stark, daß Sie bald Ihre Mutter ablehnten, weil sie zwischen Ihnen und Ihrem Vater stand. Sie waren auf Ihre Mutter eifersüchtig, Gail; im zarten Alter von sechs Jahren waren Sie die Rivalin im Rennen um die Liebe Ihres Vaters. Ein Kind neigt dazu, in einfachen und direkten Begriffen zu denken; es versteht nur einfache, direkte Problemlösungen. Die einfachste Lösung dieses Dreiecks wäre für Sie der Tod Ihrer Mutter gewesen.«

Hätte Gail nicht so sehr unter dem Einfluß von Betäubungsmitteln gestanden, wäre sie jetzt vielleicht schockiert oder abwehrend aufgefahren. Doch so mußte ein Blick genügen.

»Ich weiß, daß sich das drastisch anhört. In den meisten Fällen gleicht die weitere Entwicklung den Konflikt mühelos aus. Aber Sie hatten gar keine Chance in dieser Richtung. Denn als der Konflikt noch voll im Gange war, traten zwei Ereignisse ein. Der Vater, den Sie liebten, wurde Ihnen genommen. Er zog in den Krieg und fiel; doch der Begriff ›Krieg‹ ging über Ihren Horizont. Sie waren vielmehr der Ansicht, Ihre Mutter habe den Vater vertrieben, habe ihn aus Ihrem Leben verscheucht, damit Sie ihn ihr nicht abgewinnen konnten. Sie verabscheuten Ihre Mutter dafür nur noch um so mehr. Und als die Nachricht kam, daß er gefallen war, mischte sich ein Gefühl des Verratenseins in Ihren Schmerz. Nein, ich erwarte nicht, daß Sie sich noch an diese Gefühle erinnern. Aber sie waren vorhanden.

Und dann geschah etwas noch viel Schrecklicheres. Ihre Mutter starb ebenfalls. Die Tatsache, daß sie von eigener Hand starb, wurde Ihnen verheimlicht. Vielleicht war das ein Fehler. Vielleicht hätte Ihnen die Erkenntnis geholfen, daß sie sich allein entschlossen hatte, diese Welt zu verlassen, daß dieser Schritt nichts mit Ihnen zu tun hatte. Verstehen Sie, worauf ich hinauswill, Gail?«

»Nein.«

»Sie haben auf den Tod Ihrer Mutter reagiert, weil er genau das war, was Sie sich gewünscht hatten.«

»Nein! Das ist unmöglich!«

»Bis heute wollen Sie sich nicht an Ihre wahren Gefühle erinnern, weil sie Ihnen genauso schrecklich vorkommen wie damals. Als Ihre Mutter starb, fühlten Sie sich dafür verantwortlich. Und Sie wußten, daß der Schuld die Strafe folgte.«

»Strafe ...«

»Ja. Ihr Unterbewußtsein wartet nicht lange, diese Strafe nachzuliefern. Sie kam noch in derselben Nacht, Gail. Sie kam durch ... durch die Tür da.«

Wieder blickte sie zur Tür, ausdruckslos. »Ich erinnere mich nicht«, sagte sie.

»Sie *müssen* sich aber erinnern, Gail. Um Ihrer selbst willen müssen Sie sich daran erinnern, müssen es wieder sehen, müssen sich ein für allemal damit auseinandersetzen!«

»Ich glaube, ich würde sterben, wenn ich das täte«, sagte Gail.

Dr. Vanner schwieg – wenigstens ihr gegenüber.

Mrs. Bellinger mißdeutete seinen müden Schritt und die herabgezogenen Mundwinkel und fragte, ob es Gail schlechter gehe. Er verneinte und sagte, er habe ihr etwas ergeben, das ihr das Schlafen erleichterte, so daß sie sich morgen besser fühlen würde. Mrs. Bellinger deutete an, sie könne selbst »etwas« gebrauchen; sie schlafe neuerdings so schlecht. Vanner runzelte die Stirn und sagte, er könne ihr leider nicht helfen. Die Haushälterin entschuldigte sich für die Bitte; zum Ausgleich bot sie ihm eine Tasse Tee an. Vanner meinte, daß es dafür vielleicht schon zu spät sei, aber da Mrs. Bellinger noch nicht ins Bett gehen wollte, nahm er dankbar an. Mrs. Bellinger kam zu dem Schluß, daß er wohl doch ein ganz achtbarer Arzt war, auch wenn er keine kleine schwarze Tasche bei sich hatte. Sie bot ihm an, den Tee im Wohnzimmer zu servieren, doch er sagte, die Küche tue es doch auch. Daraufhin glaubte Mrs. Bellinger plötzlich auch Charme an ihm zu entdecken. Sie reichte einige Kekse zum Tee.

»Trinken Sie nicht mit?« fragte Dr. Vanner. Als sie nur errötete, sagte er: »Ich würde mich wirklich darüber freuen. Ich möchte etwas mit Ihnen besprechen.«

Die Haushälterin setzte sich unterwürfig und etwas wackelig auf eine Stuhlkante.

»Ich habe mich mit Miss Gunnerson über die Nacht unterhalten, in der ihre Mutter starb«, begann er. »Über die Nacht, in der sie krank wurde. Das ist sicher ein Abend, den Sie so schnell nicht vergessen.«

»O nein!« sagte sie. »Und wenn ich hundert würde!«

»Sie waren Mrs. Gunnerson bestimmt sehr ergeben.«

Mrs. Bellinger hob eine Schulter. »Sie war eine liebe und bedauernswerte Frau, aber ich kann nicht behaupten, daß ich sie wirklich gut gekannt habe. Als ich eingestellt wurde, war sie schon ... naja, wie sie eben war. Sehr ruhig und scheu und in sich gekehrt; sie redete nur noch mit ihrem Mann, kaum noch ein Wort an das eigene Kind. Oh, es war schlimm, als sie starb, aber das war an dem Abend nicht das Schlimmste für mich. Viel schlimmer war es, wie das Kind aus dem Leim ging.«

»Ja«, sagte Vanner. »Das war bestimmt nicht sehr angenehm.«

»Sie war erst sechs Jahre alt, wissen Sie. Was für eine Tragödie, im gleichen Jahr beide Eltern zu verlieren! Und nun hatte sie gar keine Verwandten mehr – außer den beiden.« Sie schnaubte mißbilligend durch die Nase.

»Die beiden? Sie meinen ihren Onkel und ihren Vetter? Die Swanns?«

»Ja – die Swanns. Das waren nun wirklich zwei schräge Vögel. Der Onkel mit seiner herablassenden Art kam nur mal ins Haus, wenn jemand gestorben war, und schrieb seinem leiblichen Bruder ansonsten nur, um

Geld zu borgen. Er war der arme Bruder in der Familie, doch er benahm sich immer wie der König von England. Da haben die beiden übrigens gewohnt. Er und der schreckliche Junge.«

»Sein Sohn, meinen Sie?« Vanner streckte unter dem Küchentisch die Beine aus und begann sich langsam zu entspannen. Das Gespräch machte ihm Spaß.

»Ich hatte nie etwas für Jungen übrig. Wir hatten immer Glück in der Familie – nur Mädchen. Aber bis auf Emily sind meine Schwestern schon tot. Er hieß Piers. Komischer Name für einen Jungen, nicht wahr? Und er hatte nur Unsinn im Kopf, obwohl oben seine tote Tante lag, eine schreckliche Respektlosigkeit.«

Jetzt verbarg Vanner sein Lächeln hinter der Teetasse. »Waren sie denn lange hier? Miss Gunnersons Verwandte?«

»Kaum einen Tag. Nur lange genug, um die arme Frau zu beerdigen, dann fuhren sie nach London zurück.«

»An dem gewissen Abend waren also nicht viele Menschen im Haus?«

»Nein, es war schrecklich leer und einsam hier, das kann ich Ihnen sagen. Den ganzen Tag lang waren Leute gekommen, um zu kondolieren. Aber am Abend waren alle fort, sogar die beiden Dienstboten, das Mädchen für oben und das Mädchen für unten, Jenny und Missy hießen sie. Sie mußten so fürchterlich weinen, daß Mr. Swann beide nach Hause schickte. Und natürlich wurden sie nicht mehr gebraucht, als Gail dann so krank wurde und das Haus fast sechs Jahre lang zu war, ehe sie das Heim wieder verlassen durfte . . .«

»Erzählen Sie mir von dem Jungen«, sagte Vanner.

»Er scheint einen großen Eindruck auf Sie gemacht zu haben.«

»Ich hätte lieber einen Eindruck auf *ihn* gemacht, wenn Sie verstehen, was ich meine. Nämlich auf seine Kehrseite. Er lief nur überall im Haus herum und rutschte das Geländer herunter, als wär er in einem Vergnügungspark.«

»Kleine Jungen wissen doch noch nichts vom Tode, oder? Kleine Mädchen ebensowenig.«

»Nein«, sagte Mrs. Bellinger betrübt. »Wahrscheinlich kann man den Kindern nicht vorwerfen, daß sie so sind. Erst die Erwachsenen machen so großes Aufhebens davon. Ich meine, der Tod selbst ist ja gar nicht so schlimm, nicht wenn man an die Ewige Erlösung glaubt, aber ich hasse das ganze Drumherum, das Einbalsamieren und so weiter.« Sie erschauderte.

Vanner gähnte; er verlor langsam das Interesse. Aber jetzt beschloß Mrs. Bellinger sich auch eine Tasse Tee einzugießen.

»Ich werde diesen Shanks nie vergessen«, sagte sie. »Er sah aus wie der leibhaftige Tod. Gails Onkel muß sich wirklich große Mühe gegeben haben, für die häßliche Arbeit einen so häßlichen Mann zu finden.«

»Wen?«

»Shanks, den Leichenbestatter. Er ist an dem Abend gekommen, um die arme Mrs. Gunnerson zu holen. Der Mann sah schon beim ersten Besuch so fies aus, aber als er dann wiederkam, wo es schon fast Mitternacht schlug und ich allein im Haus war – ich kann Ihnen sagen! Das hat gereicht, um mir noch tagelang eine Gänsehaut zu verschaffen, der bloße Anblick dieses häßlichen Kerls an der Tür.«

»Fast Mitternacht? Seltsamer Zeitpunkt, eine Leiche abzuholen.«

»Nein, ich glaube, zum erstenmal war er gegen sieben Uhr da, vielleicht sogar schon um halb sieben. Er kam in derselben Nacht zurück, weil er etwas vergessen hatte – seine Aktentasche. Er sagte, er hätte das Ding im Wohnzimmer stehen lassen. Ich machte gerade für Gail etwas Milch heiß und wollte nicht, daß sie überkochte; ich sagte ihm also, er solle selbst danach suchen und dann wieder gehen. Seltsam, daß man sich nach so vielen Jahren noch an diese Kleinigkeiten erinnert. Möchten Sie noch etwas Tee?«

»Nein«, sagte Vanner und legte die Hand über seine leere Tasse. Seine Müdigkeit war zurückgekehrt. Er stand auf und reckte die verkrampften Rückenmuskeln. Der Tag war zu anstrengend gewesen. »Ich muß jetzt aber wirklich gehen, Mrs. Bellinger. Tut mir leid wegen der Schlaftablette.«

»Schon gut, ich hätte gar nicht erst fragen dürfen. Und wissen Sie was? Dieser Shanks hat seine Tasche gar nicht gefunden! Ich fand sie am nächsten Morgen in Mrs. Gunnersons Zimmer. Als ich hinaufging, um das Totenbett der armen Frau zu machen.«

»Er ist also gegangen, ohne sie mitzunehmen?«

»Ja, er hat den ganzen weiten Weg umsonst gemacht. Und nur wenige Minuten nachdem der Mann gegangen war, begann das Kind zu schreien. Das schreckliche Geschrei!«

Vanner blieb stehen und sah zu, wie sie die dampfende Tasse an die Lippen setzte. Er schaute auf seine leere Tasse und auf die Teeblätter, betrachtete das Muster wie ein Zigeuner, der nach Zukunftszeichen forscht. »Haben Sie gehört, wie er gegangen ist?« fragte er.

»Ja. Ich hörte die Vordertür zufallen. Ich weiß noch, wie ich gedacht hab, daß das ja ziemlich unverschämt war, so laut mit der Tür zu knallen.«

»Sie haben also nicht gesehen, wie er zur Tür hinausging?«

»Nein, ich war hier. In der Küche.«

Vanner kehrte zum Tisch zurück und setzte sich.

Seine Müdigkeit war verflogen. »Mrs. Bellinger«, sagte er. »Ist es denkbar, daß Mr. Shanks die Suche nach seiner Aktentasche gar nicht aufgegeben hat? Als er sie nicht im Wohnzimmer fand?«

»Ich weiß nicht, was Sie meinen.«

»Ist es nicht möglich, daß er sich *erinnerte*, die Tasche im Obergeschoß stehengelassen zu haben, als er Mrs. Gunnersons Leiche abholte? Er hätte daraufhin doch nach oben gehen können, um sie zu suchen. Erscheint Ihnen das nicht logisch, Mrs. Bellinger?«

»Aber wenn er in Mrs. Gunnersons Zimmer gegangen wäre, *hätte* er sie doch gefunden! Sie stand auf einem Stuhl dicht neben der Tür.«

»Die Tür«, sagte Vanner leise.

»Was?«

»Ich mußte gerade an Schlafzimmertüren denken, Mrs. Bellinger, und wie ähnlich sie sich sind.«

Die Tasse klapperte. »Maria, Heilige Mutter Gottes, Sie meinen doch nicht etwa ...«

»Mr. Shanks kannte das Haus nicht, oder? Er hätte leicht vergessen können, welche Tür in welches Zimmer führte. Nicht wahr, Mrs. Bellinger?« Er legte ihr die Hand auf den rundlichen Arm, auf dem sich eine kalte

Gänsehaut gebildet hatte. »Wissen Sie was?« fragte er. »Ich habe die ganze Zeit die falsche Person analysiert. Ich hätte gleich mit Ihnen sprechen sollen.«

Er lächelte.

14

»Wie ist bitte der Name?«

»Dr. Joel Vanner.«

»Waren Sie der zuständige Arzt?«

»Wie bitte?«

»Ist das Ihr Name oder der Name des Verstorbenen?«

Vanner lachte leise, nahm sich dann aber zusammen. Sicher war sein Lachen hier nicht angebracht, nicht im Vorzimmer des Strathmore-Bestattungsinstituts. Das Gesicht des jungen Mannes am Empfangstisch paßte aber auch nicht recht zur Umgebung; mit einem blauen Halstuch hätte er wie ein Country-Western-Sänger ausgesehen.

»Ich bin nicht gekommen, um ... Arrangements zu treffen«, sagte Vanner. »Ich wollte mich nach jemandem erkundigen, der hier angestellt war, der vielleicht noch bei Ihnen arbeitet. Ein gewisser Mr. Shanks. Seinen Vornamen kenne ich nicht.«

»Shanks? So heißt hier niemand.«

»Ich glaube, die Firma hat ihm früher einmal gehört – oder er war zumindest Geschäftsführer.«

»Wie lange ist das her?«

»Meine Information ist leider fast zwanzig Jahre alt«, räumte Vanner ein. »Aber ich bin ziemlich sicher, daß die Angaben stimmen. Die Firma Strathmore hat eine Frau namens Cressie Gunnerson beerdigt, und Ihr Mr. Shanks hatte damals die Leitung.«

Der Mann zupfte an einer strohblonden Stirnlocke. »Ich bin erst seit sechs Monaten hier und weiß also nichts über die Geschäftsleitung.«

»Vielleicht können Sie mir helfen, ihn ausfindig zu machen, womöglich in einer anderen Firma. Es ist wirklich sehr wichtig, daß ich ihn spreche.«

»Nein, ich glaube nicht, daß ich Ihnen helfen kann. Ich kenne nicht viele Leute in der Branche; ich arbeite überhaupt erst seit einem Jahr in dieser Sparte.«

»Macht es Spaß?« fragte Vanner, und ein Grinsen teilte seinen Bart. Das Gesicht des jungen Leichenbestatters rötete sich noch mehr, und er stand auf.

»Ich frage mal Mr. Feeny«, sagte er. »Er ist der Geschäftsführer hier; er ist seit der Gründung in der Firma. Vielleicht erinnert er sich.«

»Ich weiß Ihre Freundlichkeit zu schätzen«, sagte Vanner. »Vielen Dank.«

Er freute sich auch über einen Augenblick der Einsamkeit in der gedämpften Stille des Raumes. Er hatte bisher kaum Gelegenheit gehabt, sich gründlich mit der Information auseinanderzusetzen, die ihm gestern abend in den Schoß gefallen war. Als er zu Hause eintraf, hatte ihn sofort Cassandra angefallen, die tagelang vernachlässigt worden war und die nun seiner Liebe bedurfte. Vanner fluchte, als er sah, daß sie ihre Mißbilligung eindeutig zum Ausdruck gebracht hatte, besonders auf der ›Analytiker‹-Couch, die in der möblierten Praxiswohnung seine einzige Investition darstellte. Wenn seine Stimmung nicht so gut gewesen wäre, hätte er vielleicht sein Vorhaben wahrgemacht, das Tier einzuschläfern. Cassandra war schon einmal in dieser Gefahr gewesen, als er sie übernahm; die Hauswirtin hatte keine Lust mehr, den wilden Liebeshunger und die Exzesse des Hundes hinzunehmen und spielte mit dem Gedanken, Cassandra zum Arzt zu bringen. Vanner war eingeschritten – nicht weil er Hunde liebte, sondern weil er das Gefühl hatte, Cassandra würde ein Element der Dauerhaftigkeit in sein Leben bringen, würde ihn wie einen fest verwurzelten Bürger erscheinen lassen und nicht wie einen jungen Einwanderer. Cassandra hatte ihre Aufgabe erfüllt; jetzt konnte sie ihm nichts mehr nützen. Vanner legte ihr das Halsband um und führte den Hund in den Central Park, ohne sich um die gefährliche Dunkelheit zu kümmern. Als er sich der Schafswiese näherte, ließ er Cassandra frei. Sie war es gewöhnt, bei Tage herumzutollen; die Dunkelheit schien sie zu hemmen. »Los, Cass, mach schon, altes Mädchen!« drängte er und klopfte ihr aufs Hinterteil. Die Hündin wurde mutiger und sprang hinter einem Stück Papier her, das vom Wind vorbeigewirbelt wurde; sie hielt es wohl für ein Kaninchen. Hastig verließ Vanner den Park, wobei er die Leine in einen Papierkorb warf. Dann ging er nach Hause und schlief ungestört bis zum Morgen durch.

Er hatte bisher keine Zeit gehabt, über die wunderbare Einfachheit der Lösung nachzudenken, die ihm Mrs. Bellinger netterweise geliefert hatte. Einfachheit! Deshalb waren die raffinierten Denker in der Mead-Klinik nicht darauf gekommen! Sie waren zu sehr damit beschäftigt gewesen, nach Anti-Kathexen, endopsychischen Konflikten und nach dem verqueren Auslöser für Gail Gunnersons moralische Ängste zu suchen. Sie hatten sich zu sehr auf die Analyse eines Traums versteift, den es nie gegeben hatte. Nein, Gail hatte keinen Alptraum gehabt; der Alptraum war aus Fleisch und Blut gewesen, ein Meter achtzig groß, fürchterlich anzuschauen in seiner Häßlichkeit und noch fürchterlicher in seiner Absicht. *Er holt sie. Er tut sie in einen Holzkasten.* Vanner schüttelte bewundernd den Kopf, wie geradlinig Kinder waren. *Genau das macht ein Bestattungsunternehmer*, hatte Piers der sechsjährigen Gail erzählt. *Er tut dich in einen Kasten und begräbt dich dann unter der Erde ...*

Aber das war nicht alles gewesen. *Dieser* Leichenbestatter hatte mehr getan. Dieser Leichenbestatter mochte zwar gewußt haben, wo die Toten begraben wurden, aber in anderer Hinsicht war er vergeßlich gewesen. Der arme Mr. Shanks hatte seine Aktentasche vergessen. Vanner stellte sich ein zerfranstes, ausgebeultes Ledergebilde vor, das sein sauberes Notizbuch voller Eintragungen über Beerdigungsdaten und Blumenarrangements enthielt, Shanks' persönliches Buch der Toten. Er hatte seine kostbare Aktentasche vergessen und war in das Haus der Gunnersons zurückgekehrt, um sie zu suchen, und er war dort auf eine mürrische und fußlahme Haushälterin gestoßen, die kein Verständnis hatte für seinen Verlust. Er hatte das geliebte Stück im Wohnzimmer nicht finden können und deshalb beschlossen, ins Obergeschoß hinaufzugehen, um im wahrscheinlichsten Raum nachzusehen, im Schlafzimmer der Toten. Dabei hatte er nicht Cressie Gunnersons Tür geöffnet. Sondern die Tür ihrer kleinen Tochter.

Und Gail war aufgewacht.

Die verschlafenen, von Tränen gereizten Augen öffneten sich, blinzelten, sahen.

Die lange gekrümmte Gestalt, als Silhouette an der Tür.

Ein Schritt ins Zimmer, und ihr Nachtlicht war gerade hell genug, um die grotesken, unvergeßlichen Züge sichtbar zu machen.

Der Leichenbestatter war zurückgekehrt.

Der Mann, der Menschen in Holzkisten legte, war wieder da.

Und diesmal war er gekommen, um sie zu holen.

»Gute Nachrichten.«

Vanners Kopf ruckte so heftig herum, daß er seine Wirbel knirschen hörte. Der Country-Western-Sänger lächelte ihn an. »Mr. Feeny hat Mr. Shanks nicht nur gekannt, er hat früher sogar für ihn gearbeitet. Mit vollem Namen heißt er Calvin Shanks, und Sie hatten recht; ihm gehörte früher die Firma. Er verkaufte sie an Mr. Feeny und zwei andere Leute, als er sich zur Ruhe setzte.«

»Zur Ruhe setzte«, wiederholte Vanner tonlos.

»Im Vertrauen gesagt«, fuhr der Leichenbestatter fort, »habe ich das Gefühl, er *mußte* gehen. Mr. Feeny sagt, Mr. Shanks habe ein wenig zuviel getrunken und sei nicht mehr bei bester Gesundheit gewesen.«

Noch niedergeschlagener: »Wie lange ist das her?«

»Etwa fünf Jahre.«

»Hat Shanks die Stadt verlassen?«

»Nein. Ich bin ziemlich sicher, daß er noch hier lebt. Mr. Feeny sagt, er bekommt jedes Jahr eine Weihnachtskarte von ihm, Poststempel Brooklyn. Ich kann

Ihnen die Anschrift nicht geben, aber vielleicht steht sie ja im Telefonbuch.«

»Darauf wäre ich nie gekommen«, sagte Vanner ironisch. »Das Telefonbuch Brooklyn.«

Er schaute wenige Minuten später nach. Calvin M. Shanks wohnte in der Utica Street 8891. Als Vanner die Nummer wählte und den akustischen Beweis von Mr. Shanks' Existenz vernahm, wunderte er sich wieder einmal über die freundliche, ja fast liebevolle Mithilfe des Geschicks.

Calvin Shanks bewohnte das Erdgeschoß eines Zweifamilienhauses, das in jeder Beziehung zwei Dutzend anderen Backsteinhäusern im gleichen Block ähnelte. Es gab auch andere Übereinstimmungen in dieser Gegend – von Automodellen, Kindern, Büschen und Ehefrauen. Der größte Teil der männlichen Bevölkerung aus der Nachbarschaft war bei der Arbeit, doch Calvin Shanks hatte außer seinem verkommenen Garten hinter dem Haus und seinem kleinen Haushalt nicht viel zu tun. Aber Shanks hatte auch wenig Ähnlichkeit mit seinen Nachbarn. Er war einzigartig. Wenn das überhaupt möglich war, hatten ihn die letzten zwanzig Jahre noch einzigartiger gemacht, überlegte Vanner.

Bevor er ihn wiedersah, wußte Vanner nur noch, daß Shanks eine schwarzgekleidete, insektenhafte Gestalt war, eine Gottesanbeterin in Trauerkleidung. Jetzt fiel ihm auch das Gesicht des Mannes wieder ein, ein Gesicht, das von der Natur wie eine Karikatur behandelt worden war – die Augen wie Lakritzkugeln, die in Hautfalten rollten, die vorspringende Nase, der herabgezogene Mund und das vorspringende Kinn. Zeit und

Alkohol hatten das Gesicht nicht verändert, wenn sie auch den Körper hatten schrumpfen lassen.

Er war der Leichenbestatter. Noch immer.

»Vanner«, sagte er laut, als er erkannte, daß Shanks etwas schwerhörig war. »Dr. Vanner.«

»Hab nicht begriffen, was Sie am Telefon wollten«, sagte Shanks. »*Wozu* brauchten Sie mich?«

»Ich sagte, es ginge um eine Patientin von mir, eine gewisse Miss Gail Gunnerson. Ich bin sicher, der Name bedeutet Ihnen nichts, aber Sie wissen vielleicht noch, daß Sie im März 1955 ihre Mutter bestattet haben. Als Sie noch Chef des Strathmore-Bestattungsunternehmens waren.«

»Nein«, sagte Shanks kopfschüttelnd. »Unbekannt. Sie erwarten doch nicht, daß ich noch alle Namen im Kopf habe – es waren zu viele.«

»Ich glaube, ich kann Ihnen helfen, sich an den Fall zu erinnern. Das Haus der Gunnersons liegt in der Schuyler Avenue in Manhattan. Ein Stadthaus, eigentlich ein Herrensitz. Die Gunnersons waren sehr vermögend. Mr. Theodore Gunnerson war sehr reich, aber er kam in Korea ums Leben. Er heiratete eine Schauspielerin namens Cressie Blake. Und die war damals gestorben. Sagt Ihnen das etwas?«

Shanks Kopf bewegte sich hin und her; die Erinnerung wollte nicht kommen.

»Meine Patientin war damals erst sechs Jahre alt, Mr. Shanks, ein kleines Mädchen, das durch den Tod ihrer Mutter zur Waise wurde. Die ganze Sache hatte sie natürlich sehr aufgeregt, aber in der betreffenden Nacht geschah noch etwas, das sie noch viel mehr mitnahm. Etwas, wofür Sie vielleicht verantwortlich sind.«

Jetzt stand der Kopf still, und die Lakritzaugen rollten herum und sahen Vanner neugierig an.

»Wovon reden Sie da?«

»Ich bin Psychiater. Ich versuche dieser jungen Dame zu helfen, ein ernsthaftes psychiatrisches Problem zu überwinden, das ihre Gesundheit und vielleicht sogar ihr Leben bedroht. In jener Nacht erlitt sie ein sogenanntes ›Trauma‹, ein Erlebnis, das sie in eine psychiatrische Anstalt brachte, obwohl sie damals noch sehr jung war. Ich habe die Ursache dieses Traumas erst kürzlich erfahren – und das scheinen *Sie* gewesen zu sein, Mr. Shanks.«

Vanner ließ seine Worte zwischen ihnen hängen wie eine straff gespannte Schnur.

»Ich?« fragte Mr. Shanks atemlos. »Was zum Teufel werfen Sie mir vor? Ich habe niemandem ein Trauma gegeben, weiß ja gar nicht mal, was das ist!«

»Sie haben die Leiche Cressie Gunnersons am Abend des 12. März 1955 abgeholt. Sie hatten zwei Männer Ihrer Firma bei sich, wahrscheinlich war der eine Mr. Feeny. Sie brachten die Tote fort. Aber etwa vier Stunden später kehrten Sie in das Gunnerson-Haus zurück. Es war zwischen elf Uhr und Mitternacht. Sie suchten das Haus noch einmal auf, weil Sie dort etwas vergessen hatten. Erinnern Sie sich?«

Shanks' Hand machte sich auf die Suche nach seinem Mund. Der Schlitz war so schmal, daß es ein Wunder war, daß er ihn fand.

»Etwas vergessen ... Ja ... ich glaube, daran erinnere ich mich. Ich hatte meinen Füllfederhalter oder etwas Ähnliches in einem Haus liegen lassen ...«

»Aktentasche«, sagte Vanner.

»Ja, die Aktentasche! Das war's. Nur weiß ich nicht mehr, wessen Haus es war. Der Name des Kunden ist mir entfallen.«

»Gunnerson«, sagte Vanner hilfsbereit wie immer. »Versuchen Sie sich an den Namen zu erinnern, Mr. Shanks, denn Sie können sicher sein, daß die Polizei den Namen noch weiß.«

»*Polizei*? Was hat die *Polizei* damit zu tun?«

»Ich weiß, die Sache ist lange her. Aber das ist eigentlich nebensächlich. Selbst wenn eine Tat jahrelang ungelöst bleibt, heißt das nicht, daß der Verbrecher seiner Strafe entgeht.«

»Wer ist hier ein *Verbrecher*? Warum verwenden Sie ein Wort wie *Verbrecher*?«

»Egal, wie viele Jahre vergehen«, sagte Vanner. »Es gibt bestimmte Taten, die werden niemals vergessen – oder vergeben. Besonders wenn es um hilflose kleine Kinder geht. Sie wissen, auch Polizisten haben Familien und kleine Kinder. Die sind in solchen Dingen überempfindlich.«

»In *was* für Dingen?« fragte Shanks, und Vanner stellte erfreut fest, daß er jetzt förmlich um Aufklärung flehte.

»Sie sind damals in das Haus zurückgekehrt, Mr. Shanks, weil Sie Ihre Aktentasche holen wollten. Sie sprachen mit der Haushälterin, einer Frau namens Bellinger, die Ihnen sagte, Sie sollten selbst danach suchen. Aber da Sie das Ding im Wohnzimmer nicht finden konnten, beschlossen Sie nach oben zu gehen, ins Schlafzimmer. Sie baten die Haushälterin nicht um Erlaubnis, Sie hatten Angst, sie würde nein sagen. Also gingen Sie allein. Sagen Sie mir, ob das falsch oder richtig ist?«

Shanks löste die Hand von seinem Mund und entblößte dünne Lippen, die trocken waren wie eine Wüste. Er schlurfte zu einem Schrank, nahm eine Flasche heraus und schenkte sich ein Glas Likör ein, ohne Vanner einen Drink anzubieten oder seine Handlungsweise zu erklären.

»Na, Mr. Shanks?«

»Ja, stimmt«, sagte er. »Ich ging nach oben. Dabei wollte ich nur meine Aktentasche holen! Ich brauchte sie. Alle meine Notizen waren darin, meine Arbeitsunterlagen.« Geräuschlos leerte er das Glas.

»Und haben Sie die Aktentasche gefunden?«

»Ja. Natürlich. Im Zimmer der toten Dame, wo ich sie hatte stehenlassen.«

»Nein«, sagte Vanner düster. »Sie haben Ihre Aktentasche nicht in Mrs. Gunnersons Zimmer gefunden. Die Haushälterin ließ das Ding am nächsten Tag in die Firma schicken. Sie haben sie nicht gefunden, weil Sie nicht die *richtige Tür* aufmachten.«

»Das stimmt nicht!«

»Sie waren zum erstenmal im Haus; es war also nicht Ihr Fehler, daß Sie die Türen verwechselten. Sie wußten nicht, daß Sie sich irrten, als Sie die Tür zu Gail Gunnersons Zimmer aufmachten. Sie waren schuldlos, Mr. Shanks, oder?«

»Ja!« rief Shanks. »Es war nicht meine Schuld! Ich wußte gar nicht, daß es das Kinderzimmer war. Ich wußte ja nicht mal, daß es hier überhaupt ein Kind gab!«

»Nur ein simpler Irrtum – nicht wahr? Sie haben die Tür aufgemacht und sind eingetreten und dachten, Sie wären im richtigen Zimmer.«

»Genau!«

»Nur kreischte dann plötzlich das Kind los, und das war dann nicht mehr richtig. Die kleine Sechsjährige sah Sie eintreten und war außer sich vor Angst.«

»Sie hat mir auch einen tüchtigen Schrecken eingejagt, das kann ich Ihnen sagen! Wie der geölte Blitz bin ich die Treppe wieder runter! So schnell mich meine Beine trugen, habe ich das Haus verlassen!«

»Aber wieso? Warum sind Sie nicht dageblieben und haben alles erklärt!«

»Das hab ich Ihnen doch schon gesagt! Ich bekam es mit der Angst. Ich hatte doch oben gar nichts zu suchen! Ich hatte der Frau gesagt, ich würde im Wohnzimmer nachsehen. Wer weiß, was die sich eingebildet hätte! Ich meine, so etwas wird manchmal mißverstanden!«

»Ja«, sagte Vanner. »Oder vielleicht wird es nur zu gut verstanden. Vielleicht weiß man, daß es Männer gibt, die ein seltsames Interesse an kleinen Mädchen haben.«

»Was?«

»Ich bin Psychiater, Mr. Shanks, das habe ich Ihnen schon gesagt. Und ich weiß durchaus, daß es Männer gibt . . . abartige Männer, die eigentlich kein Interesse an erwachsenen Frauen haben, sondern nur an süßen kleinen Mädchen von fünf oder sechs oder sieben Jahren, an lieben kleinen Unschuldsengeln mit hübschen Gesichtern und glatten kleinen Armen und Beinen . . .«

Calvin Shanks' krumme Gestalt schien sich auf surrealistische Weise zu verlängern. Er faltete seinen Körper in eine unbequeme Sitzstellung zusammen und fand zum Glück ein Tagesbett unter sich. Er blickte mit einer Angst zu Vanner auf, die etwas Andächtiges hatte.

»Nein«, sagte er. »Ich habe dem kleinen Mädchen nichts getan! Ich wußte ja nicht mal, daß es sie gab. Bitte erzählen Sie keine solchen Sachen, Mister, sonst denkt man noch, das wäre gewesen wie ... die anderen Male. Aber so war es nicht. Ich schwör's Ihnen!«

»Die *anderen* Male?«

»Die anderen Dinge, die ich getan haben soll. Aber das waren keine so kleine Mädchen, sie waren nicht so jung, ich schwör's!«

Vanner hätte am liebsten gelacht, hätte am liebsten das süße Gelächter der Erfüllung und des Triumphes angestimmt. Das Geschick stand ihm nicht nur zur Seite, es war sogar sein gleichberechtigter Partner.

»Bitte machen Sie sich keine Sorgen, Mr. Shanks«, sagte er mit seiner beruhigenden Arztstimme. »Es wird alles wieder gut. Für Sie und meine Patientin. Solange Sie mir helfen, alles in Ordnung zu bringen.«

»Aber wie? Ich muß doch nicht etwa zur Polizei gehen?«

»Nein«, sagte Vanner. »Natürlich nicht. Hier, dies ist die Anschrift, die Sie aufsuchen sollen. Heute abend noch.«

Er zog ein Stück Papier aus der Tasche. In großen, deutlichen Buchstaben hatte er Gail Gunnersons Adresse daraufgeschrieben.

15

Steve Tyner hat angerufen«, berichtete Gail ihrem Arzt.

Vanner, der gerade ihren Puls fühlte, spürte, wie sich sein Herzschlag beschleunigte. Aber er blieb äußerlich ruhig und machte nur uninteressiert: »Oh?«

»Dreimal sogar. Ich habe natürlich nicht mit ihm gesprochen; das hat Mrs. Bellinger getan. Die Frau wird von Tag zu Tag unmöglicher. Ich habe ihr ganz klar gesagt, daß ich nicht mit ihm sprechen wollte, doch jedesmal hat sie durchgeklingelt und mir dieselbe Frage gestellt.«

»Mrs. Bellinger scheint ein bißchen Partei zu ergreifen.«

»Ja, leider. Aber sie weiß nicht, wer Steve Tyner wirklich ist. Sie hält ihn für einen netten jungen Mann, mit dem ich mich nur mal so gestritten habe, und meint, daß wir uns mit einem Kuß bald wieder versöhnen. Was machen die Elfen in meiner Aorta?«

»Ihr Herz ist bestens im Schuß«, sagte Vanner lächelnd und legte ihren Arm wieder unter die Bettdecke. »In mehr als einer Beziehung. Ich bin ganz sicher, daß Sie jemanden finden werden, der Ihrer würdiger ist als Mr. Tyner.«

»Er hat mit Mrs. Bellinger gesprochen«, sagte Gail sehnsüchtig. »Sie hat mir seine Worte wiedergegeben, obwohl ich gesagt habe, daß mich das nicht interessiert.« Sie streichelte die abgegriffene Nasenspitze ihres Stoffbären. »Steve zieht fort. Er geht wieder in seine Nachrichtenagentur und läßt sich an irgendeinen exotischen Ort verschicken – etwa Timbuktu. Gibt es Timbuktu überhaupt noch?«

»Ich glaube schon. Und ich beneide die Timbuktaner nicht.«

»Ich wünschte, ich auch nicht«, sagte Gail und drehte das Gesicht ins Kissen. Vanner wartete, ob sie weinen würde. Als nichts kam, nahm er das Plastikröhrchen vom Tisch und ließ vier winzige weiße Tabletten auf seine Handfläche rutschen. Er betrachtete sie abschätzend und schob dann eine Pille in den Behälter zurück.

»Hier«, sagte er. »Zeit für Ihre Medizin.«

»Muß ich?«

»Ja, meine Kleine«, erwiderte Vanner in väterlichem Ton. »Ich weiß, Sie haben etwas dagegen, die ganze Zeit schläfrig zu sein, aber das ist nur eine Nebenwirkung. Die Vorteile überwiegen die Nachteile.«

»Ich komme mir ganz gewichtslos vor. So fühlen sich bestimmt auch die Astronauten – frei im All schwebend, ohne festen Boden zu berühren. Nur ist der Effekt bei mir noch stärker. Ich habe den Eindruck, als schwebte ich auch in der Zeit. Heute früh hab ich auf die Uhr gesehn und wußte nicht mehr, ob es halb sieben Uhr morgens oder abends war. Wie lange geht das noch?«

»Bis der Onkel Doktor Ihnen sagt, daß Sie genügend Bettruhe gehabt haben. Oder bis die Raumeinsatzzentrale Ihnen mitteilt, daß Sie wieder fit sind für die Erdgravitation.«

»*Gravitation*«, sagte Gail, »was für ein komisches

Wort! ›Das Gravierende der Situation‹ – hat das damit zu tun?«

»Ich bin Psychiater, kein Philologe.«

»Und Grab. Ich bin sicher, es hat auch mit Grab zu tun.« Jetzt wandte sie sich um und sah ihn. »Sagen Sie jetzt nicht, daß das morbid sei?«

»Nicht wenn Sie es schon selbst sagen«, erwiderte Vanner und schenkte ihr ein Glas Wasser ein.

Gail nahm die Pillen und wunderte sich erst über die seltsame Anzahl, als sie sie geschluckt hatte. Dann sagte sie: »Drei Tabletten! Sie wollen mich heute wirklich aus dem Verkehr ziehen, nicht wahr?«

Vanner antwortete wohlüberlegt: »Ich möchte, daß Sie heute besser schlafen als gestern.«

»Aber die Pillen helfen mir nicht beim Schlafen. Sie lassen nur das Zimmer kreisen. Mein Schlafzimmer steigt jede Nacht in eine Kreisbahn auf; habe ich Ihnen das Symptom schon geschildert?«

»Wir sind heute großartige Raumflieger, wie?« Vanner lächelte. »Also, steigen Sie schon in Ihre Kapsel und vergessen Sie ›das Gravierende der Situation‹. Die ist nicht annähernd so schlimm, wie Sie annehmen. Sie hatten eine gute Nacht, auch wenn Sie nicht gut geschlafen haben. Keine Halluzinationen mehr, keine neuen Gespenster oder Kobolde an der Tür ... Ich würde sagen, das ist ein gutes Zeichen.«

»Wirklich?«

»Bleiben Sie also im Bett, Gail. Unterlassen Sie Ihre Spaziergänge im All, wie Sie sie gestern nacht gemacht haben. O ja – Mrs. Bellinger hat sie verraten.«

»Ich bin nur in die Küche gegangen«, sagte Gail. »Ich war plötzlich sehr hungrig und ging nach unten, um von dem Eintopf zu essen. Ich konnte gestern keinen Bissen runterkriegen, nachdem Sie mir die Wahrheit gesagt hatten ... über Steve.«

»Naja, ich bin froh, daß Sie wieder Appetit bekommen haben, obwohl es mitten in der Nacht war.«

»Nein«, sagte Gail tonlos. »Als ich Mrs. Bellingers großen Eisentopf im Kühlschrank sah, war es wieder aus damit. Ich setzte mich an den Küchentisch und heulte die ganze Plastikdecke voll ...« Sie biß sich auf die Lippen und wechselte gezwungen das Thema. »Hören Sie, da wir gerade von Spaziergängen reden – wie geht es Cassandra?«

Vanner drückte den Verschluß wieder auf die Flasche. »Also ...«, sagte er.

»Was macht der arme Hund, solange Sie fort sind? Ich habe mir öfter Gedanken darüber gemacht. Schläft sie auf der Couch in Ihrem Büro?«

»Um die Wahrheit zu sagen«, begann Vanner sanft, »ich habe keine guten Nachrichten.«

»Was meinen Sie?«

»Ich wollte eigentlich nicht darüber sprechen, aber Cass ist es in letzter Zeit nicht sehr gut gegangen. Ihr Benehmen ließ doch einiges zu wünschen übrig – und ihre Selbstbeherrschung, wenn Sie verstehen, was ich meine.«

»Nein.«

»Cassandra hat sich öfter gehenlassen. Und sie steckte voller Mucken.«

»Wieso denn?«

Vanner zuckte die Achseln. »Ich weiß es nicht. Wahrscheinlich eine Infektion. Hat jedenfalls der Tierarzt gesagt. Ihr Gehirn war angegriffen. Sie begann Menschen anzuknurren und zu verbellen, die sie sonst mochte. Mitten in der Nacht heulte sie los, als hätte der Teufel sie am Schwanz gepackt. Und es wurde nicht besser – nur schlimmer. Schließlich habe ich das einzig Mögliche getan.«

»Was?«

»Sie mußte eingeschläfert werden. Das ist natürlich immer eine schwierige Entscheidung, aber es mußte sein.«

»Oh, wie schrecklich!«

»Das arme Wesen hat sehr gelitten«, sagte Vanner und berührte Gail an der Schulter. »Sie hat mit sich selbst nichts mehr anfangen können und war auch für andere keine Freude mehr. Sie ist friedlich entschlummert, Gail, sie ist in einen Schlaf ohne Alpträume gesunken ... Manchmal ist das die einzige Lösung. Das wissen Sie doch, nicht wahr?«

»Ja«, flüsterte Gail Gunnerson.

Er suchte Mrs. Bellinger in der Küche auf und erwischte sie dabei, wie sie ein rosa Pflaster auf ihre Fußsohle legte. Hastig zog sie den Schuh an und fragte, ob er einen Tee oder Kaffee wollte. Vanner sagte: »Ich wollte eigentlich nur fragen, ob *Sie* etwas haben möchten.«

»Ich?«

»Es hat mir leid getan, daß ich Ihnen gestern abend nichts zum Einschlafen geben konnte. Für Gail ist es aber wichtig, daß auch *Sie* gut ausgeruht sind.«

»Habe bis drei Uhr kein Auge zugemacht«, sagte die Haushälterin seufzend. »Was ist das nur, Doktor, ich *lausche* die ganze Zeit und bilde mir immer wieder ein, das arme Mädchen ruft nach mir.«

»Ich kann Ihre Besorgnis verstehen. Deshalb habe ich heute ein paar Tabletten mitgebracht. Die helfen Ihnen bestimmt.« Er griff in die Tasche, doch in diesem Augenblick meldete sich das Wandtelefon. Mrs. Bellinger hob ab, sagte Hallo, lauschte und schüttelte traurig den Kopf. »Nein, ich glaube nicht, Mr. Tyner. Sie wissen ja, was sie die anderen Male gesagt hat. Außerdem ist gerade der Arzt hier, und ich glaube, dem ist lieber, wenn sie etwas schläft ... Ja, Dr. Vanner ... Also, das weiß ich natürlich nicht.« Sie blickte Vanner fragend an und sagte: »Mr. Tyner möchte wissen, ob er mal mit Ihnen sprechen kann.«

Vanner überlegte einen Augenblick. »Aber sicher.« Er nahm den Hörer. »Tyner!« sagte er lebhaft, als spreche er mit einem guten alten Freund.

»Ich versuche schon den ganzen Tag mit Gail zu sprechen«, sagte Steve. »Dank Ihnen will sie mich nicht mal mehr anhören.«

»Gail hat mir erzählt, daß Sie verreisen wollen. Nach Timbuktu, hat sie gesagt. Aber sie meinte auch, daß sie das vielleicht mißverstanden hätte.«

»Hat sie auch. Man hat mir eine Stellung im Rom-Büro der Pickering-Agentur angeboten.«

»Rom! Wunderbar! Grüßen Sie Marco von mir. Er ist Kellner in der Hostaria dell'Orso. Sagen Sie ihm meinen Namen, dann werden Sie bestens bedient.«

»Ich will wissen, wie es Gail geht!«

»Tut mir leid. Ich möchte mit niemandem über meine Patientin sprechen, der nicht mit ihr verwandt ist.« Er unterdrückte ein Lächeln, als er Steves beißende Antwort hörte. Dann sagte er: »Also gut, wenn Sie es wirklich wissen wollen – ihr Zustand ist ernst. Sie ist in einer kritischen emotionellen Phase, und die nächsten Tage oder Stunden dürften Aufschluß darüber bringen, ob sie in ein Krankenhaus muß. Das war einer der Gründe, warum ich vorgeschlagen habe, daß Sie sich jetzt nicht mit ihr in Verbindung setzen. Falls Sie sich darüber nicht im klaren sind, Mr. Tyner – Sie sind eine der primären Ursachen dieser Krise.«

»Wie steht es mit Ihnen?« fragte Steve hitzig. »Wenn Sie ihr nichts von meiner Arbeit bei der Fiduciary erzählt hätten ...«

»Ja«, sagte Vanner, dessen Stimme die entgegengesetzte Temperatur hatte. »Wenn ich ihr die Wahrheit verschwiegen und zugelassen hätte, daß sie weiter annahm, Ihre Zuneigung wäre echt ...«

»Da wir gerade von *echt* sprechen«, sagte Steve. »Wie kommt es, daß Sie nicht von der Psychiatrischen Vereinigung Amerikas geführt werden, Doktor?«

Die Wählscheibe schien vor Vanners Augen zu verschwimmen. Er überwand das Schwindelgefühl, indem er die Fingerspitzen gegen die Küchenwand stemmte.

»Verzeihung«, sagte er. »Was war das?«

»Ich sagte«, wiederholte Steve, »daß Sie in keinem einzigen Medizinerverzeichnis stehen. Ich habe den Verband angerufen, wo man mir sagte, daß Ihr Eintrag vielleicht zu neu ist, um in der letzten Ausgabe des psychiatrischen Handbuches zu stehen – doch man hatte auch keinen Aufnahmeantrag von Ihnen vorliegen.«

»Wer sagt denn, daß ich verpflichtet bin, mich eintragen zu lassen?«

»Ich habe daraufhin beim Senatsamt des Staates New York angerufen – das ist der Verein, der Psychiatern wie Ihnen die Lizenz erteilt – und dort gibt es auch keine Spur von Joel Vanner. Woher haben Sie Ihr Diplom, Doktor, als Werbezugabe aus einer Schachtel Corn Flakes?«

»Ich habe nicht die Absicht, Ihnen meine Qualifikation zu belegen, Mr. Tyner. Aber da Sie schon davon sprechen – wenn Sie sich mein Diplom angesehen hätten, wüßten Sie, daß es nicht in diesem Land ausgestellt ist – und deshalb dauert es so lange, bis mich der Ausschuß auf die Liste setzt.«

»Na, wo ist das Ding denn her – aus Timbuktu?«

»Wien«, sagte Vanner. »Es stammt von der Universität Wien. Und wenn Sie mich jetzt bitte entschuldigen wollen, ich muß nach meiner Patientin schauen.«

Er legte auf, ohne auf eine Antwort zu warten, und wandte sich an seine ›Patientin‹ Mrs. Bellinger, die am Küchentisch saß und die Finger übereinandergelegt hatte. Vanner lächelte sie an und griff in der Tasche nach dem kleinen Umschlag, der die Schlaftabletten enthielt.

»Nehmen Sie beide sofort«, riet er. »Es dauert etwa eine halbe Stunde, bis sie wirken, aber wenn Sie dann ins Bett gehen, schlafen Sie sicher sehr fest.«

»Vielen Dank, Doktor.«

Vanner sah zu, wie sie die Pillen schluckte. Jede Kapsel enthielt ausreichend Phenobarbital, um einen jungen Bullen für den Rest der Nacht auszuschalten. Zwei Portionen waren geradezu eine Garantie für eine störungsfreie Nacht. Von der Wirksamkeit überzeugt, begann Mrs. Bellinger bereits zu gähnen, obwohl sie die Tabletten eben erst geschluckt hatte. Vanner lachte leise.

»Vielleicht sollten Sie gleich zu Bett gehen, Mrs. Bellinger.«

»Sind Sie sicher, daß mich Gail nicht mehr braucht?«

»Ich bin sicher, daß Gail auch bald schläft. Und machen Sie sich meinetwegen keine Gedanken. Ich finde schon hinaus.«

Als Mrs. Bellinger ging, warf sie dem Arzt einen dankbaren und vertrauensvollen Blick zu. Nette alte Schachtel, dachte Vanner. Er war in guter Stimmung. Sogar Steve Tyner widmete er einen freundlichen Gedanken, trotz Tyners grobem Racheversuch. Vanner machte sich keine Sorgen mehr darüber, da Dr. Joel Vanner sich bereits schrittweise aus diesem Leben empfahl. Nach seiner Rückkehr aus Brooklyn hatte er vorhin die wenigen Dinge eingepackt, die ihm in der möblierten Praxiswohnung gehörten – einschließlich des Diploms – und hatte der Vermieterin einen letzten Scheck über die Miete und einen kurzen Brief dagelassen, er müsse überraschend einen psychiatrischen Kongreß »im Ausland« besuchen. Das private Gepäck befand sich nun draußen im Kofferraum des Mietwagens; sein Flugticket lag im Handschuhfach – dies alles gab Vanner ein köstliches Gefühl der Befreiung.

Er betrat das Wohnzimmer der Gunnersons und schenkte sich ein Glas Sherry ein – das einzige alkoholische Getränk, das er finden konnte. Normalerweise trank er keinen Sherry, doch dieser Abend erforderte eine kleine Feier, ein Glas, das prostend an die Lippen gehoben wurde. Nicht um sich Mut zuzutrinken, redete er sich ein; den hatte er bereits unter Beweis gestellt und wußte durchaus, daß er über eine bemerkenswerte Entschlossenheit verfügte. In offener Bewunderung seiner Talente hob er das Glas. Dann lehnte er sich zurück und wartete darauf, daß die Türklingel schellte.

Shanks traf einige Minuten nach zehn Uhr ein. Die

Verspätung überraschte Vanner nicht; er konnte sich lebhaft vorstellen, wie der ehemalige Leichenbestatter noch einen nervösen Rundgang um den Häuserblock gemacht hatte, ehe er den Mut aufbrachte, das Stadthaus der Gunnersons zu betreten. Bestimmt hatte er sich das Gebäude angesehen und dabei erschaudernd an die Nacht des 12. März 1955 gedacht; bestimmt sah er mit noch größerer Furcht dem Auftrag entgegen, der ihn nun nach fast zwanzig Jahren wieder hierherführte. Vanner hatte ihm versichert, daß sein Einsatz ausschließlich medizinische Gründe hatte; doch als er Shanks' gebeugte Gestalt und die zitternden Hände und die Feuchtigkeit auf den Lippen des fast zahnlosen Mundes sah, wußte er, daß er ihm noch einmal gut zureden mußte.

»Machen Sie sich keine Sorgen«, sagte Vanner leichthin. »Es wird alles gut werden. Sie müssen nur genau das tun, was ich Ihnen gesagt habe, dann ist der Fall für Sie endgültig ausgestanden.«

»Gefällt mir nicht«, sagte Shanks heiser. »Eine schreckliche Sache, die Sie da von mir verlangen.«

»Stellen Sie es sich als Rolle vor«, sagte Vanner. »Haben Sie schon einmal von einem Psychodrama gehört?« Er lächelte. »Nein, ich bin sicher, das Wort ist Ihnen unbekannt. Aber Sie haben doch bestimmt eine Vorstellung von traumatischen Erlebnissen. Einem Menschen widerfährt etwas, und wenn dieses Etwas die Ursache großen Schmerzes oder großer Angst oder unerträglicher Schuldgefühle ist, neigt man dazu, es zu unterdrücken und zu begraben. Mit Beerdigungen müßten Sie sich doch auskennen, Mr. Shanks.« Vanners Zuhörer lachte nicht. »Jedenfalls wissen wir Psychiater eins – die einzige Methode, die schlimmen Auswirkungen einer verdrängten Erinnerung auszumerzen, besteht darin, sie wiedererstehen zu lassen. Verstehen Sie jetzt?«

»Nein«, sagte Shanks und blickte sehnsüchtig auf den Sherry.

»Möchten Sie einen Drink?« fragte Vanner, dem nicht entgangen war, daß sich der Mann schon vor seiner Ankunft tüchtig gestärkt hatte. Er schenkte ihm ein Glas ein.

Shanks leerte es in einem Zug und sagte: »Sind Sie sicher, daß wir keinen Ärger bekommen?«

»Der einzige ›Ärger‹, der entstehen könnte, wäre an Ihre Anschrift gerichtet, Mr. Shanks, wenn Sie nämlich nicht mitmachen. Verstehen Sie?«

Shanks starrte bekümmert in sein leeres Glas und nickte. Vanner nahm ihm das Glas ab und stellte es sorgfältig fort. »Also gut«, sagte er. »Kommen Sie mit.«

Vanner führte Shanks wie an einer unsichtbaren Leine in die Haupthalle. Der frühere Leichenbestatter blickte angstvoll die lange Treppe hinauf.

»Moment noch«, sagte Vanner.

Er ging zur Garderobe im Flur. Auf der Marmorplatte des Tischchens unter dem Flurspiegel lag ein verpackter Gegenstand; das Papier war mit Klebstreifen verschlossen. Vanner entfernte die Verpackung und sagte zu Shanks: »Nehmen Sie das mit.«

16

Träume:
In ekstatischem Entsetzen festgeklammert an der Kette der Gartenschaukel, ihre Beine, die in die Luft hinaufsausten, die Spitze ihrer braunen Lacklederschuhe wie Amseln, die nebeneinander dahinfliegen. Der Rücksturz zur Erde, zurück in den Griff der Gravitation, der erneute Aufschwung und der Blick nach unten – dann unter ihr die längliche Vertiefung im Boden, der aufgehäufte Dreck aus dem Grab der Gravitation ...

Ihr Vater. Ein rosaverwaschenes Gesicht unter einer Schirmmütze, die kalte Berührung von unzähligen Knöpfen überall an seinem Körper. Arme, die sie vom Boden hoben, die hübschen goldenen Blätter an seinen Schultern, die sie anfaßte und abzunehmen versuchte. Ihr Vater, lachend. Gesicht an Gesicht, die grobe Berührung des Bartes und der seltsame Mischgeruch von Rauch und Süße, das Gefühl von Sicherheit und Frieden.

Die Uhr. Der Schlag einer Turmuhr. Eine Treppe, die zu dem fernen Zifferblatt aufsteigt. Das Klettern, Atemlosigkeit. Die Glocke, die lauter schlug. Kirchenglocke. Glocke. Locke. Flocke. Der Teufel, der Cassandra am Schwanz packte. Ein Geheul. Ein Mann im weißen Mantel mit Gazemaske vor dem Gesicht, eine Nadel in der Hand. Die Spitze, die sich in ihr Hinterteil bohrte. Cassandra, wimmernd, den Kopf auf den Pfoten, flehende Augen, das dumpfe Pochen des Schwanzes auf dem Teppich . . .

Sie hörte das Pochen zweimal und öffnete die Augen.

Ein ganz leiser Laut in der Stille. Poch, Pause, Poch, Pause. Poch Pfoten? fragte sich Gail. Oder ein Schwanz? Cass, der Fast-Schäferhund, der die Treppe heraufkam? Nein. Cass war ja tot, eingeschläfert. Trotzdem das Poch, Pause, Poch.

Stille.

Sie wartete darauf, daß die Gravitation des Schlafs sie wieder hinabzog.

Wartete und hörte das Quietschen.

Ihre Augen wandten sich der Tür zu.

Drehte sich der Knopf?

Egal.

Die Tür war ja verschlossen.

Dr. Vanner hatte sie verriegelt, als er das Zimmer verließ.

Soll sich der Knopf ruhig drehen.

Aber jetzt öffnete sich die Tür.

Vor dem diffusen Licht aus dem Flur erschien die schwarze Silhouette des Leichenbestatters in all ihrer Verkrümmtheit und übertriebenen Länge – eine knochige Hand lag auf dem äußeren Knopf ihrer Tür, die andere preßte etwas an die Brust; der Mann der Holzkisten und der ausgehobenen Erde trat in ihr Zimmer und in den weichen Schein ihres Nachtlichts; die schwache Glühbirne warf alle Schatten nach oben und verwandelte die Augen in leere schwarze Höhlen; der vorgeneigte Körper, der mit jedem Schritt torkelte, als sei der Teppich ein schwankender Boden, näherte sich. Im Zimmer gab es keinen anderen Laut als sein furchtsames Stöhnen, denn Gails Hals war zu einer festen Säule aus Fleisch geworden, die keinen Laut und keinen Atemzug durchließ.

Dann blieb er stehen, auf halbem Wege zwischen der Tür und ihrem Bett. Seine rechte Hand kam unter dem Mantel hervor; etwas blitzte metallisch im Licht, als er den Arm ausstreckte und den bisher verborgenen Gegenstand vor sich hinhielt, den Spaten, der das Grab grub, das die Kisten aufnahm, die die Leichen enthielten, die die Gravitation des Todes in die ewige Nacht hinabzog.

17

Sie kämpfte mit ihm, kreischte ihm ins Gesicht, ihre Fingernägel kratzten ihm über die Wange, über das Nasenbein, über das bärtige Kinn; aber der Leichenbestatter hatte doch gar keinen Bart! Diese Erkenntnis würgte ihre Schreie lange genug ab, daß sie Dr. Vanners gebrüllte Kommandos hören konnte:

»Hören Sie auf, Gail! Um Himmels willen, hören Sie auf!«

Schluchzend hob sie die Hände, als wollte sie den Schlag abwehren, der ihre Hysterie beenden würde. Aber Vanner packte sie nur an den Schultern und drückte sie fest in die Kissen.

»Der Leichenbestatter!« sagte sie atemlos. »Er war hier – er wollte mich holen! Wie damals!«

»Nein«, sagte Vanner. »Nein, Gail, niemand war hier. Sie haben wieder mal ein Phantom gesehen, eine Halluzination – weiter nichts.«

»Er war es, ich schwör's! Er kam die Treppe herauf, wie in der Nacht, als meine Mutter starb! Er ist damals in mein Schlafzimmer gekommen! Wie konnte ich das nur vergessen?«

»Aber Sie *haben's* vergessen«, sagte Vanner leise. »Sie haben diese Kindheitserinnerung völlig verdrängt. Die Tatsache, daß der Leichenbestatter damals Ihr Schlafzimmer betrat. Sie nahmen an, er wäre gekommen, um

Sie als nächste zu holen, Gail, um Ihnen dasselbe anzutun wie Ihrer Mutter ...«

»Ja. Ich dachte, er hätte es auf mich abgesehen! Es war schrecklich!«

»Sie meinten, als nächste müßten *Sie* in den Holzkasten, um unter die Erde gesteckt zu werden ...«

Sie begann wieder zu weinen. »Mein Gott, Joel, wie konnte ich das nur vergessen? Es war der schlimmste Augenblick in meinem Leben!«

»Das war Ihre Strafe«, sagte Vanner. »Jedenfalls haben Sie so etwas angenommen, als der Mann in Ihr Zimmer kam. Die Strafe für Ihre bösen Gedanken, dafür, daß Sie sich den Tod Ihrer Mutter gewünscht hatten – ein Wunsch, der nun erfüllt worden war ...«

»Aber ich habe nicht geträumt, Joel, ich schwör's Ihnen, ich habe nicht geträumt! Damals nicht – und auch heute nicht!«

»Nein«, sagte Vanner und streichelte ihr den Kopf. »Sie haben nicht geträumt, Gail – damals war die Szene echt. Der Leichenbestatter ist *wirklich* noch einmal zurückgekommen. Er kehrte in dieses Haus zurück und stieg draußen die Treppe herauf und öffnete Ihre Schlafzimmertür und trat ein. Aber er hatte es nicht auf Sie abgesehen. Er wollte nur seine Aktentasche holen.«

»Seine was?«

»Sehen Sie, wie einfach die Ursache unserer Ängste sein kann? Ihr Freund, der Leichenbestatter, hatte seine Aktentasche im Haus vergessen und kam in jener Nacht zurück, um sie zu holen. Er stieg ins Obergeschoß hinauf und öffnete die Tür, von der er annahm, daß sie in das Schlafzimmer ihrer Mutter führte. Aber er irrte sich. Er öffnete statt dessen Ihre Tür – und das war der Auslöser für Ihre Krankheit. Kein Traum.«

»Aber es war auch heute kein Traum! Nein! Ich war wach, Joel! Der Mann war so wirklich vorhanden wie Sie!«

»Bei Helen Malmquist haben Sie das auch behauptet.«

Sie nahm ihre Hand von der seinen. »Aber es stimmt«, flüsterte sie. »Ich habe ihn gesehen. Er hatte denselben Schritt wie damals. Und – er hatte etwas bei sich.«

»Was?«

»O Gott«, sagte sie mit verzerrter Stimme. »Ich will es Ihnen nicht sagen. Ich will gar nicht darüber sprechen. Sie glauben mir ja doch nicht!«

»Ich muß die ganze Geschichte kennen, Gail. Wie kann ich Ihnen helfen, wenn ich nicht Bescheid weiß?«

»Er hatte – eine Schaufel unter seiner Jacke. Eine kleine Metallschaufel. Vielleicht war's ein Spaten. Ich bin nicht sicher, ob ich den Unterschied kenne.« Sie bemerkte seinen Gesichtsausdruck und rief: »Sehen Sie mich bitte nicht so an! Ich sage die Wahrheit! Er hatte seinen Spaten unter dem Mantel, und er nahm das Ding heraus und hielt es mir hin, als wollte er sagen: ›Ich begrabe dich! Ich bin gekommen, um dich zu begraben – hiermit!‹«

»Ihre Tür war verschlossen«, sagte Vanner leise. »Sie wissen, daß ich selbst zugemacht habe – mit dem Schlüssel, den Mrs. Bellinger mir gegeben hat.«

»Aber er hat sie aufgemacht! Er war hier!«

»Nein«, sagte Vanner unendlich traurig. »Heute nacht ist hier nichts weiter geschehen, Gail, als daß durch irgendeinen Einfluß ein Ungeheuer aus dem dunklen Keller Ihres Unterbewußtseins freigelassen wurde. Warum das geschehen ist und was es bedeutet, kann sicher erst mit der Zeit bestimmt werden. Aber die Tatsache, daß sich die Erscheinung als Realität manifestierte...« Er hielt inne und griff wieder nach ihrer Hand. »Das läßt uns nicht mehr viele Möglichkeiten. Unsere Möglichkeiten waren von Anfang an sehr beschränkt, aber ich wollte nicht aufgeben, ich wollte nicht eingestehen, daß Sie in das halluzinatorische Stadium Ihrer Krankheit eingetreten sind...«

»Das war es nicht, es war keine Halluzination!« stöhnte sie und wälzte ihren Kopf auf dem feuchten Kissen hin und her. »Ich schwöre Ihnen, der Mann war echt, Joel, bitte glauben Sie mir doch... helfen Sie mir...«

»Ich kann Ihnen nicht genug helfen. Verstehen Sie das nicht? Sie brauchen Pflege rund um die Uhr. Eine völlige Konzentration auf den Heilungsprozeß. Das ist jetzt die einzige Lösung. Sie müssen das verstehen.«

»O Gott, Joel! Sie meinen doch nicht – ein Krankenhaus?«

»Ich habe keine Angst vor dem altmodischen Wort ›Asyl‹. Das Wort ist ganz in Ordnung. ›Asyl‹ bezeichnet einen Ort der Zuflucht, einen Ort, an dem man dem Druck entfliehen kann, der einen vernichtet. Denn Sie werden zugrundegehen, wenn man Ihnen nicht hilft, wenn nicht alles Menschenmögliche getan wird. Elektroschocks, therapeutische Bäder, Rauschgifte...«

»Nein! Das würden Sie mir doch nicht antun – ich habe Ihnen gesagt, daß ich das nicht ertragen würde! Da wäre ich lieber tot!«

»Aber Sie sterben sowieso, wenn Sie keine Hilfe bekommen. Ihr Geist stirbt, löst sich auf. Der Teil von Ihnen, der *wirklich* Gail Gunnerson ist, schwindet dahin ... Wollen Sie, daß das geschieht?«

»Nein, bitte, nein! Sie können sich doch nicht auch noch gegen mich wenden – ich habe ja niemanden mehr!«

»Gail, ich kann nichts mehr für Sie tun. Ich bin so hilflos, wie ich war, als ... naja, als die arme Cassandra krank wurde. Wenigstens gab es da noch eine Möglichkeit ...«

»Eine Möglichkeit ...«

»Ihre Mutter hat Gebrauch davon gemacht«, sagte Vanner. »Oder?«

Er griff in die Tasche und zog den kleinen weißen Umschlag heraus. Es waren noch zehn Kapseln übrig. Er schüttelte sie vorsichtig auf ihren Nachttisch. Zwei rollten gegen das Podest der Porzellanballerina. Er zerknüllte den Umschlag und ließ ihn in den Papierkorb fallen.

»Diese Pillen sind nicht wie die anderen Mittel, die ich Ihnen gegeben habe. Sie helfen Ihnen schlafen, Gail. Eine genügt für eine Nacht. Zwei wirken länger. Vier oder fünf oder sechs ... Naja.« Er blickte in ihre Augen und sah, wie ihr langsam die Wahrheit dämmerte. Als er wußte, daß sie ihn verstanden hatte, machte er kehrt und verließ das Zimmer.

Als er die Treppe hinabging, dachte er an Shanks. Der Leichenbestatter, den Gails Geschrei erschreckt hatte, war in solcher Hast die Stufen hinabgeeilt, daß er auf halbem Wege gestolpert und in einem unmöglichen Durcheinander aus Armen und Beinen im Flur gelandet war. Wimmernd wie ein verwundetes Tier war er dann durch die Vordertür gehumpelt; Vanner hoffte, daß ihn kein später Passant beim Verlassen des Gunnerson-Hauses beobachtet hatte. Aber Vanner war selbst erst halb die Treppe hinab, als ihn Gails Stimme aufhielt.

»Joel! Bitte! Bitte, Joel!«

Er machte kehrt und sah sie oben an der Treppe stehen, ihr Nachthemd war verrutscht und zerknittert, das Haar verwuschelt, das Gesicht tränenüberströmt und schmutzig wie das eines Kindes. Einen kurzen Augenblick glaubte er die sechsjährige Gail vor sich stehen zu sehen, die ihn entsetzt anstarrte.

»Joel, ich kann es nicht tun, ich bringe es nicht fertig. Es muß eine andere Lösung geben!«

»Ich muß gehen«, sagte Vanner, und seine Stimme war hart vor Mißbilligung. »Wir treffen morgen die nötigen Arrangements. Ich muß mit der Fiduciary Bank über die Einweisungsformalitäten sprechen. Ich weiß nicht genau, wann ich komme.«

»Sie dürfen das nicht tun!«

»Ich habe leider keine andere Wahl – nicht mehr als Sie.«

Sie schlug die Hände vor das Gesicht. Vanner seufzte und ging zu ihr. Er legte ihr die Arme um die Schultern und sagte: »Die Kapseln, die ich Ihnen dagelassen habe, sind eine sehr einfache Lösung, Gail. Ich weiß, daß es nicht richtig von mir ist, Ihnen diesen Ausweg zu bieten, aber ich verstehe weiß Gott, was Sie durchmachen – ich weiß sogar, wie Ihrer Mutter zumute war, Sie werden sich nicht nur ganz schläfrig fühlen ... das kann ich Ihnen wenigstens versprechen ...«

Aber sie schüttelte den Kopf. »Ich kann es nicht tun.

Und ich tue es nicht.«

»Sie ziehen das Asyl vor?«

»Ich kann es nicht – begreifen Sie das nicht? Ich will leben, Joel!«

»Glauben Sie, das wäre ein Leben?«

»Vielleicht kann ich mich erholen. Vielleicht kann ich gesund werden, nachdem ich jetzt über mich Bescheid weiß!«

Barsch: »Und Sie nennen Halluzinationen ein Zeichen von Gesundung?«

»Aber Sie haben mir doch geholfen, mich selbst zu verstehen! Vielleicht habe ich den Leichenbestatter *deshalb* noch einmal gesehen – weil ich in der Lage war, die Erinnerung endlich zu lösen! Ich vermochte mich davon zu befreien – sollte ich das nicht überhaupt tun?« Sie klammerte sich verzweifelt an ihn. »Sie haben mir geholfen. Sie haben mir geholfen! Ich weiß, daß ich jetzt gesund werden kann – Ihretwegen ... Ich will nicht sterben! Ich will es nicht, Joel!«

Er führte sie wieder zum Schlafzimmer. »Gehen sie hinein, Gail. Stellen Sie sich vor, was das bedeutet, den Rest Ihres Lebens zwischen gepolsterten Wänden zu verbringen und wie ein wildes Tier behandelt zu werden ...«

»Ich will nicht wieder in das Zimmer!«

»Aber Sie müssen!« sagte er ärgerlich. »Sie wissen, was geschieht, wenn Sie es nicht tun.«

»Ich gehe nach unten! Ich gehe in die Küche. Ich will etwas essen. Ich habe Hunger! Ob es *das* vielleicht war – der Mangel an Nahrung? Es heißt, Mystiker essen nichts, um Visionen zu haben ...«

Sie griff nach dem Geländer, und Vanner riß ihre Hand zurück.

»Sie Dummkopf! Erkennen Sie nicht, daß ich recht habe?«

»Es ist doch recht, wenn man leben will, Joel, nicht wahr? Nicht wahr?« Sie versuchte ihre Tränen zurückzuhalten, doch dann mußte sie wieder weinen. »Bitte lassen Sie mich los«, schluchzte sie. »Bitte! Ich will fort aus dem Zimmer ... Ich will Mrs. Bellinger sprechen.«

»Mrs. Bellinger schläft, und Sie sollten auch ...«

»Sie tun mir weh!«

»Dies ist deine letzte Chance, Gail!«

»Ich will da nicht rein – nein! Laß mich los, Piers! Bitte laß mich los!«

Er löste den Griff so abrupt, daß sie fast nach hinten getaumelt wäre. Sie gewann ihr Gleichgewicht wieder, doch plötzlich befiel sie eine neue Art von Schwindel. Auf einmal sah sie die Welt durch das falsche Ende eines Fernglases; so wie man nur die Vergangenheit betrachten kann. Auf Vanners Gesicht stand ein Ausdruck des Entsetzens; die grauen Augen waren verblüfft gerundet, das Kinn hing ihm herab, und er sah jünger aus, er sah mehr aus wie der Junge, der er einmal gewesen war. »Du bist ja *wirklich* Piers, nicht wahr?« fragte Gail verwundert. »Du siehst genauso aus wie er«, sagte sie und begann zu wimmern, als er ihr die Hand vor das Gesicht legte, wobei seine Handkante hart gegen ihren Mund schlug. Zwischen den gespreizten Fingern hindurch sah sie die schreckliche Wut, die sein Gesicht vom Haaransatz bis zum Bart rötete. Dann verschwamm sein Bild, und sie stürzte. Sie sah die Standuhr, die plötzlich auf dem Kopf stand. Sie schrie, aber da drängten die Wände herbei, um sie einzuschließen, und sie sagte noch einmal seinen Namen. *Piers!* sagte sie, und ihre Stimme war leise und tonlos.

Aber Dr. Joel Vanner hörte das Wort und wußte, daß auch ihm nicht mehr viele Möglichkeiten blieben.

Er fand kein Seil auf dem Boden. Das war vielleicht ein Glücksumstand. Parallelen waren schließlich Parallelen. Cressie Gunnerson hatte eine elektrische Schnur verwendet, und im Wohnzimmer gab es eine lange Verlängerungsschnur, über die er schon mehrmals gestolpert war. Allerdings ließ er das ohnmächtige Mädchen ungern auf dem staubigen Boden zurück; die nützliche Bewußtlosigkeit mochte jeden Augenblick enden, und er haßte es, sich etwa mit der Gewalttätigkeit eines Schlages behelfen zu müssen. Dies war sein schlimmster Augenblick bei Helen gewesen; die Notwendigkeit, sie bewußtlos zu schlagen, um ihre Mitwirkung bei dem Selbstmordplan zu gewinnen. Vanner erschauderte bei dem Gedanken daran; dieser Schlag war ihm schwerer gefallen, als ihr hinterher die Schnitte an den Handgelenken beizubringen. Irgendwie waren die Augen daran schuld. Es war ihm unangenehm gewesen, daß Helen ihn *ansah*, als sie seine wahre Absicht erkannte. Aber ihre Augen waren dann säuberlich geschlossen worden, als er sie mit der Schläfe gegen den Badewannenrand knallte. Der Rest war nicht problematischer gewesen als die Arbeit an einer Schaufensterpuppe. Auch Gail war jetzt mehr oder weniger eine Schaufensterpuppe. Und ihre Augen waren geschlossen. Wenn er Glück hatte, blieben sie so, bis er die Schnur gefunden hatte und zurückkehrte, um sein abendliches Werk zu vollenden. Er eilte ins Erdgeschoß, wobei er nicht widerstehen konnte, einen Augenblick lang vor Mrs. Bellingers Schlafzimmertür stehenzubleiben und zu horchen. Erfreut stellte er fest, daß Mrs. Bellinger energisch schnarchte. Dann betrat er das Wohnzimmer, zog die Schnur aus der Stehlampe und kehrte an die Hinrichtungsstätte zurück. Gail hatte sich nicht gerührt. Wieder einmal hatte Vanner guten Grund, das Schicksal für seinen Verbündeten zu halten.

Die Schlinge, die er aus der gummigeschützten braunen Schnur formte, war nicht vollkommen – ein Berufshenker hätte darüber gelacht –, aber sie würde ihren Zweck erfüllen. Er schlang das andere Ende über den mittleren Dachbalken, wobei er den Empfangsstecker als Wurfgewicht verwendete.

Dann sah er sich nach einem kräftigen Stuhl um. Die Auswahl war groß. Er nahm einen antiken, aber gut erhaltenen Chippendale-Stuhl und teste seine Festigkeit, indem er mit beiden Händen kräftig auf das Sitzpolster drückte. Das Ergebnis war zufriedenstellend.

Als er Gail vom Boden heben wollte, erkannte er, daß Bewußtlosigkeit auch ihre Nachteile hatte. Im Gegensatz zu einer Schaufensterpuppe war das Gewicht eines schlaffen menschlichen Körpers nur mit Mühe zu bewegen. Es hatte keine große Anstrengung gekostet, sie die Treppe heraufzutragen, aber Gail nun in die richtige Stellung zu bringen, war nicht leicht. Der Geruch seines Schweißes vermischte sich bald mit den staubigen Gerüchen des Bodenraums.

Endlich hatte er ihr die Schlinge um den Hals gelegt und ihre beiden nackten Füße auf den stoffbespannten Sitz des Chippendale-Stuhls gestellt. Aber als er seine stützenden Arme fortnahm, sackte der Körper zusammen und wäre beinahe vorzeitig vom Stuhl gerutscht.

Das wollte er nicht; er hatte keine Lust, den schrecklichen ersten Ruck zu sehen, mit dem sich die Schlinge in den zarten weißen Hals des Mädchens grub. Noch größer war seine Angst – das gestand er sich offen ein –, daß sich plötzlich ihre Augen öffneten, daß sie womöglich von dem Druck um ihre Luftröhre ins Bewußtsein zurückgeholt wurde. Dann erkannte er die Ursache des Problems: Der Stuhl war ein paar Zentimeter zu hoch, Gails Beine knickten an den Knien ein. Aber egal. Wenn der Stuhl nicht mehr unter ihr stand, waren es noch mindestens dreißig Zentimeter bis zum Boden, das genügte. Er war noch damit beschäftigt, die Entfernung zu messen, als unten die Haustürklingel anschlug. Er hatte das unangenehme Gefühl, daß ihm der Schweiß auf der Haut erkaltete. Er wartete und horchte, in der Hoffnung, die Stille würde den Besucher vertreiben.

Doch die Klingel schellte beharrlich weiter; ein Geräusch, das absichtlich so verstärkt war, daß man es auch in den entferntesten Winkeln des großen Hauses hören konnte – im Flur ebenso wie auf dem Boden oder im Schlafzimmer ... Vanner schluckte und fragte sich, ob das instinktive Pflichtgefühl der Haushälterin nicht vielleicht doch stärker war als das Schlafmittel. Er mußte jetzt schnell handeln – und es gab nur eine Möglichkeit. Er trat gegen das Vorderbein des Chippendale-Stuhls, und das Möbelstück schoß unter Gails hängendem Körper hervor, die braune Schnur knirschte am Balken, und er hörte das schreckliche Knacken, als ihr Genick unter dem Gewicht brach; es war ein Geräusch, das er lieber nicht vernommen hätte. Als er die Treppe zum Erdgeschoß hinabeilte, hallte es in seinen Ohren nach und beeinträchtigte sein Urteilsvermögen. Er hätte vorher nachschauen sollen, wer der Besucher war. Statt dessen riß er einfach die Tür auf und blinzelte Steve Tyner verwirrt an.

»Sie sind also noch da?« fragte dieser. »Gut, ausgezeichnet. Ich muß Ihnen ein paar Fragen stellen, *Doktor*, viele Fragen.«

»Lassen Sie mich vorbei!« sagte Vanner heiser. »Ich kann jetzt nicht mit Ihnen sprechen! Ich muß Hilfe holen!«

»Ich dachte, wir könnten uns mal unterhalten, Doktor, über Wiener Walzer und ... und Sigmund Freud und ein paar andere Dinge ...«

»Hören Sie zu!« brüllte Vanner. »Gail hat sich erhängt!«

Das hatte die erwartete Schockwirkung.

»Was haben Sie da gesagt?«

»Gail hat Selbstmord begangen«, sagte Vanner. »Sie hat sich auf dem Boden erhängt – wie ihre Mutter. Oh, mein Gott!« rief er mit einem völlig echten Schluchzen, das man für einen Ausdruck des Kummers hätte halten können, das aber in Wirklichkeit seiner Erleichterung entsprang. »Ich habe ihr zu helfen versucht, ich habe mich so sehr bemüht, aber ich konnte nicht ...«

Steve stieß ihn brutal mit der Schulter zur Seite und rannte an ihm vorbei zur Treppe. Vanner hatte nichts gegen den Schmerz; er spürte ihn kaum. Er ging nach draußen, und der Anblick seines gemieteten Plymouth entzückte ihn, als wäre der Wagen eine Weihnachtsüberraschung. Er setzte sich hinter das Steuer und fuhr los, wobei er den Motor sofort auf Touren brachte und das rein mechanische Gefühl genoß, daß die Räder seiner Fußbewegung gehorchten. Es hatte geregnet, aber jetzt war der Himmel wieder klar, die Luft war frisch und süß, die Straßen waren glatt und schwarz und schienen extra für diesen großen Augenblick reingewaschen zu sein. Er öffnete das Fenster und ließ sich vom Fahrtwind kühlen. Jede Empfindung entzückte ihn. Als die unglaubliche Vision seinen Rückspiegel füllte, bildete sein Schrei einen Kontrapunkt zum Geräusch der Reifen auf dem Asphalt, die den Plymouth in voller Fahrt auf die Gegenfahrbahn trugen. Ein Caravan traf den rechten vorderen Kotflügel und ließ den Wagen in wildem Kreis herumwirbeln; ein Gegenstand oder Mensch wurde in das Gebüsch am Straßenrand geschleudert, doch wundersamerweise hatte das Fahrzeug keinen weiteren Zusammenstoß, obwohl ihm noch andere Wagen entgegenkamen. Schließlich knallte der Plymouth gegen die niedrige Steinmauer, das Heck stieg empor, verharrte einen spannungsvollen Augenblick lang in der Luft und prallte dann herab, gefolgt von drei Explosionen; zwei kamen von den platzenden Hinterreifen, die dritte vom Benzintank, der den Plymouth in eine Kugel aus grellroten und orangefarbenen Flammen hüllte.

18

Die Zeit verändert alles«, sagte Baldridge philosophisch. »Sie verändert Dinge und auch Menschen.«

»Beides kann von innen her verfaulen«, sagte Steve ernst. »Wie Piers Swann. Und wie der Balken auf dem Boden – Gott sei Dank. Er muß gebrochen sein, als Gail mit vollem Gewicht an der Schnur hing. Yost sagt, sie hat nur eine Quetschung am Hals davongetragen.«

»Yost? Ist das der Name des Arztes?«

»Ja«, sagte Steve, lehnte sich in den Wohnzimmersessel und rieb seine schmerzende Schulter. »Ein freundlicher Hausarzt von der alten Sorte. Ich mag nette altmodische Ärzte mit weißem Haar.«

»Sie haben mir noch immer nicht gesagt, warum Sie heute abend hergekommen sind.«

»Wegen Wien«, sagte Steve trocken. »Weil zu oft von Wien die Rede war. Swann hat dort die letzten fünf Jahre gelebt, ehe er und sein Vater bei Zürich auf ihren Skiausflug gingen. Und was für ein herrlicher Zufall – auch Dr. Joel Vanner hatte in Wien studiert! Und dann das Restaurant.«

»Welches Restaurant?«

»Die Hostario dell'Orso in Rom. Hübsches Lokal. Eins der besten. Tolles Essen, nette Musik, herumschlendernde Musiker, die Wiener Walzer spielen. Vermutlich hatte Piers Geschmack an solchen Sachen. Mir persönlich ist Dizzy Gillespie lieber. Wie schmeckt Ihnen der Kaffee, Lieutenant? Selbst gekocht. Ob Sie's glauben oder nicht, die Haushälterin schläft immer noch.«

Baldridge grinste: »Fast so gut wie unserer«, sagte er.

Das Telefon klingelte. Baldridge wußte, daß der Anruf für ihn war; er hatte Sergeant Shuster gebeten, ihn vom Krankenhaus anzurufen. Shuster war verläßlich. Baldridge hörte sich seinen Bericht an und informierte dann Steve. Calvin Shanks würde in den nächsten Wochen als bandagierte Mumie herumlaufen, aber er war außer Gefahr. Neben Abschürfungen und Quetschungen, die er sich bei seinem beschleunigten Ausstieg aus dem Plymouth zugezogen hatte, war seine einzige Verletzung ein böse verstauchtes Fußgelenk. Und das, so hatte es den Anschein, stammte von einem Sturz innerhalb des Gunnerson-Hauses.

»Swann hat den Mann tatsächlich vorgeschickt«, fuhr Baldridge fort. »Shanks sagt, er wollte den Schock nachvollziehen, der Miss Gunnerson als Kind aus dem Gleis geworfen hat.«

»Aber das war nicht seine wirkliche Absicht«, sagte Steve. »Swann hatte nichts zu gewinnen, wenn er Gail in den Wahnsinn trieb – und er war bestimmt zu schlau, um sich diese Fähigkeit anzumaßen. Er hoffte nur, sie *überzeugen* zu können, daß sie langsam den Verstand verlor – und sie dazu zu bringen, sich umzubringen. Als das nicht klappte, griff er zum Do-it-yourself. Hören Sie, hat Shanks gesagt, *warum* er sich in den Wagen gesetzt hatte?«

»Er konnte nicht mehr gehen, als er das Haus verließ. Er wußte, daß er es nicht zur U-Bahn schaffen würde, also stieg er hinten in den Plymouth und krümmte sich zusammen wie ein verwundetes Tier – der Vergleich dürfte ziemlich hinhauen. Swann erfuhr von seinem blinden Passagier erst, als sie schon unterwegs waren – und als er ihn sah, muß er zu heftig reagiert haben.«

»Ja«, sagte Steve. »So würde ich es auch nennen.«

Gleich darauf kam Dr. Yost nach unten. Steve stand so hastig auf, daß er seine Kaffeetasse umwarf; das Getränk war aber so stark geraten, daß kaum etwas auslief. Yost war nicht gerade begeistert, daß seine Patientin schon wieder gestört werden sollte, aber Steve flehte ihn so wortgewandt an, daß er schließlich nachgab.

Als Steve das Zimmer betrat, betrachtete Gail den Puh-Bär, der am Fußende ihres Bettes lag. Aber dann widmete sie Steve ihre ganze Aufmerksamkeit. Den Mund dicht an sein Ohr gelegt, sagte sie: »Aber ist es nicht seltsam, Steve? Ist es nicht wirklich seltsam?«

»Was?«

»Daß er mir letztlich doch geholfen hat. Der schreckliche Piers hat mir geholfen. Ich glaube, ich werde mich nie wieder fürchten. Weder vor Türen noch vor Gespenstern oder Kobolden oder Löwen oder Tigern.«

»Ganz recht«, sagte Steve, hob den Stoffbären unauffällig an einer Pfote hoch und ließ ihn auf den Teppich fallen.

Henry Slesar im Diogenes Verlag

Aktion Löwenbrücke
Roman. Deutsch von Günter Eichel

Ruby Martinson
Geschichten vom größten erfolglosen Verbrecher der Welt. Deutsch von Helmut Degner

Das graue distinguierte Leichentuch
Roman. Deutsch von Paul Baudisch und Thomas Bodmer
detebe 77/1

Vorhang auf, wir spielen Mord
Roman. Deutsch von Thomas Schlück
detebe 77/2

Erlesene Verbrechen und makellose Morde
Geschichten. Deutsch von Günter Eichel. Vorwort von Alfred Hitchcock. Zeichnungen von Tomi Ungerer
detebe 77/3

Ein Bündel Geschichten für lüsterne Leser
Deutsch von Günter Eichel. Vorwort von Alfred Hitchcock. Zeichnungen von Tomi Ungerer
detebe 77/4

Hinter der Tür
Roman. Deutsch von Thomas Schlück
detebe 77/5

Eric Ambler

Bitte keine Rosen mehr
Roman. Deutsch von Tom Knoth

Doktor Frigo
Roman. Deutsch von Tom Knoth

Die Maske des Dimitrios
Roman. Deutsch von Mary Brand und Walter Hertenstein. detebe 75/1

Der Fall Deltschev
Roman. Deutsch von Mary Brand und Walter Hertenstein. detebe 75/2

Eine Art von Zorn
Roman. Deutsch von Susanne Feigl und Walter Hertenstein. detebe 75/3

Schirmers Erbschaft
Roman. Deutsch von Harry Reuss-Löwenstein, Th. A. Knust und Rudolf Barmettler. detebe 75/4

Die Angst reist mit
Roman. Deutsch von Walter Hertenstein. detebe 75/5

Der Levantiner
Roman. Deutsch von Tom Knoth. detebe 75/6

Waffenschmuggel
Roman. Deutsch von Tom Knoth. detebe 75/7

Topkapi
Roman. Deutsch von Elsbeth Herlin. detebe 75/8

Schmutzige Geschichte
Roman. Deutsch von Günter Eichel. detebe 75/9

Das Intercom-Komplott
Roman. Deutsch von Dietrich Stössel. detebe 75/10

Besuch bei Nacht
Roman. Deutsch von Wulf Teichmann. detebe 75/11

Raimond Chandler

Der große Schlaf
Roman. Neu übersetzt von Gunar Ortlepp. detebe 70/1

Die kleine Schwester
Roman. Neu übersetzt von W. E. Richartz. detebe 70/2

Das hohe Fenster
Roman. Neu übersetzt von Urs Widmer. detebe 70/3

Der lange Abschied
Roman. Neu übersetzt von Hans Wollschläger. detebe 70/4

Die simple Kunst des Mordes
Briefe, Essays, Fragmente. Herausgegeben von Dorothy Gardiner und Kathrine Sorley Walker. Neu übersetzt von Hans Wollschläger. detebe 70/5

Die Tote im See
Roman. Neu übersetzt von Hellmuth Karasek. detebe 70/6

Lebwohl, mein Liebling
Roman. Neu übersetzt von Wulf Teichmann. detebe 70/7

Playback
Roman. Neu übersetzt von Wulf Teichmann. Detebe 70/8

Mord im Regen
Frühe Stories. Vorwort von Prof. Philip Durham. Neu übersetzt von Hans Wollschläger. detebe 70/9

Gesammelte Detektivstories
Mit einem Vorwort des Autors. Neu übersetzt von Hans Wollschläger. Ein Diogenes Sonderband

Dashiell Hammett

Der Malteser Falke
Roman. Neu übersetzt von Peter Naujack. detebe 69/1

Rote Ernte
Roman. Neu übersetzt von Gunar Ortlepp. detebe 69/2

Der Fluch des Hauses Dain
Roman. Neu übersetzt von Wulf Teichmann. detebe 69/3

Der gläserne Schlüssel
Roman. Neu übersetzt von Hans Wollschläger. detebe 69/4

Der dünne Mann
Roman. Neu übersetzt von Tom Knoth. detebe 69/5

Ausgewählte Detektivstories
Mit einem Vorwort von Lillian Hellman. Neu übersetzt von Helmut Degner, Hellmuth Karasek, Helmut Kossodo, Peter Naujack, W. E. Richartz, Harry Rowohlt u. a.
Ein Diogenes Sonderband

Detektiv bei Continental's
Der Detektivgeschichten zweite und letzte Folge.
Mit einem Nachwort von Prof. Steven Marcus.
Neu übersetzt von Wulf Teichmann.
Ein Diogenes Sonderband

Patricia Highsmith

Ediths Tagebuch
Roman. Deutsch von Anne Uhde

Der talentierte Mr. Ripley
Roman. Deutsch von Barbara Bortfeldt

Ripley Under Ground
Roman. Deutsch von Anne Uhde

Venedig kann sehr kalt sein
Roman. Deutsch von Anne Uhde

Kleine Geschichten für Weiberfeinde
Deutsch von W. E. Richartz. Mit 17 Illustrationen von Roland Top

Kleine Mordgeschichten für Tierfreunde
Roman. Deutsch von Anne Uhde

Der Stümper
Roman. Deutsch von Barbara Bortfeldt. detebe 74/1

Zwei Fremde im Zug
Roman. Deutsch von Anne Uhde. detebe 74/2

Der Geschichtenerzähler
Roman. Deutsch von Anne Uhde. detebe 74/3

Der süße Wahn
Roman. Deutsch von Christian Spiel. detebe 74/4

Die zwei Gesichter des Januars
Roman. Deutsch von Anne Uhde. detebe 74/5

Der Schrei der Eule
Roman. Deutsch von Gisela Stege. detebe 74/6

Tiefe Wasser
Roman. Deutsch von Eva Gärtner und Anne Uhde. detebe 74/7

Die gläserne Zelle
Roman. Deutsch von Gisela Stege und Anne Uhde. detebe 74/8

Das Zittern des Fälschers
Roman. Deutsch von Anne Uhde. detebe 74/9

Lösegeld für einen Hund
Roman. Deutsch von Anne Uhde. detebe 74/10

Ripley's Game
Roman. Deutsch von Anne Uhde. detebe 74/13

Der Schneckenforscher
Gesammelte Geschichten. Vorwort von Graham Greene.
Deutsch von Anne Uhde. detebe 74/14

Ross Macdonald

Durchgebrannt
Roman. Deutsch von Helmut Degner

Geld kostet zuviel
Roman. Deutsch von Günter Eichel

Die Kehrseite des Dollars
Roman. Deutsch von Günter Eichel

Der Untergrundmann
Roman. Deutsch von Hubert Deymann

Dornröschen war ein schönes Kind
Roman. Deutsch von Wulf Teichmann. detebe 99/1

Unter Wasser stirbt man nicht
Roman. Deutsch von Hubert Deymann. detebe 99/2

Ein Grinsen aus Elfenbein
Roman. Deutsch von Charlotte Hamberger. detebe 99/3

Die Küste der Barbaren
Roman. Deutsch von Marianne Lipcowitz. detebe 99/4

Der Fall Galton
Roman. Deutsch von Egon Lothar Wensk. detebe 99/5

Gänsehaut
Roman. Deutsch von Gretel Friedmann. detebe 99/6

Der blaue Hammer
Roman. Deutsch von Peter Naujack. detebe 99/7

Sämtliche Detektivstories
Mit einem Vorwort des Autors. Deutsch von Hubert Deymann.
Ein Diogenes Sonderband

Margaret Millar

Liebe Mutter, es geht mir gut ...
Roman. Deutsch von Elizabeth Gilbert. detebe 98/1

Die Feindin
Roman. Deutsch von Elizabeth Gilbert. detebe 98/2

Fragt morgen nach mir
Roman. Deutsch von Anne Uhde. detebe 98/3

Die Süßholzraspler
Roman. Deutsch von Georg Kahn-Ackermann
und Susanne Feigl

Von hier an wird's gefährlich
Roman. Deutsch von Fritz Güttinger

Ein Fremder liegt in meinem Grab
Roman. Deutsch von Elizabeth Gilbert